ANDREAS PITTLER

Kärntner Finale

MÖRDERJAGD IN KÄRNTEN In Ferlach wird ein Stadtrat mitten im Wald erschossen. Die Art des Todes deutet auf einen Jagdunfall hin, von dem der Jäger geflüchtet ist. Andererseits tauchen rasch Ungereimtheiten auf. Der Stadtrat war nicht nur als »Weiberheld« bekannt, sondern auch für ein in der Gemeinde höchst umstrittenes Stadionprojekt verantwortlich. Dennoch schenkt die Klagenfurter Kriminalpolizei der Angelegenheit keine besondere Bedeutung, was die beiden Ortspolizisten Obiltschnig und Popatnig dazu veranlasst, selbst mit Ermittlungen zu beginnen.

Während sie noch in dieser Sache recherchieren, stirbt ein zweiter Stadtrat bei einem vermeintlichen Unfall mit seinem Mountainbike. Obiltschnig kann jedoch nachweisen, dass jemand eine Drahtfalle installiert hatte, die dem Stadtrat zum Verhängnis wurde. Auch er war, wie sich zeigt, federführend an dem Stadionprojekt beteiligt. Schließlich stirbt noch eine dritte Person, die auf den ersten Blick mit der Politik der Stadt überhaupt nicht in Verbindung gebracht werden kann. Ist das Motiv doch ein anderes?

Andreas Pittler, geboren 1964, studierte Geschichte und Politikwissenschaft (Magister und Doktor phil.). Ursprünglich als Journalist tätig, wandte er sich im 21. Jahrhundert vermehrt der Belletristik zu und veröffentlichte seit dem Jahr 2000 insgesamt 23 Romane. Seine Werke landen regelmäßig auf den österreichischen Bestsellerlisten und wurden bislang in acht Sprachen übersetzt. In seiner ursprünglichen Profession als Historiker ist er regelmäßig als Experte im Österreichischen Rundfunk zu Gast. Für sein literarisches Wirken erhielt er 2006 das Silberne Ehrenzeichen für Verdienste um die Republik Österreich, 2016 wurde ihm vom österreichischen Bundespräsidenten der Berufstitel »Professor« verliehen.

ANDREAS PITTLER

Kärntner Finale

KRIMINALROMAN

GMEINER

Immer informiert

Spannung pur – mit unserem Newsletter informieren wir Sie regelmäßig über Wissenswertes aus unserer Bücherwelt.

Gefällt mir!

Facebook: @Gmeiner.Verlag
Instagram: @gmeinerverlag
Twitter: @GmeinerVerlag

MIX
Papier | Fördert gute Waldnutzung
FSC® C083411

Besuchen Sie uns im Internet:
www.gmeiner-verlag.de

Im Ehnried 5, 88605 Meßkirch
Telefon 07575/2095-0
info@gmeiner-verlag.de

1. Auflage 2023

Lektorat: Claudia Senghaas, Kirchardt
Herstellung: Mirjam Hecht
Umschlaggestaltung: U.O.R.G. Lutz Eberle, Stuttgart
unter Verwendung eines Fotos von: © gombocz / stock.adobe.com
Druck: CPI books GmbH, Leck
Printed in Germany
ISBN 978-3-8392-0362-0

I.

Scheiß Kälte. Konzentrier dich! Kimme und Korn, immer nach vorn! So irgendwie war das doch, oder? Es ist ganz einfach: das Ziel anvisieren und bumm. Wie bei der Jagd. Nur dass diesmal nicht irgendein Reh oder ein Hirsch dran glauben muss, sondern eine miese Pestbeule, die längst schon vom Antlitz der Erde hätte getilgt werden müssen. Wann kommt der endlich? Was? Ich liege hier schon seit einer halben Stunde auf der Lauer! Kein Wunder, dass mir hier allmählich alles abfriert. Ich hätte mir eine Decke mitnehmen sollen! Aber gut, dann hätten sie vielleicht später irgendwelche DNA-Spuren oder so etwas gefunden. Man kennt das ja aus dem Fernsehen, heute kommst du ja praktisch mit nichts mehr durch, weil die immer etwas finden. Na gut, die! Die sind im Fernsehen. Die lösen immer alles. Aber der Obiltschnig, der Trottel, oder der Popatnig, der Säufer, die sind ja schon mit einer Verkehrskontrolle überfordert, die werden nichts finden. Aber rein gar nichts. Und wenn es stimmt, was sie im *ORF* gesagt haben, dann regnet es am Nachmittag, und dann sind ohnehin alle Spuren dahin. Also nur ruhig Blut! Wenn er nur endlich käme!

Hoffentlich kommt er allein! Sonst war das da alles für die Katz! Keine Angst, beruhige dich, er geht immer allein in den Wald, das hast du recherchiert. Stand ja sogar in der Zeitung. Wie hat er sich da ausgedrückt? Die frische Natur, oder nein, die reine Natur, die helfe ihm, seine Gedanken zu ordnen und kreative Lösungen … denk nicht länger darüber nach, weil, sonst musst du kotzen, und dann finden die am Ende doch noch etwas! Das war doch auch in irgendeinem Film … welcher war das noch gleich? Da bringt eine einen um und muss sich deswegen übergeben. Und das finden die Ermittler dann und können die Täterin deshalb überführen. … Was war das noch gleich? Irgendein österreichischer … die eine Blonde, die war die Täterin. Die, die auch in so einer Serie mitspielt. Herrgott, ich komm nicht drauf! Normal würde ich jetzt googeln, aber das Handy habe ich vorsorglich am Parkplatz in Ressnig gelassen. Nicht dass die mich mit dem Ding irgendwie orten! So kann ich sagen, ich war die ganze Zeit bei der Drau und hab die Aussicht über das Rosental genossen. Und dann bin ich zum *Plasch* etwas essen gegangen. Teuer war's, aber hervorragend wie immer. Und wenn sie mir das nicht glauben, dann werden sie sehen, wo mein Handy eingeloggt war, und niemand kann mir beweisen, dass ich in Wirklichkeit in den Wäldern beim *Schaidabauern* war.

Kommt der jetzt noch oder kommt er nicht? Mir werden schon die Finger steif. Und Durst hab ich auch! Schrecklichen Durst sogar! Ich hätte mir was mitnehmen sollen. Auch egal. Wenn er nicht in den nächsten zehn Minuten kommt, dann hat er halt Glück gehabt, der Arsch der. Ich glaube, ich spüre meine Zehen nicht mehr. Scheiße, reiß dich zusammen. Du hast eine Mission, und die musst du erfüllen. Du …

Was hat da geknackt? Ist da hinter mir ein Vieh? Nicht dass am Ende ich selbst die einzige Leiche bin da in dem Wald, weil wieder einer von diesen Bären einen Ausflug über die Karawanken gemacht hat und mich für ein Schaf hält. Da! Schon wieder! Was zum Teufel …

Nein, das kommt nicht von hinter mir, das ist viel weiter unten, nur der Wind spielt mir einen Streich. Da! Da kommt er! Endlich! Gleich ist er an der Lichtung. Also ganz ruhig jetzt. Das Gewehr genau in Anschlag gebracht, das Ziel anvisiert. Nicht zu lange warten, sonst beginnt man ganz unwillkürlich zu zittern, und dann geht der Schuss auf diese Distanz daneben. Oder man trifft ihn nicht richtig, nur in die Schulter oder ins Bein. Aber der Treffer muss sitzen. Richtig sitzen. Er muss tot sein. Ganz tot.

Kimme und Korn, Kimme und Korn … Boah, ist das laut gewesen! Das haben sie sicher noch in Dollich und vielleicht sogar in Waidisch gehört. Fuck! Jetzt aber ganz schnell weg, sonst erwischen sie mich am Ende noch. Noch einmal genau hingesehen! Nein, da ist nichts! Vielleicht noch schnell mit dem Stiefel ein wenig übers Laub gestrichen? Ach, egal. Selbst wenn sie suchen, werden sie nicht gerade da suchen! Das Gewehr geschultert, und ab die Post!

II.

Gruppeninspektor Sigisbert Obiltschnig schluckte. Einerseits, weil es galt, den Bissen der Leberkässemmel Richtung Magen zu befördern, andererseits, weil der penetrante Klingelton des Amtstelefons Arbeit signalisierte. In der Mittagspause. Unwillkürlich warf er einen Blick auf seinen Kollegen, doch Revierinspektor Ferdinand Popatnig fühlte sich sichtlich nicht zuständig, sondern kaute weiter versonnen an seiner eigenen Semmel herum. Als er endlich zu bemerken geruhte, dass der Ranghöhere von ihm eine Reaktion erwartete, zuckte Popatnig mit den Schultern. »Ich hab das Essen geholt«, gab er mampfend von sich. Obiltschnig musste zugeben, dass Popatnigs Aussage der Wahrheit entsprach. Er schickte sich also ins Unvermeidliche und hob den Hörer ab.

»Landespolizeidirektion Kärnten, Polizeiinspektion Ferlach, Gruppeninspektor Obiltschnig am Apparat, was kann ich für Sie tun?«, leierte er artig den eingelernten Spruch herunter.

»Ich steh da im Wald, circa eine Viertelstunde vom *Schaidabauern* weg«, kam es abgehackt aus der Leitung, »und da liegt einer. Mit einem Mordstrum-Loch in der Brust.« Obiltschnig vernahm ein Tuten und ein extrem nerviges »Hold the line, please«, was ihn nicht verwunderte. Dort oben war die Verbindung nie besonders stabil.

Endlich war der Anrufer wieder da. »Voller Blut, hab ich gesagt«, schrie er regelrecht, »alles voller Blut!«

Die letzten Worte versetzten den Gruppeninspektor in eine Art inneren Alarmzustand. »Ganz langsam«, bemühte er sich, den Anrufer und damit aber auch sich selbst zu beruhigen, »wo genau sind Sie? Und können Sie mit Bestimmtheit sagen, dass die Person, die Sie da gesehen haben, tot ist?«

»Na wenn das kein Zombie ist, dann freilich. Seine Augen starren ins Nirgendwo, und rühren tut er sich auch nicht.«

»Haben Sie den Puls gefühlt?«

»Ja, sind Sie denn narrisch worden, Herr Inspektor! Ich greife doch keine Leiche an.«

Wieder so ein Zartbesaiteter, dachte Obiltschnig, blieb aber nach außen hin sachlich. »Ja gut, ich verstehe. Können Sie zum *Schaidabauern* herunterkommen und uns von dort zu Ihrem Lei… zu Ihrem Fund führen?« Der Anrufer signalisierte Zustimmung. »Gut, wir warten dort auf Sie. Bis gleich, auf Wiederhören.«

Obiltschnig legte den Hörer zurück und kramte nach seinen Utensilien. »Auf geht's, Ferdi, wir haben einen Einsatz«, ließ er sich überdeutlich vernehmen, dafür einen wehmütigen Blick Popatnigs erntend, dem die Vorstellung, dass der Leberkäse in der Zwischenzeit kalt werden würde, sichtlich nicht behagte.

Gemeinsam begaben sie sich ins Freie, stiegen in den Streifenwagen, wobei Obiltschnig hinter dem Lenkrad Platz nahm, während sich Popatnig auf den Beifahrersitz fallen ließ. Sie bogen auf die Hauptstraße ein, legten die 100 Meter bis zum Supermarkt zurück und nahmen dort die kleine Seitenstraße, die zu dem Ausflugsgasthof führte, wo sie sich mit dem Anrufer treffen sollten. Das alles war in weniger als fünf Minuten erledigt, sodass von dem Mann erwartungsgemäß noch keine Spur zu sehen war. Popatnig fingerte eine *Marlboro* aus seiner Brusttasche, wofür er einen tadelnden Blick seines Kollegen erntete. »Was?«, fragte er gereizt. »Im Freien, während wir warten! Darf ich nicht einmal das?« Obiltschnig sah wieder Richtung Wald. »Ist deine Lunge«, merkte er leichthin an. Die Zigarette lag schon längst zertreten auf dem Asphalt, als endlich ein Mann mittleren Alters auf sie zustolperte. Er wirkte ziemlich aufgelöst, was Obiltschnig angesichts der zuvor gemachten Erfahrung weiter nicht verwunderte. Eilig machte er ein paar Schritte auf ihn zu. »Gruppeninspektor Obiltschnig, wir haben telefoniert«, stellte er sich vor. »Ja, gut«, blieb der andere kurz angebunden, »da oben ist's, einen guten Kilometer, und es geht ziemlich bergauf, aber das ist nicht meine Schuld.«

»Natürlich nicht, Herr …«

Der Mann, der sich schon wieder bergwärts gedreht hatte, blieb abrupt stehen. Er sah über die Schulter. »Ach, brauchen Sie zuerst meine Personalien?« Obiltschnig bemühte sich um ein Lächeln: »Der Name genügt vorläufig völlig. Aber wir wollen Sie ja nicht mit ›Sie, Herr, Sie‹ anreden müssen.«

»Wessely. Franz Wessely. Aus Wien. Zum Wandern hier. Genügt das vorerst?« Obiltschnig machte eine begütigende Geste: »Vollkommen.«

Der Herr Wessely hatte, so stellte Obiltschnig fest, nicht übertrieben. Obwohl er für sein Alter eigentlich ziemlich fit war, bemerkte er, dass ihm das Atmen zunehmend schwerer fiel. Die Steigung war markanter, als es den Anschein gehabt hatte, und der Gruppeninspektor schalt sich innerlich für seinen Hochmut, hatte er doch anfänglich: Ja, was für einen Wiener halt bergauf ist, gell, gedacht. Doch der Anstieg lehrte ihn Demut, und er hoffte inständig, nicht ins Keuchen zu kommen, was ihm nämlich unzweifelhaft ein »Und wessen Lunge ist jetzt nachher das?« von Popatnig einbringen würde. »Gleich da drüben«, lenkte ihn der Wiener von seinen trüben Gedanken ab.

Obiltschnig beschlich eine düstere Ahnung, als er der Richtung des ausgestreckten Wiener Zeigefingers folgte. Er zwang sich, nicht vorschnell zu urteilen, und legte den letzten Rest des Weges zurück, ehe er die Leiche wirklich genau betrachtete. »Scheiße!«, entfuhr es ihm.

Wofür er zwei irritierte Blicke erntete. »Das ist der Schatzl. Kein Zweifel«, klärte er seine Begleiter auf. Vom Urlaubsgast hatte er keine Reaktion erwartet, doch dass auch Popatnig nach dem Hören dieses Namens keine Regung zeigte, erstaunte Obiltschnig denn doch. »Der Ferlacher Finanzstadtrat«, stieß er daher nach, immer noch auf Unverständnis bei seinem Kollegen stoßend. Als Popatnig endlich des Umstands gewahr wurde, dass nun auch der Wiener von ihm ein Statement erwartete, machte er eine entschuldigende Geste. »Glaubst du, ich kann mir alle Politiker merken? Ich hab doch schon genug damit zu tun, mir das jeweilige Gesicht vom Bundeskanzler zu merken, so oft, wie die neuerdings wechseln.«

»Aber der Schatzl ist nicht irgendwer«, statuierte Obiltschnig mit einem strengen Ton, »der ist … der war nach dem Bürgermeister die eigentliche Instanz im Rathaus.« Er seufzte. »Und jetzt ist er tot.«

Popatnig war derweilen in die Knie gegangen, um die Wunde genauer in Augenschein zu nehmen. »Sieht nach einem Gewehr aus«, mutmaßte er, ehe er sich wieder erhob. »Vielleicht ein Jagdunfall?« Obiltschnig schüttelte den Kopf. »Mitten ins Herz? Das muss schon ein saublöder Zufall sein, dass ein Projektil genau da …« Er vollendete den Satz nicht, dennoch wussten alle, was er meinte.

»Na ja«, ergriff nun wieder Popatnig die Initiative, »wir müssen die KTU aus Klagenfurt kommen lassen. Und sicherheitshalber sollten wir auch die Kriminal…« Obiltschnig hob die Hand. »Gar nichts sollten wir. Zuerst müssen wir einmal zweifelsfrei klären, was das da überhaupt ist. Nicht dass uns die Großkopferten dann auf den Schädel schei…« Er verstummte abrupt, da ihm bewusst wurde, dass ja immer noch der Herr Wessely neben ihm stand. »Vielleicht könnten Sie mir jetzt doch Ihre Personalien geben, während mein Kollege die Formalitäten erledigt. Sie wohnen in Wien, haben Sie gesagt …«

Während der Herr Wessely, nachdem er sich umfassend deklariert hatte, darauf bestand, seine Wanderung nun wie geplant fortzusetzen, immerhin habe er die weite Reise nur deswegen angetreten, war es Popatnig gelungen, die Leute von der KTU zu mobilisieren. »Die werden in einer guten Stunde da sein, sagen sie.« Obiltschnig hob die Augenbrauen. »Warum brauchen die so lange?« Popatnig gab sich ratlos: »Keine Ahnung. Vielleicht müssen sie erst das Team kreuz und quer in Klagenfurt aufsammeln.« Obiltschnig fand, es war wieder einmal Zeit für einen Seufzer. »Na, es hilft ja nichts. Du gehst zurück zum Wagen und wartest dort auf die Kavallerie. Ich pass einstweilen hier auf, dass unsere Leiche nicht wegkommt.«

Das Warten erwies sich als zermürbend. Er hatte sich auf einen Baumstumpf gesetzt und war dabei bemüht, sich die Zeit durch einige Beobachtungen der Natur zu vertreiben. Doch da war nichts, was seine Aufmerksamkeit dauerhaft hätte erregen können. Da krabbelte nichts, da zwitscherte nichts, da, was er jedoch als Glück empfand, grunzte auch nichts. Nicht einmal die Blätter rauschten, was angesichts der anhaltenden Windstille weiter nicht verwunderlich war. Aber gut, er hätte es schlechter treffen können, sagte sich Obiltschnig und drehte unmerklich seinen Kopf in Richtung Schatzl, der derartiger Sorgen ein für alle Mal enthoben war. »Ja«, murmelte er, »dir ist das wurscht. Weil dir jetzt alles wurscht ist. Aber ich, ich sterbe in der Zwischenzeit auch. Vor Langeweile.«

Er holte sein Handy aus der Brusttasche seiner Uniformjacke und begann ohne sonderlichen Enthusiasmus, einige der Apps aufzurufen. Auf *WhatsApp* keine neuen Nachrichten, auf *Facebook* zwar Nachrichten, aber keine interessanten. Er überlegte, ob er ein Selfie machen und sein Profilbild aktualisieren sollte. Doch dann fiel ihm ein, dass er ja die Uniform anhatte, und dann wäre sein Vorsatz, seinen Beruf in den sozialen Medien nicht zur Sprache zu bringen, dahin. Er war von allem Anfang an bemüht gewesen, auf *Facebook* ein ganz normaler Teilnehmer zu sein, weshalb sein Profil auch schlicht »Da Sigi« hieß. Ihm graute vor der Vorstellung, irgendwelche Ferlacher würden ihm Freundschaftsanfragen schicken, nur damit sie sich dann bei einer Amtshandlung auf eben diese Freundschaft berufen konnten. Nein, für seine Freunde war er »der Sigi«, und für alle anderen schlicht nicht präsent.

Endlich drangen Geräusche an sein Ohr, die an menschliche Stimmen gemahnten. Tatsächlich bahnte sich ein kleiner Trupp seinen Weg hinauf zum Fundort. Obiltschnig erkannte den dicken Wagner, der direkt neben Popatnig ging und sichtlich schnaufte. Die Gesichter der beiden Jüngeren hingegen sagten ihm nichts. Doch das mochte nichts heißen. Es war ja nicht so, dass er alle Tage mit der KTU in Verbindung treten musste.

»Na servus«, keuchte Wagner, ohne Obiltschnig zu begrüßen, »das wird nicht lustig, den da runter zum Wagen zu bekommen. Na ja«, und nun zeigte sich ein Grinsen auf seinem feisten Gesicht, »da wird es dann heißen: Jugend voran.« Der Gruppeninspektor ignorierte Wagners Unhöflichkeit und hielt ihm die Hand hin: »Servus, Gustl«, fügte er hinzu, ehe er mit der anderen Hand auf den Toten wies. »Ja, schad', dass die Leute nicht direkt in der Prosektur ermordet werden, das wäre praktischer.« Wagner ließ eine Art Knurren vernehmen: »Ich hab schon mehr gelacht. Und ob das ein Mord ist, das werden wir erst noch sehen.«

»Na ja, Selbstmord ist es jedenfalls keiner«, mischte sich Popatnig in die Unterhaltung, »außer, der Schatzl war nebenbei auch Zauberer und hat die Tatwaffe auf magische Weise verschwinden lassen.« Dabei lächelte er schief. Wagner aber schüttelte den Kopf. »Ihr zwei wart auch schon einmal lustiger. Vielleicht solltet ihr euch versetzen lassen. Das dauernde Zusammensein tut euch anscheinend nicht gut.«

»Es kann nicht ein jeder so witzig sein wie die Leute vom Villacher Fasching«, entgegnete Obiltschnig, wobei er das vorletzte Wort unter bewusster Anspielung auf Wagners Herkunftsort überdeutlich betonte. Wagner straffte seinen Oberkörper: »Weißt, was ein Ferlacher ist?« Er machte eine kurze Kunstpause. »Das ist ein Unterkärntner, bei dem es nicht einmal zum Klagenfurter gereicht hat.«

»Und wer hat gestern das Derby gewonnen? Ha? Wer?« Obiltschnig ließ seine Zähne sehen. »Die Klagenfurter. Aber nicht ihr«, gab Wagner unbeeindruckt zurück.

»Vielleicht, wenn wir uns jetzt der Leiche …« Der Einwand des blonden Jünglings wurde mehr gestottert als formvollendet vorgebracht, reichte aber immerhin aus, die drei Älteren zur Räson zu bringen. »Also, gehen wir's an«, gab Wagner die Richtung vor.

Das Ergebnis der Untersuchung war gleichwohl ernüchternd. Wagner resümierte, dass der Mann während eines offensichtlichen Spaziergangs von einer Kugel in die Brust getroffen worden war und sofort tot gewesen sein dürfte. Dementsprechend gäbe, so dozierte Wagner, es auch keine Spuren, die gesichert werden könnten. »Der ist einfach umgefallen, und aus die Maus. Wenn er einfach über eine Baumwurzel gestolpert wäre, könnten wir nicht weniger finden als so.«

»Und was kannst du uns zum Einschuss sagen?« Obiltschnig wollte partout irgendein Ergebnis in die Hand bekommen, das die sinnlose Warterei wenigstens teilweise rechtfertigte. »Na, da sehe ich nichts, was du nicht auch siehst. Schaut ganz nach einem Jagdgewehr aus. Vom Kaliber her, meine ich. Aber alles andere ist reine Spekulation. Ob der jetzt aus zehn Meter Entfernung gezielt erschossen wurde oder ob ein Jäger den armen Kerl mit einem Hirsch verwechselt hat, das kann ich dir nicht sagen. Aber da bringt der Pathologe vielleicht ein bisschen Licht in die Sache. Weißt eh, Aufprallwinkel, Schusskanal und solche Dinge. Da sind die ja echt Koniferen, die Herren in Weiß.« Sein auffordernder Blick ließ wenigstens seine beiden Helfer über den Wortwitz mit der Konifere schmunzeln. Für Obiltschnig und Popatnig gab es nichts zu lachen. Erstens, weil der Scherz uralt war, und zweitens, weil sie sich jetzt schon das Donnerwetter ausmalen konnten, das über sie hereinbrechen würde, wenn der Bürgermeister von der Geschichte erfuhr und keine Antworten von ihnen bekam.

»Aber wenn es ein Jagdunfall war, dann hätte sich der Jäger ja von sich aus bei uns gemeldet«, versuchte Popatnig, etwas Positives an der Causa zu finden. »Außer, er hat Fahrerflucht begangen!« Wagner hatte anscheinend seinen humorigen Tag.

»Oder aber«, bemühte sich Obiltschnig um Sachlichkeit, »es war jemand, der eigentlich gar nicht hätte jagen dürfen und es dann mit der Angst bekommen hat.« Wagner wies in der Zwischenzeit seine Helfer an, den Leichnam zum Wagen zu bringen. Erst dann wandte er sich an den Gruppeninspektor: »Spekulieren, lieber Freund, tun wir an der Börse. In unserem Metier halten wir uns an Fakten. Und Fakt ist: Nichts Genaues wissen wir nicht.« Er klopfte Obiltschnig jovial auf die Schulter. »Alsdern, habe die Ehre. Schönen Abend noch.«

Obiltschnig war ob des überfallartigen Abzugs der KTU einigermaßen konsterniert, und sein Hirn formte den gleichfalls uralten Kalauer: »Ich glaub, ich steh im Wald« zum einzigen Gedanken, der ihm in diesem Augenblick durch den Kopf ging. Nach einer kleinen Weile, die er einfach nur entgeistert dagestanden war, gestand er sich jedoch ein, dass an dieser Stelle tatsächlich weiter nichts zu tun war. Ihm blieb nur, wieder in die Inspektion zurückzukehren, wo ein ganzer Haufen an Telefonaten darauf wartete, von ihm getätigt zu werden.

III.

Normalerweise trachte ich ja danach, stets schnellstmöglich wieder aus einem Supermarkt flüchten zu können. Aber heute ist das anders. Ich versuche, jede einzelne Unterhaltung, die da geführt wird, mitzuverfolgen. Natürlich nicht, weil mich interessiert, ob jetzt Schweinsbraten auf den Tisch soll oder doch gegrillte Zucchini, auch ist mir das Philosophieren, ob der *VSV* gegen den *KAC* eine Chance gehabt hätte, herzlich gleichgültig. Ich will wissen, ob schon etwas über den Schatzl die Runde macht.

Einmal schien es fast so, und meinen Körper durchflutete das Gefühl wärmender Seligkeit. Doch dann musste ich feststellen, dass da einfach nur ein Mann in meinem Alter am Telefon mit seiner Frau oder seiner Geliebten sprach. Na ja, warum musste dieses Arschloch auch so einen blöden Nachnamen haben! Ich muss zugeben, ich bin nervöser, als ich erwartet hätte. Wie sonst ist es zu erklären, dass sich Pampers-Windeln und zweierlei Hautcremen in meinem Einkaufswagen befinden? Anscheinend räume ich, während ich verzweifelt bemüht bin, irgendwelche Informationen aufzuschnappen, irgendeinen Müll aus den Regalen. Das wird gar nicht so leicht, dieses Riesending wieder unauffällig zurückzubefördern. Und Auffallen ist so ziemlich das Letzte, was ich augenblicklich gebrauchen kann.

Jetzt streune ich schon fast eine Stunde durch die Gänge hier. Das bleibt auf die Dauer sicher auch nicht unbemerkt. Also besser, ich gehe endlich zur Kassa. Die Schatzl-Sache hat sich offenkundig noch nicht herumgesprochen, so viel steht einmal fest. Aber gut, vielleicht hält die Polizei die Angelegenheit noch unter der Decke. Ich werde, wenn ich wieder im Auto bin, einmal die Nachrichten abrufen, möglicherweise ist ja etwas zu den Medien durchgesickert.

Auch nichts. Schon mehr als merkwürdig. Gut, der Widerling ist erst seit ein paar Stunden tot, aber wir sind hier ja in einer Kleinstadt. Da wissen in der Regel die Nachbarn, dass man einen Leibeswind gelassen hat, bevor man ihn selbst riecht. Es kann doch nicht sein, dass da wirklich noch niemand etwas weiß. Also zumindest der Schaidabauer hätte doch mitbekommen müssen, dass da plötzlich Polizei vor seinem Anwesen auffährt. Und dass da später ein menschlicher Körper verladen und abtransportiert wird. So etwas muss man doch bemerken! Und sofort weitererzählen! Denn, Hand aufs Herz, was hat man sich in so einem Kaff schon groß zu berichten für normal? Die Hedwig ist schwanger, aber wahrscheinlich nicht vom Herbert. So etwas taugt da für einen Tratsch von mehreren Wochen, da muss doch der Tod eines, na, sagen wir es halt, Politikers für die ganz große Welle gut sein, oder etwa nicht?

Aber vielleicht hat der Schaidabauer gerade heute Ruhetag und war gar nicht zu Hause. Dann weiß er natürlich nichts von all dem, was da vor seinem Hof passiert ist. Und wer weiß, wie es im Hause Schatzl zugeht. Vielleicht ist seine Frau froh, dass der alte Gierlappen noch nicht zurückgekommen ist. Unter Umständen hat sie eine

Affäre und freut sich darüber, länger mit dem Liebhaber schweinigeln zu können, was weiß man schon heutzutage.

Mir bleibt also nichts anderes übrig, als mich wieder in Geduld zu üben. Das hab ich heute ja ohnehin schon zur Genüge praktiziert. Vielleicht poppt die Sache morgen dann umso größer auf. Wollen wir's hoffen! Aber jetzt sollte ich besser einmal von diesem Parkplatz wegfahren, sonst kommt das noch irgendeinem verdächtig vor, und am Ende notiert er sich dann mein Kennzeichen. Und wenn morgen die Polizei die Runde macht, ob irgendwer irgendwas bemerkt hat, dann erinnert der sich vielleicht an mich, und ich verrotte vor der Zeit in Karlau. Das darf nicht passieren. Also sehen wir zu, dass wir nach Hause kommen. Morgen ist, wie es so schön heißt, auch noch ein Tag.

IV.

»Jetzt sind S' nicht kindisch, Obiltschnig! Jagdunfall! Dass ich nicht lach.« Wie das Tier im Zoo tigerte Oberstleutnant Hartl von der Landespolizeidirektion in Klagenfurt im Zimmer auf und ab. Hartl war für zwei Dinge gefürchtet: seine absolute Humorlosigkeit und seine Fähigkeit, prinzipiell keinen Satz zu vollenden. Der Pressesprecher der Kärntner Polizei hatte Hartl deswegen einmal »Anna Koluth« genannt, was natürlich niemand, auch Hartl nicht, verstanden hatte, bis irgendjemand herausgefunden hatte, dass man unter *Anakoluth* einen grammatischer Mangel verstand, Sätze logisch und richtig zu beenden. Und darin war Hartl, wenn er schon sonst nicht viel konnte, ein wahrer Meister. Was Obiltschnig allerdings auch nichts nützte. »Außerdem«, hörte er Hartl knurren, »ist dort ja kein Jagdgebiet, nicht wahr. Wer also sollte … ich meine, dort? Nicht?« Obiltschnig befand, ein Nicken an dieser Stelle mochte nicht schaden.

»Na sehen S'! Ganz meine … Rede, nicht wahr?« Obiltschnig schmunzelte. Der Satz war zwar von einer Pause unterbrochen worden, aber wenigstens keine Anna gewesen. »Ein Stadtrat noch dazu!« Der Gruppeninspektor bemühte sich, Hartl nicht aus den Augen zu verlieren. »Wichtig, nicht wahr? Wahnsinnig wichtig! Und heikel! Wirklich heikel.« Der Oberstleutnant war abrupt stehen geblieben und stützte die Hände in die Hüften, während er Obiltschnig durchdringend ansah: »Sie wollen mir doch nicht ernsthaft auftischen, dass ... das ... ein Unfall, nicht wahr? Das glauben S' doch selber ...« Es folgte eine wegwerfende Handbewegung. »Wenn's der Dorfdepp gewesen wäre, bitte, oder irgendwer. Aber ein Stadtrat? Nie und nimmer!« Obiltschnig musste sich eingestehen, dass der Alte mit dieser Vermutung einen Gedanken formulierte, der ihm auch schon durch den Kopf gegangen war. Dass ausgerechnet eine gewichtige Ferlacher Persönlichkeit Opfer eines unglücklichen Jagdunfalls geworden sein sollte, das war wirklich nicht sehr wahrscheinlich. Er spürte, wie er blass wurde angesichts der Schlussfolgerung, die sich ob dieser Überlegung in ihm einzunisten begann: Wenn es kein Unfall war, dann war es ... Mord!

Mord! Allein schon das Wort! Obiltschnig konnte sich nicht erinnern, dass es in Ferlach jemals ein solches Gewaltverbrechen gegeben hatte. Vom alten Obexer, der noch Kommandant des seinerzeitigen Gendarmeriepostens gewesen war, wusste er, dass irgendwann um 1985 einmal ein Bauer im Rausch seine Frau erschlagen hatte. In Ressnig unten. Aber der hatte gleich danach selbst die Polizei angerufen und die Tat noch am Telefon gestanden. Obiltschnig erinnerte sich noch gut daran, denn Obexer hatte überaus anschaulich dargelegt, dass er kaum zehn Minuten gebraucht hatte, um den Tatort, der sich in unmittelbarer Nähe vom *Gasthof Plasch* befunden habe, zu erreichen. Dennoch sei er zu spät gekommen, denn der Bauer hatte sich bereits in seinem Stall erhängt, sodass es nicht einmal mehr zu einer Festnahme gekommen war.

»Sind wir im Traumland, oder wie?« Hartls schneidender Ton rief Obiltschnig zurück in die Gegenwart.

»Was sitzen wir noch hier? Von allein löst sich der Fall nicht. Also hopp, hopp, nicht wahr? Gemma, gemma!« Der Gruppeninspektor war sich nicht sicher, was Hartl von ihm erwartete. »Und was soll ich jetzt Ihrer Meinung nach unternehmen?« Hartl verdrehte demonstrativ die Augen. »Muss man euch Streifenhörnchen eigentlich alles …?« Gepresst blies der Oberstleutnant Luft aus. »Jetzt gehen S' einmal zum Doktor … na … wie heißt er? … Der Dings … na, der von der Pathologie, der …« Anscheinend vergaß Hartl jetzt nicht nur, wie man Sätze richtig vollendete, er wusste auch nicht mehr, wie seine Kollegen hießen. »Der Doktor Bergmann?«, mutmaßte Obiltschnig und erntete heftiges Nicken. »Genau! Der Berg… nicht wahr? Da gehen S' jetzt einmal … na husch, husch!«

»Ist es nicht, Herr Oberstleutnant, vielleicht sinnvoller, wenn ich dort zuerst einmal anrufe? Unter Umständen ist der Herr Doktor noch nicht mit der Obduktion fertig. Oder er hat gerade eine Besprechung oder so etwas. Da kann ich ja wohl kaum aufs Geratewohl …«

»Ach, papperlapapp! Dieser Fall da«, dabei klopfte Hartl mit den Knöcheln seiner rechten Hand penetrant auf die Tischplatte, »absolute Priorität, nicht wahr! Da kann der Herr Doktor … ein anderes Mal … beschäftigt und so, nicht wahr!« Obiltschnig wollte noch eine Einwendung machen, doch sah er ein, dass er sich ins Unvermeidliche schicken musste. Trotz der vorgerückten Stunde würde er nach Klagenfurt fahren müssen, was bedeutete, dass das Nachtmahl heute ausfiel. Zumindest zur gewohnten Zeit. Er war eben aufgestanden, als die Tür aufflog und der Bürgermeister formatfüllend in der Öffnung erschien. »Was hab ich gehört? Der Hubert?«

Mit einem Mal war die Dienstfahrt in die Landeshauptstadt gar nicht mehr so unattraktiv. »Herr Bürgermeister, Sie haben leider richtig gehört. Der Herr Oberstleutnant hier wird Ihnen alles genau erklären und Sie vollständig ins Bild setzen. Ich muss leider nach Klagenfurt in die Gerichtsmedizin. Ich darf mich daher empfehlen.«

Noch ehe der Bürgermeister irgendwie reagieren konnte, hatte sich der Gruppeninspektor an ihm vorbeigezwängt und sah zu, dass er zum Wagen kam. Er bog in die Hauptstraße ein und fuhr bis zum Sparkassenplatz, wo er wie üblich eine halbe Ewigkeit warten musste, ehe sich eine Lücke auftat, die es ihm ermöglichte, die Fahrt auf der Klagenfurter Straße fortzusetzen. Dummerweise hatte aber genau diese Verzögerung dafür gesorgt, dass aus der Waagstraße ein Traktor einbiegen konnte, der nun mit enervierender Langsamkeit vor Obiltschnig dahintuckerte. Der Gruppeninspektor hoffte inständig, unmittelbar nach der Ortstafel eine Gelegenheit zum Überholen zu bekommen, was freilich nur funktionierte, wenn es keinen Gegenverkehr gab, sonst klebte er bis zur Draubrücke hinter dem Nutzfahrzeug fest und verlor damit noch einmal wertvolle Zeit.

Endlich, nach einer schieren Ewigkeit, hatten sie das Farbenfachgeschäft passiert, wo das Ortsgebiet endete. Obiltschnig drückte das Gaspedal durch und schoss an dem Traktor vorbei, noch ehe der entgegenkommende Wagen zu einer Bedrohung werden konnte. Allerdings hatte er damit einen derartigen Geschwindigkeitsüberschuss erzielt, dass er kräftig auf die Bremse steigen musste, um beim Ortsanfang von Görtschach halbwegs das Tempolimit einzuhalten. Wenig später erreichte er den Ort, an dem der neue Sportplatz entstehen sollte. Ging es nach den Gemeindebossen, dann sollten ausgerechnet hier, weitab vom Stadtzentrum, die beiden Fußballvereine Ferlachs ihre neue Heimstätte bekommen. Obiltschnig zählte, wie so viele andere auch, zu den entschiedenen Gegnern dieses Projekts. Für ihn gab es nur einen Fußballverein in der Stadt, und der hieß *ATUS. Arbeiterturn- und Sportverein.* Der spielte in der Kärntner Liga, und sein Fußballfeld, gleich hinter dem *Arbeiterheim* gelegen, hatte den herben Charme vergangener Zeiten. Die anderen, das waren die Klerikalen, die irgendwann geglaubt hatten, sie mussten ausgerechnet in der Büchsenmacherstadt auf Don Camillo und Peppone machen. Natürlich taugte die *DSG* überhaupt nichts und dümpelte irgendwo im Nirgendwo der siebenten oder achten Spielklasse herum. Allein schon der Name! *Diözesan-Spielgemeinschaft.* Darauf musste man erst einmal kommen! Wenn man so etwas in einem Roman las, dann schalt man den Autor, er habe keine Ahnung von der Wirklichkeit.

Und jetzt sollten sich auf einmal beide Vereine ein Stadion teilen. Allein schon die Vorstellung war ein Witz, vollkommen abwegig. Es kam ja auch niemand auf die Idee, in Wien draußen *Rapid* und *Austria* in eine Arena zu pferchen. Aber gut, noch war die ganze Sache ja nicht in trockenen Tüchern. Es gab genügend Proteste, und die Finanzierung war absolut noch nicht gesichert. Obiltschnig wusste um die Gerüchte, die hinsichtlich dieses Plans im Umlauf waren. Angeblich hatte die Gemeinde voreilig einige Äcker angekauft, die sie nun irgendwie bebauen musste. Und weil man dort draußen, so weit vom Ortszentrum entfernt, keine Wohnungen errichten konnte, musste es eben ein Stadion werden. Der Bürgermeister, so hieß es, sei von dem Projekt nicht sonderlich angetan, aber er sei überrumpelt worden, weil … Obiltschnig klatschte sich mit der flachen Hand auf die Stirn. War da eben ein Motiv aufgetaucht? Der Finanzstadtrat hatte den Landkauf doch seinerzeit in Eigenregie durchgezogen und erst danach den Bürgermeister und den Gemeinderat darüber informiert. Mit der Aktion hatte sich der Schatzl sicher keine Freunde gemacht. Abgesehen von den Bauern, die ihm den Boden verkauft hatten, vielleicht. Die Welle der Euphorie war viel zu schnell über ihn hinweggeschwappt. Sigi, bleib ruhig! Du denkst schon an ein Motiv, und dabei steht noch nicht einmal fest, ob überhaupt ein Verbrechen vorliegt, sagte er sich. Verbunden mit der Mahnung, nicht so viele Fernsehkrimis anzuschauen.

Obiltschnig hing so sehr seinen Gedanken nach, dass ihm gar nicht auffiel, wie langsam er unterwegs war. Erst als auf der Draubrücke mehrere Wagen an ihm vorbeibrausten, warf er einen Blick auf den Tachometer. Mit 50 Stundenkilometern über Land machte man sich hierorts auch nicht viele Freunde, dachte er schließlich. Er schaltete also in den fünften Gang und fuhr mit rund 90 Sachen an der Hollenburg vorbei Richtung Maria Rain. Dort freilich musste er das Tempo wieder etwas drosseln, und zwei Kilometer später reihte er sich in den Kolonnenverkehr ein, der der Landeshauptstadt zustrebte.

Unweigerlich konsultierte er seine Uhr. Es ging hart auf 18 Uhr zu, was er auch daran ablesen konnte, dass sich die Dämmerung bereits ankündigte. Wollte er in der Gerichtsmedizin noch jemanden antreffen, dann hielt er sich besser ran. Tatsächlich parkte er seinen Wagen wenige Minuten nach 18 Uhr vor dem Gebäude der Pathologie und eilte zielstrebig in das Reich des Doktor Bergmann. »Entschuldigung, Herr Doktor, dass ich nicht vorher angerufen habe. Aber der Oberstleutnant Hartl …«

»Der hat es mal wieder eilig, was?«, schmunzelte Bergmann. »Aber kein Problem, die Messe ist schon längst gelesen.« Obiltschnig zeigte sich verwirrt. »Wie bitte?« Nun war der Pathologe irritiert. »Na, kommen S' nicht wegen der Waldleiche heute?« Obiltschnig beeilte sich zu nicken. »Doch, doch!« Der Mediziner lächelte breit: »Dann passt's ja. Der Bericht ist schon fertig. Eh schon wissen: ex nihilo nihil fit, und so weiter.«

Der Gruppeninspektor hatte keine Ahnung, was der Doktor meinte, ging aber davon aus, dass neuerliche Zustimmung nicht schaden konnte. »Und was haben wir jetzt? Mord oder Unfall?« Bergmann legte den Kopf leicht schief. »Grau, mein Freund, ist alle Theorie. Auf diese Frage kann auch die genaueste Obduktion keine zweifelsfreie Antwort geben. Alles, was ich Ihnen sagen kann, ist, dass der Mann aus ziemlicher Entfernung mit einem Kaliber getötet wurde, das, wie Sie ja schon selbst vermutet haben, für Jagdgewehre typisch ist.« Das Grinsen auf Bergmanns Gesicht wurde breiter. »Da haben Sie jetzt eine wirklich tolle Tatwaffe, was? In Ferlach, einer Stadt, die für ihre zahlreichen Büchsenmacher bekannt ist, haben sicher Hunderte, wenn nicht sogar Tausende ein Gewehr zu Hause stehen. Aber solang ich keine Vergleichsprobe habe, kann ich Ihnen nicht sagen, ob jetzt aus dem oder aus dem Gewehr geschossen wurde.« Das Grinsen changierte ins Sardonische: »Und ob jetzt ein Hubertusjünger einfach das falsche Zielwasser getrunken, oder ob jemand bewusst auf den Herrn da angelegt hat, das bleibt vorderhand unerklärbar. Aber«, und an dieser Stelle hob Bergmann den rechten Zeigefinger, »wenn das ein Anschlag war, dann haben Sie es mit einem wahren Meisterschützen zu tun, denn aus der Art der Wunde können wir schließen, dass der Täter – wenn er denn einer war – aus sehr großer Entfernung abgedrückt hat. Sicher an die 100 Meter, wenn nicht sogar mehr.«

»Also, Sie tippen nicht auf einen Unfall?«

»Das habe ich nicht gesagt. Ich habe lediglich betont, dass seitens der Wissenschaft in dieser Frage zum gegenwärtigen Zeitpunkt keine exakte Aussage getroffen werden kann.«

»Sehr super«, maulte Obiltschnig.

»Sehen Sie es doch von der positiven Seite. Solang nicht klipp und klar erwiesen ist, dass es sich hierbei um eine Straftat handelt, haben S' keinen Fall und ergo eine Ruh'! Das ist doch auch etwas.«

»Mit Verlaub, aber das glauben auch nur Sie, Herr Doktor. Spätestens morgen wird ganz Ferlach wissen, dass der Herr Stadtrat erschossen wurde. Und dann bin ich umringt von 8.700 Polizisten, die allesamt besser wissen als ich, was vorgefallen ist, wer der Täter war und welches Motiv er hatte. Und wenn ich da nichts darauf sagen kann, dann bin ich jede Autorität für immer los. Aber wirklich für immer.«

»Sie haben mir nicht richtig zugehört, glaube ich. Solang Gegenteiliges nicht erwiesen ist, kann man getrost von einem Unfall ausgehen. Und wenn ich in der Exekutive etwas zu sagen hätte, würde ich das genau so kommunizieren.« Obiltschnig entrang sich wieder einmal ein Seufzer. »Dann kann ich nur hoffen, dass die Großkopferten das ebenso sehen. Weil, sonst kann ich mir in den nächsten Tagen einiges anhören.«

Der Gruppeninspektor räusperte sich. »Es macht eigentlich keinen Sinn, wenn ich den Bericht da jetzt an mich nehme. Weil, es ist ja überaus zweifelhaft, ob wir in Ferlach überhaupt mit dieser Angelegenheit betraut werden. Das muss, glaube ich, der Hartl entscheiden, und daher ist es am besten, Sie hätten die Güte, ihm das Dokument gleich direkt zukommen zu lassen.« Obiltschnig gelang es, die Uhrzeit von der Wanduhr abzulesen, ohne den Arzt dabei aus den Augen zu lassen. »Ich denke, das wär's dann. Ich darf Ihnen noch einen schönen Abend wünschen und mich empfehlen.«

Obiltschnig war schon beinahe bei der Tür, als er Bergmanns Stimme noch einmal vernahm. »Wenn Sie freilich Gewissheit haben wollen, dann machen S' doch einmal einen Spaziergang.« Der Gruppeninspektor drehte sich wieder um: »Wie meinen Sie jetzt nachher das?«

Der Arzt ließ seinen Blick auf dem Brustkorb des Toten ruhen. »Vom Wundkanal aus kann man davon ausgehen, dass der Schütze sich ein hübsches Stück oberhalb des Mannes befunden hat.« Sofort hob Bergmann abwehrend die Hände. »Bitte, ich weiß, das heißt jetzt einmal a priori noch gar nichts. Viele Jäger sitzen in einem Hochstand oder liegen irgendwo auf der Lauer und nehmen ihre Beute daher von einer erhöhten Position ins Visier. Aber Sie können ja einmal vom Fundort der Leiche noch ein Stückchen den Berg hinaufgehen. So 100 Meter halt. Wer weiß, vielleicht finden S' dann etwas.«

»Die Patronenhülse«, platzte es aus Obiltschnig heraus. Sein Gegenüber deutete ein Lächeln an. »Zum Beispiel. Damit hätten wir dann einen möglichen Hinweis, aus welcher Waffe die Kugel abgefeuert wurde. Weil«, ergänzte der Mediziner, »mir kommt es schon ein wenig seltsam vor, dass jemand, wenn ihm so ein Schuss ausgekommen ist, einfach das Weite sucht.«

»Na, Herr Doktor, Sie glauben nicht, wie viele Fälle von Fahrerflucht wir haben. Das ist bei uns sogar eines der am meisten vorkommenden Delikte. Die Leute machen einen

Fehler, sind dann so darüber erschrocken, dass sie einen Schock kriegen und instinktiv nur wegwollen.«

»Das haben Sie jetzt schön gesagt, Herr Gruppeninspektor. Ich alter Zyniker hätte ja gemeint, die paschen nur ab, weil sie Angst vor den Konsequenzen haben.«

»Das natürlich auch. So ein Unfall ist generell nicht lustig, und wenn man dann auch noch irgendetwas getan hat, woraus sich ein schuldhaftes Handeln ableiten lässt … was weiß ich, wenn man ohne Freisprechanlage telefoniert oder doch ein bisschen etwas getrunken hat, dann ist man schnell in Teufels Küche. Da ist der Fluchtreflex eigentlich ganz natürlich.«

»Ja, ich kenne die Statistiken«, nickte Bergmann, »aber immerhin stellen sich ja ein paar am nächsten Tag, weil sie doch so etwas wie ein schlechtes Gewissen kriegen. Vielleicht ist das ja in Ihrem Fall auch so.« Obiltschnig signalisierte seinem Gegenüber, dass es zu derart großem Optimismus bei ihm nicht reichte. »Na gut«, fügte er resignierend hinzu, »dann geh ich halt morgen einmal in den Wald spazieren. Soll ja ganz gesund sein«, rang er seinem Vorhaben eine positive Note ab. Bergmann grinste maliziös und deutete auf den Leichnam: »Sagen S' das ihm.«

V.

Damit hatte ich eigentlich nicht gerechnet. Es ist wirklich erstaunlich, welche Langzeitfolgen so ein bescheuerter Religionsunterricht in der Schule in einem anrichtet. Ich habe tatsächlich die ganze Nacht kein Auge zugetan. Immer wieder bin ich aufgestanden, habe irgendwann nach 2 Uhr früh sogar ein Schlafpulver genommen, aber es hat rein gar nichts genützt. Immer und immer wieder sind mir diese Bilder durch den Kopf gegangen, wo der Schuft einfach wie ein Stück Holz umgefallen ist. Und obwohl ich ganz genau weiß, dass dieser Kerl nur bekommen hat, was er verdiente, so habe ich trotzdem ein schlechtes Gewissen. Diese dummen Moralvorstellungen, die sie uns als Kinder eingepflanzt haben. Du sollst nicht töten und so weiter. So ein Blödsinn! Die Mächtigen, die gehen seit Anbeginn der Zeit über Leichen, und die Kirche, die segnet sie auch noch dafür. Und uns will sie dann kleinhalten. Damit wir die gottgegebene Ordnung, wie sie das nennt, nicht infrage stellen. Ja freilich sagt uns die Kirche das. Weil sie ja von dem System genauso profitiert wie die Politiker und die Fabrikanten und die Großhändler und all die anderen großen Tiere, die aus unserer Welt einen Schweinestall gemacht haben. Irgendwer musste ja einmal zur Gegenwehr greifen, sonst hört das alles nie auf, und am Ende sind immer wir die Opfer. So, und jetzt hat es halt einmal einen Täter erwischt! Der hat nur seine gerechte Strafe bekommen, kein Grund also, dass ich mich irgendwie schlecht fühle. Und dennoch nagt die ganze Sache an mir.

Was hat der Großvater vom Krieg erzählt? Dort hat er pausenlos irgendwelche Russen erschossen. Er hat gesagt, das waren genauso arme Hunde wie wir. Es wäre viel besser gewesen, hat er dann immer gemeint, sie hätten den Hitler erschossen und die Russen den Stalin. Dann wär eine Ruh gewesen. So aber sind Millionen und Abermillionen gestorben, nur weil die Großen ihren Willen durchsetzen wollten. Apropos, diese Generäle da im 44er-Jahr, die wollten den Hitler ja wirklich in die Luft jagen, und die feiert man heute als Helden. Also bitte, ich bin kein Mörder! Ich bin ein Widerstandskämpfer.

Dass die Mächtigen immer so gierig sein müssen! Die wachsen doch ohnehin mit dem goldenen Löffel im Mund auf, haben mehr, als sie in ihrem ganzen Leben verprassen können, und trotzdem wollen sie immer noch mehr. Und dafür ruinieren sie uns. Weil wir ihnen nämlich scheißegal sind. Für die sind wir das Vieh. Zuerst melken sie uns, dann, wenn nichts mehr zu holen ist, geben sie uns den Rest. Jetzt hat wenigstens einmal einer von denen spüren müssen, wie das ist, wenn man auf der Abschussliste steht.

Jedenfalls hatte ich in der Nacht viel Zeit nachzudenken. Eigentlich wäre es gar nicht so schlecht, wenn der Tod von diesem Schwein keine hohen Wellen schlüge. Ich denke mittlerweile, es wäre das Beste, wenn die Polizei das Ganze für einen Unfall hielte. Dann stellt keiner Fragen, und ich kann in aller Ruhe den nächsten Schritt vorbereiten. Immerhin warten noch genügend andere auf ihre gerechte Strafe.

Ich hoffe nur, ich habe genügend Kraft dazu. Viele solcher Nächte kann ich mir nicht leisten, sonst bin ich ein psychisches und physisches Wrack, und mit der notwendigen Rache ist es Essig! Daher ist es besser, ich konzentriere mich wieder auf das Wesentliche. Beim nächsten Mal kann ich keinesfalls wieder ein Gewehr verwenden, das wäre zu auffällig. Ich muss mir also etwas anderes überlegen. Irgendwas, wo man auch noch glauben kann, es wäre ein blöder Unfall gewesen.

Am besten, ich mache mir einmal einen Kaffee, da kommen mir immer gute Ideen. Die Drau vielleicht? Nur, wie lockt man das nächste Monster dorthin? Ich glaube, da fällt mir etwas ein. Ja, das könnte gehen … Mist, kein Zucker! Da bin ich gestern stundenlang im Supermarkt herumgelaufen, und dann habe ich ausgerechnet auf den Zucker vergessen. Gut, dann muss es halt so gehen. Wird vermutlich nicht das einzige Mal in nächster Zukunft sein, dass ich improvisieren muss. Der Einfall mit der Drau ist nicht schlecht, und ich denke, ich weiß auch schon, wie ich das einfädle.

Ob es um die Zeit was im Fernsehen gibt? Mal schauen. Im schlimmsten Fall kann ich ein wenig Schlaf nachholen, auch nicht schlecht.

VI.

Obiltschnig war am Vorabend direkt von Klagenfurt nach Hause gefahren. Am Posten hätte er ohnehin nichts mehr ausrichten können. Und mit etwas Pech wären dort immer noch der Hartl und der Bürgermeister gesessen, die ihn dann genervt hätten. Da war die Portion Kasnudeln mit einem *Schleppe* dazu schon die entschieden bessere Option gewesen. Er riskierte einen ersten Blick aus dem Fenster und konstatierte, dass der Herbst unwiderruflich ins Land gezogen war. Nicht nur, dass er nach der Arbeit wieder eifrig würde Laub rechen müssen, es war auch sicher nicht verkehrt, sich wärmer anzuziehen. Vor allem, wenn man in den Wald wollte. Wollte? Musste! Auch egal, wenigstens brauchte er dann nicht wieder die ganzen langweiligen Gespräche zu führen, die sonst seinen Polizeialltag kennzeichneten.

Während Obiltschnig ein neues Hemd aus dem Kasten fischte, fiel ihm plötzlich wieder die Irre ein, die im Vorjahr für den größten Ferlacher Polizeieinsatz seit Jahrzehnten gesorgt hatte. Und ausgerechnet an diesem Tag hätte er dienstfrei gehabt. Während er reichlich Butter auf ein Stück Schwarzbrot strich, ging ihm die Geschichte nicht mehr aus dem Sinn. Ein Bauer hatte damals seine Mutter zwangseinweisen lassen wollen, weil sie nicht mehr alle Tassen im Schrank hatte. Und als die Alte erkannte, was ihr Sohn mit ihr vorhatte, da brannten offenbar die Sicherungen bei ihr durch. Erst bedrohte sie ihn und den anwesenden Arzt mit einem Messer, dann rannte sie, immer noch bewaffnet, davon. Der Popatnig hatte daraus eine potenzielle Attentäterin gemacht und sofort Klagenfurt kontaktiert, wo man auch wenig Lust verspürte, kleine Brötchen zu backen. Eine gute Stunde war der Hubschrauber über dem Zentrum der Stadt gekreist, um die Frau ausfindig zu machen. Er, Obiltschnig, war bereits zu diesem Zeitpunkt vollkommen sicher, dass man dabei mit Kanonen auf einen Spatzen schoss. Tatsächlich wurde die Frau, sichtlich verwirrt, wenig später im Supermarkt aufgegriffen, wo sie … richtig, mit dem mitgebrachten Messer Butter auf einige Toasts schmierte. Freud ging offenbar immer wieder originelle Wege. Obiltschnig betrachtete grinsend sein Butterbrot und befand, es war kein Fehler, sich ein wenig zu beeilen.

Als er 20 Minuten später die Amtsstube betrat, war Popatnig in die Lektüre von *Das Kärnten* vertieft, eine Gratisgazette, die auf lokale Berichterstattung spezialisiert war. »Morgen, Ferdi. Irgendetwas Neues?«, begrüßte er den Kollegen. »Alles fit im Schritt«, gab der zurück, ohne aus der Zeitung aufzusehen.

»Irgendwelche Neuigkeiten in der Schatzl-Sache?« Jetzt riskierte Popatnig doch einen Blick über den Rand des Blattes. »Das müsstest doch du wissen. Du bist ja gestern noch nach Klagenfurt gebrettert.«

»Von gebrettert kann keine Rede sein. Ich war so in Gedanken, dass sie mich auf der Draubrücke gleich im Dutzend überholt haben.«

»Da sagt das Radar aber was anderes.« Popatnig nickte auf einen Papierstapel zu seiner Rechten. »Achtundachzig im Bereich Maria Rain. Da ist ein 70er. Und mit den

Zwetschgen warst ja auch nicht unterwegs. Also …« Popatnig grinste.

»Sehr witzig!« Obiltschnig trat an den Schreibtisch seines Kollegen, suchte die entsprechende Meldung heraus, zerriss sie und warf die Schnipsel in den Papierkorb. »Verfahren eingestellt«, bemerkte er lakonisch. Popatnig quittierte es mit einem Schulterzucken.

»Und was war jetzt in Klagenfurt?«, griff er dann die begonnene Unterhaltung wieder auf. »Was sagt der alte Leichenfledderer?« Obiltschnig gab in knappen Worten wieder, was Bergmann ihm am Vortag zu verstehen gegeben hatte. »Und daher«, schloss er seine Ausführungen, »werde ich jetzt einen Spaziergang machen. Mal schauen, ob ich irgendwie den Platz finde, von dem aus geschossen wurde.«

»Eher findest die richtigen Sechs beim Lotto. Aber bitte, des Menschen Wille ist sein Himmelreich oder so. Besser, als da zu versauern.« Obiltschnig wiegte skeptisch den Kopf: »Ich weiß nicht, es ist ziemlich frisch draußen. So gesehen wäre es da herinnen gemütlicher.« Popatnigs Mundwinkel gingen erneut nach oben. »Zumindest solang nicht die alte Weghoferin wieder da antanzt und sich über die Burschen im *Kolpingheim* beschwert, weil die immer so laut sind.«

»Na ja, der ist halt auch fad. Zuerst stirbt ihr der Mann weg, dann geht ihrem Pinscher die Luft aus, und die Nachbarin ist vorigen Monat auch zu den Krebsen pfeifen gegangen. Da braucht sie halt eine Ansprache, die Weghoferin.« Popatnigs Verständnis hielt sich in engen Grenzen. »Dann soll's zum Pfarrer gehen, wenn sie eine Ansprache will.« Jetzt war es an Obiltschnig zu grinsen. »Der war gut. Als ob der Deutsch verstünde.« Der Gruppeninspektor erntete Unverständnis für diesen Satz. Kein Wunder, dachte er sich, der Popatnig war seit seiner Firmung in keiner Kirche mehr gewesen, und daher hatte er wohl nicht die geringste Ahnung, dass der neue Pfarrer ein Pole war, dessen Kenntnisse der ortsüblichen Sprachen mehr als begrenzt waren.

»Egal, wird schon nicht so schlimm werden«, gab Obiltschnig schließlich Linie vor. »Ich fahr da jetzt einmal zum *Schaidabauer* und schau mich ein bisschen um. Wenn irgendwas ist, dann ruf mich halt an. Und wunder dich nicht, wenn ich nicht rangeh', du weißt ja noch von gestern, dass der Empfang dort mehr als dürftig ist.« Popatnig nickte nur.

Eine knappe Viertelstunde später stellte Obiltschnig den Streifenwagen neben dem Gatter ab, das die Kuhweide vom eigentlichen Hof schied. Der *Schaidabauer* hatte noch nicht aufgesperrt, aber wenigstens, wie dem schwarzen Schild zu entnehmen war, an diesem Tag geöffnet. Der Gruppeninspektor rieb sich vergnügt die Hände. Er würde sich für die Plackerei im Unterholz mit einem ordentlichen Menü belohnen. Und mit etwas Glück stiegen die Temperaturen ja bis zum Mittag an, dann konnte er sogar auf der Terrasse Platz nehmen und den Blick auf die Hollenburg, die Wallfahrtskirche von Maria Rain und das zu deren Füßen liegende Ferlach genießen.

Vorerst aber war Arbeit angesagt. Er folgte dem Pfad etwa 15 Minuten und erkannte den Fundort der Leiche sofort wieder. Kein Wunder. Für gewöhnlich trampelte eben nicht ein halbes Dutzend Männer auf dem Waldboden herum. So etwas hinterließ Spuren, die sogar mit freiem Auge auszumachen waren. Obiltschnig sah sich um. Der Schatzl war sicher denselben Weg gegangen wie er gerade. Die Kugel wiederum hatte ihn direkt von vorne in die Brust getroffen. Also musste der Schuss von weiter oben, dafür aber in direkter Linie abgefeuert worden sein. Alles, was er daher tun musste, war, den Pfad weiter hinaufzusteigen und dabei das Erdreich zu keinem Moment aus den Augen zu lassen. »Es ist wie beim Pilzesammeln«, sagte er leise zu sich, »einfach nur ganz genau schauen.«

Sorgsam setzte er Schritt um Schritt und wandte sich dabei immer wieder um, damit er sicherstellte, die direkte Linie nicht zu verlassen. Seine Augen scannten den Boden ab, nahmen aber nichts wahr, was mit der Sache in Zusammenhang stehen könnte. Je länger er durch den Wald schlich, umso lächerlicher kam sich der Gruppeninspektor vor. Was erwartete er sich wirklich von dieser Aktion? Oder anders formuliert: Wie hoch war die Wahrscheinlichkeit, hier wirklich eine Patronenhülse zu finden? »Einen Metalldetektor hätt' ich mitnehmen sollen«, meinte er glucksend, ehe er seinen Weg fortsetzte.

Nachdem er zum dritten Mal das gesamte Areal durchquert hatte, gestand er sich ein, dass er sich umsonst bemüht hatte. Seine gesamte Ausbeute bestand aus einem halb verwitterten Zigarettenpäckchen, das aber wohl, so sagte er sich angesichts des Zustandes des Fundstückes, hier schon eine ganze Weile vor sich hin faulte. Also beschloss er, die Aktion abzubrechen und sich bei einem Mahl im Gasthaus zu trösten.

Er brauchte nicht lange, um sich für ein Gericht zu entscheiden. Ein Kärntner Ritschert aus Rollgerste, Bohnen und Selchfleisch hatte er seit einer gefühlten Ewigkeit nicht mehr gegessen. Er bestellte eine Portion und orderte dazu Schwarzbrot, worauf ihm vom Schaidabauern verkündet wurde, dies sei bei der Bestellung automatisch dabei. Angesichts der Uniform, die er trug, verkniff er sich das Bier und begnügte sich stattdessen mit einem gespritzten Apfelsaft. Während er seinen Blick über das Tal schweifen ließ, überlegte er sich, ob und wie er den Gastwirt befragen sollte.

»Gestern war ja Ruhetag, oder?«, begann er das Gespräch, nachdem der Schaidabauer gekommen war, um die Reste des Mahls abzuservieren. »Wart ihr trotzdem am Hof?« Der Wirt hielt kurz inne, schien über die Frage nachzusinnen. »Am Vormittag war ich in der Stadt, ein paar Zutaten besorgen. Aber die Treska war die ganze Zeit da. Und, soviel ich weiß, die Jackie auch.«

Obiltschnig wusste Bescheid. Treska, das war die Schaidabäuerin, und die Jackie, das war Jacqueline, die gemeinsame Tochter des Paares. Der Sohn, so erinnerte sich der Gruppeninspektor, studierte irgendwo im Steirischen, in Leoben oder Graz, irgendetwas mit Geologie oder dergleichen. Jedenfalls war der nur in den Ferien zu Hause, so wie die meisten, die Ferlach zu Studienzwecken verließen. »Sag, und ist euch gestern irgendetwas aufgefallen? Irgendetwas Ungewöhnliches, ein Auto, das da geparkt hat oder so etwas?«

Der Schaidabauer lächelte wissend. »Ich kann mir schon denken, warum du mich das fragst. Das Großaufgebot gestern, gell? Ja, da war ich schon zu Hause. Was man so hört, war's der Stadtrat, den ihr gefunden habt.«

»Ah, hört man das schon?« Der Wirt stellte Obiltschnigs Teller wieder ab und setzte sich. »Na ja, hören ist vielleicht nicht das richtige Wort. Wie ihr da gestern mit dem ganz großen Besteck angerückt seid, da haben wir uns natürlich sofort unsere Gedanken gemacht. Und jetzt eben hab ich es in der Zeitung gelesen. Online halt. Aber das gilt ja auch irgendwie.«

Es stand also schon in den Medien, dass der Stadtrat tot war. Jetzt haben wir den Salat, dachte sich Obiltschnig. Bestimmt lief bei Popatnig schon das Telefon heiß, weil die einen etwas wissen wollten, die anderen etwas zu wissen glaubten und wieder andere einfach nur wissen wollten, ob irgendwer etwas zu wissen glaubte.

»Na, wenn du ohnehin schon Bescheid weißt, dann kannst du dir ja auch vorstellen, warum ich dich gefragt habe. Es gibt da nämlich noch einige Ungereimtheiten. Und daher wäre es gut zu erfahren, ob da jemand herumgestrolcht ist gestern Mittag. Oder eventuell auch kurz danach.«

Innerlich gab es Obiltschnig einen Stich. Sie waren ja solche Deppen! Sie hatten nicht einmal im Haus des Stadtrats nachgefragt, wann der zu seiner Wanderung aufgebrochen war! Allein mit der Antwort auf diese Frage konnte man die Tatzeit wahrscheinlich ziemlich gut eingrenzen und musste nicht, so wie er es nun tat, im Dunklen herumstochern.

»Also mit einem Auto oder so kann ich nicht dienen. Da hat gestern niemand einen Wagen abgestellt, bevor ihr das getan habt. Aber ob da ein Wanderer vorbeigeht, das fällt einem natürlich nicht auf, da müsste man ja die ganze Zeit über aus dem Fenster starren.«

Der Wirt machte eine wegwerfende Geste. »Aber seien wir ehrlich: Da wandert niemand. Also niemand, der ernsthaft wandern will. So einer fährt zum Bodenbauer und marschiert dann zur Wertatscha rüber. Oder er kraxelt den Alten Loibl hinauf und geht dann den Grat entlang zur Koschuta. So etwas ist eine Wanderung. Bei uns kannst gerade einmal eine halbe, dreiviertel Stunde über den Kamm gehen, und dann bist auch schon wieder drüben in Unterloibl oder halt in Waidisch, je nachdem, ob du nach links oder nach rechts abgebogen bist.«

»Siehst, das sage ich mir auch. Darum ist die Geschichte auch so seltsam. Ich meine, der Forst hier, der ist ja auch mit gutem Recht kein Jagdgebiet …«

»Freilich nicht. Dazu ist das viel zu klein. Wenn du da mitten im Wald eine Flinte abfeuerst, ist die Chance groß, dass die Kugel irgendwo in eine besiedelte Gegend einschlägt. Viel zu gefährlich, da das Jagen zu erlauben.«

Obiltschnig setzte nach, beugte sich dazu nach vorne: »Aber wenn jetzt jemand, der kein Jäger ist, trotzdem da herumschleicht, weil er einen Hasen für das Mittagessen schießen will oder, was weiß ich, vielleicht ein Rehkitz für das nächste Gulasch … hätte er da gute Karten?« Der Schaidabauer lachte laut auf. »In 100 Jahren nicht! Hasen gibt es da gar keine, und wenn sich schon einmal ein Reh dahin verirrt, dann schaut es, dass es schnellstmöglich wieder wegkommt. Das allerhöchste der Gefühle wär einmal ein Fuchs, weil der meine Hühner riecht. Aber sonst kommt dir da rein gar nichts vor's Gewehr.«

Außer eben ein kontroversieller Stadtrat, dachte Obiltschnig. Gleich danach wandte er sich wieder an den Gastwirt: »Falls deiner Frau oder deiner Tochter oder eben auch dir noch was einfällt, lasst du es uns eh wissen, gell? Was bin ich schuldig?«

Nachdem er gezahlt hatte, stieg er wieder in seinen Wagen und fuhr zurück zum Posten. Dort wurde er von einem entnervten Popatnig empfangen. »Da bist du ja endlich. Ich …« Er wurde vom Klingeln des Telefons unterbrochen. »Siehst du«, statuierte er, »das geht schon den ganzen Tag so. Seit die die Geschichte mit dem Stadtrat ins Netz gestellt haben.« Der Revierinspektor rang kurz mit sich und traf eine Entscheidung. Er ließ den Apparat klingen und konzentrierte sich auf Obiltschnig. »Der Bürgermeister hat auch schon zweimal anrufen lassen. Der will endlich Klarheit, ob das jetzt ein blöder Unfall war oder doch ein Verbrechen. So wie ich das sehe, sind da einige ziemlich nervös.«

»Wart es nur ab«, gab Obiltschnig zurück, »die werden noch viel nervöser werden, wenn sich erst einmal herumspricht, dass das ziemlich sicher kein Unfall war.« Er erntete große Augen und setzte Popatnig von seinen Ergebnissen in Kenntnis. »Und genau deshalb muss ich jetzt einmal zur Frau Schatzl gehen und die fragen, wann ihr Mann gestern aus dem Haus ist. Auf die Weise können wir vielleicht das Zeitfenster etwas einengen.«

»Aber geh behutsam vor«, riet Popatnig, »die ist sicher in einem Ausnahmezustand. Nicht, dass sich die nachher beim Bürgermeister beschwert oder so, das können wir im Augenblick echt nicht brauchen.« Obiltschnig nickte. »Aber so gesehen ist es gut, dass die Sache jetzt schon publik ist, da muss ich nicht gleich mit der Tür ins Haus fallen. Apropos: Wo wohnt die überhaupt?«

Popatnig stöhnte. »Eine Meldeabfrage, puh, das bedeutet wieder jede Menge Formalkram. Die sind ja sowas von heikel wegen …« Obiltschnig unterbrach ihn. »Vergiss es. Schau einmal im Netz nach. So ein Stadtrat steht sicher irgendwo verzeichnet, dann ersparen wir uns das EKIS.« Sein Gegenüber lachte. »Der war gut. Als ob ein Stadtrat dort auftauchen würde!« Der Gruppeninspektor nahm den Ball aber sofort auf: »Hast recht, dort tauchen sie immer erst dann auf, wenn sie gerade nicht mehr im Amt sind.«

Popatnig hatte mittlerweile den Computer befragt. »L.-Grabuschnig-Gasse 14«, las er laut vor, »wo ist denn die?« Er zeigte sich ratlos, doch Obiltschnig nickte nur. »Die kenn ich, die ist da draußen in Dollich, am Weg zum Friedhof. Eine Seitengasse von der Georg-Lora-Straße.« Er wiederholte die zuvor gemachte Kopfbewegung und schickte dem Kollegen noch ein »Bis dann!«, ehe er wieder ins Freie strebte.

Es war kaum ein Kilometer bis zur angegebenen Adresse, dennoch nahm er den Wagen. Was er bereute, als er am Haus des Stadtrats ankam. Nirgendwo ein Parkplatz zu finden. Offenbar hatten sich alle, die den Politiker irgendwie gekannt hatten, bei der Witwe eingefunden, um ihr beizustehen. Ihm blieb nichts weiter übrig, als eine Straße weiter zu fahren und den Rest des Weges zu Fuß zurückzulegen. Noch ehe er geläutet hatte, waren ihm die einschlägigen Laute aufgefallen, die aus dem Haus nach draußen drangen. Sie ließen keinen Zweifel offen, hier flossen reichlich Tränen. Und ganz, wie er es erwartet hatte, öffnete eine verweinte Frau die Eingangstür, auf deren Gesicht sich Erstaunen abzeichnete, als sie des Polizisten gewahr wurde. »Ich kenne Sie nicht! Was suchen Sie hier?« Der Empfang hätte kaum frostiger ausfallen können.

»Frau Schatzl, nehme ich an«, bemühte sich Obiltschnig um Höflichkeit, »ich …« Abrupt wurde er unterbrochen. »Schatzl schon, aber die falsche. Sie wollen sicher zu meiner Schwägerin.« Ohne eine Reaktion des Gruppeninspektors abzuwarten, ging die falsche Frau Schatzl zurück ins Wohnzimmer, aus dem er ein »Ist für dich, irgendein Polyp« zu vernehmen meinte. Tatsächlich stöckelte wenig später eine blonde Mittvierzigerin auf ihn zu, deren wohl auch zu normalen Zeiten eher herber Charme sichtlich unter dem Eindruck der jüngsten Ereignisse gelitten hatte. Sofort fielen ihm die verquollenen Augen auf, wie das Gesicht generell geschwollen und aufgeschwemmt wirkte. Obiltschnig schrieb diesen Effekt der Einnahme einschlägiger Medikamente zu, kam aber gleichzeitig zu dem Schluss, dass die Frau in jedem Fall mit der Dosierung übertrieben hatte.

»Frau Schatzl, ich darf Ihnen namens der Landespolizeidirektion Kärnten mein Beileid ausdrücken. Ich will Sie auch gar nicht lange in Ihrer berechtigten Trauer über Ihren entsetzlichen Verlust behelligen, ich hätte nur eine einzige Frage: Wann ist Ihr Mann gestern in den Wald aufgebrochen?«

Die Witwe brauchte eine gute Weile, ehe sie den Sinn der Frage voll erfasst hatte. »Da fragen Sie die Falsche. Er ist am Morgen kurz nach 7 Uhr ins Rathaus gefahren und nicht mehr nach Hause gekommen. Wenn wer was weiß, dann müssen Sie dort fragen.« Für den Gruppeninspektor klang das nachvollziehbar. Er verbeugte sich ansatzweise, wiederholte seine Beileidsbekundungen und zog sich schnellstmöglich zurück, eine mehr als konsternierte Frau an der Tür zurücklassend, die mit der Gesamtsituation erkennbar überfordert war.

Knapp zehn Minuten später stellte er den Streifenwagen am Vorplatz der Martinskirche ab und ging schnurstracks auf den Eingang zum Rathaus zu. Unterwegs grüßte er noch schnell den türkischen Pizzalieferanten, der eben das Gemeindeamt verließ, gleich danach stand er am Schalter des Sekretariats. »Wo find ich denn das Büro vom Herrn Stadtrat Schatzl?«

»Das wäre im ersten Stock«, kam es zögerlich von der

jungen Bediensteten hinter dem Pult, »aber dort werden Sie heute niemanden finden. Die sind heute alle zu Hause geblieben. Wegen der Tragödie …« Sie verstummte. Obiltschnigs Mundwinkel wurden nach unten gezogen. »Das ist jetzt aber blöd. Ich bräuchte nämlich genau deswegen eine Auskunft.« Sein Gegenüber signalisierte Mitgefühl, blieb aber bei seiner Aussage. »Dann müssen Sie sich leider bis morgen gedulden, weil, heute kommt da niemand mehr ins Büro.« Ihr Satz wurde mit einem Seufzen quittiert. »Dabei müsste ich nur wissen, wann der Herr Stadtrat gestern sein Büro verlassen hat. Vielleicht kann man ja …«

»14.10 Uhr.«

»Donnerwetter. Das ist einmal eine präzise Auskunft. Woher wissen Sie denn das so genau?« Die Beamtin deutete auf einen Punkt hinter Obiltschnig. Er folgte durch eine leichte Drehung der gewiesenen Richtung und machte die Digitaluhr aus, die über dem Eingang an der Wand hing. »Genau darunter ist er gestanden, der Hu…, der Herr Stadtrat, als er sich verabschiedet hat. Ich weiß es deshalb noch so genau, weil er gesagt hat, er braucht frische Luft, darum macht er heute einmal früher Schluss.« Sie schluckte kurz, ehe sie fortfuhr. »Das ist sonst nie vorgekommen. Normalerweise war er als einer der Ersten da und ist als einer der Letzten wieder gegangen. Und darum habe ich mir noch gedacht, so etwas müssen wir uns im Kalender anstreichen. Wir konnten ja noch nicht wissen …« Wieder vollendete sie den Satz nicht, und Obiltschnig nahm deutlich einige Tränen wahr, die sich ihren Weg über die Wangen der Frau bahnten.

»So ein netter Mensch, der Herr Stadtrat«, schluchzte sie. »Ich kann mir gar nicht ausmalen, wie es seiner Frau gehen mag.« Obiltschnig fand die Trauer über einen dahingeschiedenen Politiker etwas übertrieben, weshalb er ein nonchalantes »Ungefähr so wie Ihnen« in den Raum schickte, worauf er prompt mit einem bösen Blick bestraft wurde. Aber er verschwendete weiter keinen Gedanken daran. Wichtig war, dass der Todeszeitpunkt nun schon ziemlich genau eingegrenzt werden konnte. Der Wiener hatte sie gegen 15.30 Uhr angerufen, und der Stadtrat war ganz offensichtlich zu Fuß in den Wald gegangen. Vom Rathaus brauchte er dazu eine gute halbe Stunde. Demzufolge hatte der Wanderer den Mann fast unmittelbar nach dem tödlichen Schuss gefunden. Für einen Moment kam ihm in den Sinn, der Wanderer selbst könne der Täter sein, doch war dieser Ansatz in jeder Hinsicht absurd. Weder hatte der Mann ein Motiv, noch würde er dann extra darauf warten, dass die Polizei zum Tatort kam. Aber, so spann er seine Gedanken weiter, es konnte gut sein, dass sie zum Zeitpunkt ihres Eintreffens sogar noch vom Täter beobachtet worden waren. Aber auch das war wenig wahrscheinlich. Er war lange genug im Wald allein gewesen, er hätte also irgendetwas hören müssen, wenn sich jemand aus seiner Umgebung entfernte. Wie auch immer, die Tat musste sich also zwischen kurz vor 15 und knapp nach 15.15 Uhr ereignet haben. Eine noch exaktere Angabe hatte man wohl nur, wenn die Tat vor Zeugen geschah. Er bedankte sich bei der Angestellten, wobei er den Gedanken, sie könnte vielleicht eine Affäre mit dem Stadtrat gehabt haben, weil sie gar so aufgewühlt wirkte, vorerst beiseiteschob. Wieder im Wagen, folgte er dem Einbahnzickzack, das ihn schließlich doch zurück zum Posten brachte, wo Popatnig schon einigermaßen entnervt auf ihn wartete.

»Jetzt rufen sogar schon die Medienfritzen an und wollen Informationen. Ich glaub, mein Ohr glüht schon. Ich werde heilfroh sein, wenn mein Dienst in zwei Stunden zu Ende ist.«

»Immerhin habe ich in der Zwischenzeit herausgefunden, dass der Herr Stadtrat zwischen kurz vor 15 und kurz nach 15.15 Uhr verschieden ist, er hat nämlich erst kurz nach 14 Uhr das Rathaus verlassen und …« »… kurz vor 15.30 Uhr kam schon der Anruf von dem Wiener«, vervollständigte Popatnig den Satz. »Also schön, langsam glaub ich auch nicht mehr, dass das ein Unfall war.« Obiltschnig pflichtete ihm bei. »Irgendwelche Neuigkeiten aus Klagenfurt?«, fragte er dann.

»Der Hartl hat sich nicht gemeldet, falls du das meinst. Und von der Pressestelle ist auch keine Stellungnahme gekommen. Dafür hat der Landeshauptmann eine Aussendung gemacht. Tief betroffen, rühriger Lokalpolitiker, fest verankert in seiner Gemeinde und all so was. Du kennst das ja.« Nur zu gut, dachte sich Obiltschnig, behielt diesen Gedanken jedoch für sich. »Weißt was«, meinte er stattdessen, »weil du heute ja wirklich die ganze Zeit über allein den Laden hast schupfen müssen, mach Feierabend. Ich halte da noch die Stellung, bis die Nachtschicht kommt, die zwei Stunden schaff ich schon.« Popatnig ließ sich das nicht zweimal sagen. Wieselflink sprang er von seinem Schreibtisch zum Garderobenständer, schnappte seinen Übergangsmantel und war beinahe im selben Moment bei der Tür. »Bist ein Gent«, raunte er, ehe er ein »Schönen Abend noch« hinterherschickte und einen Kollegen zurückließ, der zu der Auffassung kam, es wäre wieder einmal Zeit für einen Seufzer.

VII.

Na bitte, endlich spricht man darüber. Sogar der Landeshauptmann hat sich geäußert. Natürlich weinen alle diesem Arsch Tränen nach und tun so, als wäre er ein guter Mensch gewesen. Verlogene Bande. Ich wette, die haben ihn auch alle gehasst. Aber so läuft das nun einmal in diesem System. Alle stehlen sie, was das Zeug hält. Und wenn sie denjenigen heiligsprechen, der die meisten Verbrechen begangen hat, dann sprechen sie sich selbst damit auch selig! Na bitte, in der *Kleinen* ist sogar ein Nachruf. Natürlich auch eine einzige große Lüge. Aufgeopfert habe er sich für die Gemeinde, kühne Visionen verwirklicht, der Stadt den Weg in die Zukunft gewiesen. Dass ich nicht lache! Der Kerl hat es in zehn Jahren ja nicht einmal zuwege gebracht, Ferlach wieder an die Eisenbahn anzuschließen. Aber was rege ich mich auf, der ist schon kein Thema mehr für mich.

Obwohl, schon spannend: kein Wort darüber, wie er gestorben ist. Wenn ich es nicht besser wüsste, dann müsste ich jetzt annehmen, der Kerl hat beim Wandern einen Herzinfarkt erlitten. Tatsächlich! Nirgendwo ein Hinweis darauf, dass er erschossen wurde! Ob das die Polizei unter Verschluss hält? Na, mir kann es recht sein. Solang die Wahrheit über sein Hinscheiden nicht an die Öffentlichkeit dringt, solang kann ich mich ungestört seinen Kumpanen widmen. Ich glaube, die Drau muss noch warten, die hebe ich mir für Nummer drei auf, denn nach dem zweiten Toten wird man ahnen, dass das kein Zufall ist. Und dann werde ich den dritten Schurken zum Drau Radweg locken, und dort wird der Arme dann ertrinken. Fragt sich nur, wie ich jetzt den zweiten aus dem Weg räume. Und vor allem, wer soll der zweite werden?

Ich denke, ich sollte nach Wichtigkeit vorgehen. Weil, wenn sie mich am Ende doch erwischen, bevor ich alle zur Rechenschaft gezogen habe, dann sind wenigstens die Allerbösesten in der Hölle, und ich kann mich damit trösten, dass sie nur die Helfershelfer retten konnten. Ach ja, das Gewehr muss ich auch noch loswerden. Nicht dass man das noch mit mir in Verbindung bringen kann. Ich weiß auch schon, wo! Auf der Straße nach Waidisch, kurz vor dem Ortsschild dort, da ist ein klitzekleiner Teich, total verschlammt üblicherweise. Dort findet das niemand. Vor allem, weil es niemand dort vermuten würde. Wie spät haben wir es denn? Kurz vor 16 Uhr? Na, dann mache ich das gleich, damit es erledigt ist. Zum Glück steht der Wagen in der Garage, da sieht mich niemand, wenn ich das Teil einlade.

VIII.

Obiltschnig vermochte sich nicht auf den Fernsehkrimi zu konzentrieren. Immer wieder schweiften seine Gedanken zu Schatzl ab. Wer konnte den so gehasst haben, dass er ihm das Lebenslicht ausblies? Obiltschnig erwog, sich am folgenden Tag eingehender mit der Biografie des Stadtrats auseinanderzusetzen, um dessen Hintergrund besser einordnen zu können.

»Du schaust so konsterniert drein. Ist dir was?« Ihm fiel erst jetzt auf, dass seine Frau ihn sorgenvoll beobachtete. Er bemühte sich um ein Lächeln. »Die Geschichte mit dem Schatzl, die geht mir nicht aus dem Kopf«, sagte er dann. Theresia Obiltschnig strich ihm verständnisvoll über den Unterarm. »Das verstehe ich gut. Das war heute auch überall Tagesgespräch.« Obiltschnig wurde hellhörig: »Und was sagen die Leute so?« Theresia räusperte sich. »Na ja, da gibt es die, die meinen, es hätt' welche erwischen können, um die es mehr schade gewesen wäre.« Obiltschnig setzte sich auf. »Wirklich? Das sagen die Leute?«

»Nun, einige zumindest«, bekräftigte Theresia. »Er soll ein ziemlicher Haderlump gewesen sein, heißt es. Und ein Weiberer.«

»Der Schatzl?« Obiltschnigs Gesichtsausdruck vermittelte eine Mischung aus Erstaunen und Unglauben. »Ja, angeblich hat er eine Affäre gehabt. Seiner Frau hat er was von Sitzungen erzählt, und in Wirklichkeit hat er Bettensport betrieben, sagt man.« Und nach einer kurzen Pause: »Und außerdem soll er darauf geschaut haben, dass er bei den diversen Projekten der Stadt nicht zu kurz kommt. Finanziell jetzt.«

Obiltschnigs Augen wurden noch größer. »Korrupt auch noch?« Theresia zuckte mit den Schultern. »Was weiß denn ich, ich kann dir nur berichten, was ich so gehört habe.«

»Das heißt, positive Stimmen gab es keine?«, wollte der Gruppeninspektor nun wissen. »Eigentlich nicht. Gut, fast alle haben die Schatzl bedauert, die dürfte ja jetzt vor dem Nichts stehen.«

»Nicht, wenn der Göttergatte wirklich korrupt war«, warf Obiltschnig ein. Theresia sah ihn mit funkelnden Augen an. »Jetzt sei nicht so taktlos. Glaubst du, es ist leicht, mit Anfang 40 Witwe zu sein. Wo findest dir denn da einen Neuen?« Obiltschnig musste grinsen. »Und das war nicht taktlos, oder wie?« Theresia hob scherzhaft die Hand zum Schlag. »Du weißt genau, wie ich es meine.«

»Aber hat irgendwer einen konkreten Verdacht geäußert?«, wollte Obiltschnig wissen.

»Wegen der Affäre oder wegen der Korruption?«

»Wegen beidem!«

»Nicht dass ich mich erinnern könnte. Aber wenn du willst, kann ich mich die Tage ja noch einmal für dich umhören. Ich muss eh wieder zur Trixi. Die weiß sicher etwas.«

Obiltschnig forschte in den hintersten Regionen seines Gedächtnisses, wer denn nun diese Trixi sein mochte, und gerade noch rechtzeitig fiel ihm ein, dass die den Friseurladen in der Waidischer Straße führte. »Du weißt aber schon, Resi«, flötete er, »dass deine Frisur perfekt ist, gell.« Seine Frau lächelte geschmeichelt. »Das sagst auch nur du. Ist aber trotzdem lieb.«

Obiltschnig war mit sich zufrieden. Er hatte es gerade noch geschafft, einen veritablen Streit zu vermeiden, und konnte sich jetzt doch noch auf die Lösung des Fernsehfilms konzentrieren. Na bitte, sagte er sich, der Mörder war der Baumeister, war ja sonnenklar.

Am nächsten Morgen überlegte er am Frühstückstisch, wen er im Hinblick auf Schatzls Vergangenheit aushorchen konnte. Die Bibliothekarin im Ferlacher Schloss fiel ihm ein. Die war gleichsam bei allen öffentlichen Veranstaltungen der Stadt dabei, kannte Gott und die Welt und war, wie es so schön hieß, stets hellwach. Die Frage war nur, ob sie auch mitteilsam sein würde. Aber das fand er nur heraus, wenn er sie aufsuchte.

Obiltschnig sammelte seine sieben Sachen ein, küsste seine Theresia auf die Stirn und sah dann zu, dass er zu seinem Wagen kam. Er hatte kaum die Amtsstube betreten, als ihm von Popatnig bedeutet wurde, die Kacke sei am Dampfen. »Der Bürgermeister hat schon zweimal durchklingeln lassen. Er sagt, du sollst sofort zu ihm ins Rathaus kommen. Aber wirklich sofort.«

»Echt? Wann hat er denn angerufen?« Popatnig schüttelte den Kopf. »Natürlich nicht er persönlich. Das geht ja nicht. Nein, seine Büroleiterin, die Greiderer. Einmal um Punkt 8 Uhr, dann zehn Minuten später.« Automatisch blickte Obiltschnig auf die Uhr. Es war 8.18 Uhr. »Und wenn du jetzt noch eine Minute herumstehst, dann hab ich die sicher das dritte Mal am Ohr!« Popatnig wirkte nicht so, als würde ihn diese Perspektive sonderlich erfreuen. Dabei gab es fraglos Schlimmeres, als von der Greiderer dreimal angerufen zu werden. Sie war ohne Frage eine sehr einnehmende Erscheinung, irgendwie zeitlos. Sie konnte Ende 20 genauso sein wie Anfang 40, und egal, wie alt sie in Wirklichkeit war, sie konnte in dieser Stadt getrost als ein Lichtblick bezeichnet werden.

Der Bürgermeister hingegen galt als ziemlich streng. Eine patriarchale Erscheinung, eine Art Landesvater auf Gemeindeebene. Was weiter nicht verwunderlich war, denn in der gesamten Geschichte Ferlachs hatte es noch nie einen Stadtvater gegeben, der so lange im Amt gewesen war wie er. Wer in Ferlach um die 30 war, der konnte sich unmöglich an einen anderen Bürgermeister erinnern. Keine Frage, der Mann war Ferlachs Kaiser Franz Joseph.

Weshalb man ihn auch besser nicht warten ließ. Obiltschnig machte am Stand kehrt und schickte sich eben an, den Raum wieder zu verlassen, als erneut das Telefon klingelte. »Wenn es die Greiderer ist, ich bin schon unterwegs!«, rief er über die Schulter. Vom Posten waren es keine fünf Minuten zu Fuß ins Rathaus, und so ließ er den Wagen stehen. Flotten Schrittes ging er Richtung Schloss, überquerte dann die Hauptstraße und bog in die Kirchgasse ein. Zwei Minuten später stand er wieder vor der Bediensteten, die am Vortag so bittere Tränen vergossen hatte. »Guten Morgen, der …« »… Herr Bürgermeister wartet schon auf Sie«, fiel sie ihm ins Wort, »einfach gerade durch. Nicht zu verfehlen.«

Das Amtszimmer des Bürgermeisters war groß, aber schmucklos. Der Mann selbst saß hinter einem simplen Schreibtisch, auf dem ein paar Akten, ein Mobiltelefon und ein Laptop lagen. Der Bürgermeister erhob sich, als er des Polizisten ansichtig wurde, reichte ihm die Hand und wies ihm einen Stuhl, der sich dem seinen genau gegenüber befand. Aus dem Augenwinkel nahm Obiltschnig wahr, dass ihm die Bedienstete gefolgt war. »Danke, dass Sie so schnell kommen konnten«, begann der Bürgermeister, »wollen S' einen Kaffee? Oder vielleicht einen Tee?« Obiltschnig räusperte sich. »Gegen einen Kaffee hätte ich nichts einzuwenden.« Sein Gegenüber blickte zur Tür. »Sie haben es gehört. Für mich nichts, vielen Dank.« Dann verschränkte er die Hände. »Also, jetzt einmal frei heraus. Was ist da los? Wieso muss ich um die Ecke rum erfahren, dass der Hubert ermordet worden ist?«

»Weil das noch nicht offiziell geklärt ist, Herr Bürgermeister«, erwiderte der Gruppeninspektor. »Mit den Ermittlungen ist ja die zuständige Abteilung in Klagenfurt betraut, und die hat sich bislang noch nicht festgelegt«, erläuterte er. Um nach einer kurzen Pause hinzuzufügen: »Aber die Optik, die ist halt schon ein wenig …«

»Lieber Herr Gruppeninspektor!« Der Bürgermeister lächelte jovial, doch der Ton seiner Stimme korrespondierte nicht mit der zur Schau getragenen Freundlichkeit. »Mit der Optik ist das immer so eine Sache. Es kommt immer darauf an, aus welcher Perspektive sich diese … Optik präsentiert, nicht wahr! Und da muss ich Ihnen als oberster Diener dieser Gemeinde schon sagen: Es geht nicht an, dass Sie da kreuz und quer durch den Ort düsen und seltsame Fragen stellen, die die Leute nur nervös machen. Vor allem, weil Sie ja, wie Sie selbst gerade eben zugegeben haben, gar nicht zuständig sind. Also hören Sie bitte auf, mir die Stadt rebellisch zu machen.«

Er unterbrach sich, da eben der Kaffee gebracht wurde. Als sie wieder unter sich waren, nutzte Obiltschnig die Stille zu einer Rechtfertigung. »Mit allem gebotenen Respekt, Herr Bürgermeister, aber es ist ja nicht so, dass der Herr Stadtrat von einem Wolf angefallen und aufgefressen wurde. Er hatte auch keinen Herzinfarkt oder einen Schlaganfall. Er wurde, und das ist zweifelsfreies Faktum, erschossen. Und da müssen wir von der Exekutive schon nachhaken. Weil, selbst, wenn es ein Unfall war, kann man so etwas ja auch nicht so einfach durchgehen lassen. Stellen Sie sich vor, irgendeiner unserer Jäger verfehlt das Wild und trifft einen Wanderer tödlich – und nichts passiert. So etwas geht doch nicht.«

»Da gebe ich Ihnen schon recht, Herr Gruppeninspektor. Aber ich renne ja auch nicht durch die Gegend und spiele Sherlock Holmes. Ich verstehe schon, dass Sie das reizt, auch einmal im Konzert der Großen mitspielen zu können. Aber glauben Sie mir, bisher sind Sie nicht gerade sehr klug vorgegangen.«

»Herr Bürgermeister, lassen Sie mich ganz offen reden. Dem Hartl, dem sind wir egal. Der wird nicht viel machen, und wenn von unserer Seite aus nichts passiert, dann passiert ziemlich sicher was. Die Medien, Herr Bürgermeister, wenn die nicht gefüttert werden, dann füttern die sich selbst. Stellen Sie sich nur einmal vor, wenn die draufkommen, dass der Herr Stadtrat eine Kugel in der Brust hatte! Die Schlagzeilen seh ich jetzt schon.« Er lehnte sich zurück und fixierte das Stadtoberhaupt. Und da der Bürgermeister schwieg, setzte er nach: »Das werden wir nicht unter der Tuchent halten können, das wissen Sie genauso gut wie ich. Eigentlich ein Wunder, dass noch keine Verschwörungstheorien kursieren.«

»Aber die in Klagenfurt …«, versuchte der Stadtvater halbherzig auf die Zuständigkeiten zu pochen. »Denen in Klagenfurt geht die Sache am Allerwertesten vorbei, wie Sie sehen«, unterstrich der Gruppeninspektor. »Der Herr Stadtrat ist vor zwei Tagen getötet worden, und bis jetzt, was ist da aus Klagenfurt gekommen? Nichts. Der Hartl hat den starken Mann markiert bei uns am Posten, und dann ist er abgezischt und sitzt jetzt wahrscheinlich in einem Nobellokal in Maria Loretto und wartet darauf, dass er sich dort der Prominenz andienen kann.«

Eigentlich wollte Obiltschnig gar nicht so hart mit dem Kollegen aus der Hauptstadt ins Gericht gehen, doch der Verlauf des Gesprächs verärgerte ihn zusehends. Es konnte einfach nicht angehen, dass ein Mensch durch eine Kugel starb, und jedem war das rechtschaffen gleichgültig.

Dem Bürgermeister entging die Stimmung seines Polizisten nicht, und so lenkte er ein: »Ja, ich verstehe schon, wir können da nicht einfach zur Tagesordnung übergehen. Also, in Gottes Namen, ermitteln S' halt ein bisschen, Herr Gruppeninspektor. Aber«, und an dieser Stelle hob er den rechten Zeigefinger, »diskret, bitte schön. Wir wollen ja nicht, dass die Leute erst durch Ihre Fragerei auf Ideen kommen, nicht! Hören Sie sich um, aber unter Radar. Haben wir uns verstanden?«

Obiltschnig war mit dieser Wendung zufrieden, und so nickte er entschlossen. »Keine Frage, Herr Bürgermeister. Der Ferdi und ich, wir werden die ganze Sache mit Samthandschuhen anfassen. Da können Sie sich ganz auf uns verlassen.«

Der demonstrative Blick auf die Uhr signalisierte Obiltschnig, dass er die Zeit des Bürgermeisters lange genug in Anspruch genommen hatte. Er dankte für den Kaffee und erhob sich. Der Bürgermeister gab ihm im Sitzen die Hand und sah ihm dabei fest in die Augen. »Diskret«, wiederholte er leise, und Obiltschnig entfloh ein kaum hörbares »Jawohl«.

Er verließ das Rathaus durch den vorderen Eingang und stieg die Stufen abwärts zum Hauptplatz. Zwischenzeitlich war die Sonne durchgekommen, und Obiltschnig war davon überzeugt, es würde ein schöner Herbsttag werden. Kurz überlegte er, ob er sich beim *Eiskult* eine Tüte holen sollte, doch dafür war es, so befand er dann, noch entschieden zu früh. So bog er direkt in die kleine Seitengasse ein, die interessanterweise ebenfalls als Hauptplatz firmierte und ihn direkt in die Werkstraße führte, wo sich das Schloss und damit auch die *Städtische Bücherei* befanden. Nachdem er eingetreten war, wurde er von einer neugierigen jungen Frau mit asiatischen Gesichtszügen gemustert. Instinktiv hob er die Augenbrauen. »Guten Tag«, sagte er nach einer kurzen Schrecksekunde, »ist die Anna heute nicht da?« Sein Gegenüber deutete ein Lächeln an. »Doch, doch, die räumt gerade hinten Neubestände ein.« Sie beugte sich leicht zurück und wandte den Kopf in Richtung des schmalen Ganges, der in den hinteren Bereich der Bibliothek führte. »Anna! Kundschaft für dich!«

Keine 30 Sekunden später war die Büchereileiterin vor dem Gruppeninspektor aus dem Boden gewachsen. »Servus, Sigi! Was kann ich für dich tun? Du wirst doch nicht am Ende gar einmal ein Buch bei mir ausleihen?« Obiltschnig hob abwehrend die Hände und ließ seine Zähne sehen. »Nein, sicher nicht. Bücher habe ich genug daheim.« Und nach einer kurzen Pause, die er als dramatisch verstanden haben wollte: »Sparbuch, Telefonbuch, Parteibuch, mehr braucht ein kleiner Gendarm, wie ich einer bin, nicht.«

Für einen Augenblick schien es, als hätte Anna eine giftige Replik auf Lager, doch dann besann sie sich anders und fragte stattdessen, womit sie dem Polizisten sonst helfen könnte. »Ich bräuchte dein Wissen um Ferlach und seine Bewohner. Kannst du mir da ein paar Fragen beantworten?« Annas Gesicht spiegelte Selbstbewusstsein wider. »Sicher, worum geht es?«

»Vielleicht nicht gerade hier. Hast ein paar Minuten? Ich lade dich auf einen Kaffee im *Schloss-Café* ein, wie wäre das?« Sie sah ihre Kollegin an: »Kommst du auch alleine klar?«, und nach einem erfolgten Nicken, »wenn etwas ist, ruf mich am Handy an. Bis gleich.«

Sie setzten sich an einen der Tische, die auf den Gaston Glock-Park hinausgingen, und lauschten für einen Moment dem Rauschen der Blätter, die sich ob der Jahreszeit schon in den schönsten Farben präsentierten. Beinahe wäre Obiltschnig sentimental geworden, doch die Sache ging vor. »Du wirst ja«, begann er daher, »von dem Tod vom Schatzl gehört haben.«

»Wer hat das nicht?«

»Eben. Für uns gibt es da ein paar Ungereimtheiten, die uns keine Ruhe lassen, und daher versuche ich jetzt herauszufinden, was der Schatzl eigentlich für ein Mensch war. Und da bist du mir eingefallen.«

Annas Ausdruck verhärtete sich: »Ich bin für die Bücherei zuständig und nicht für den Dorftratsch.«

»Schon klar«, beeilte sich Obiltschnig, Anna zu beruhigen, »aber es wäre uns halt eine große Hilfe, wenn wir uns ein klareres Bild von dem Stadtrat machen könnten. Ich meine, du bist schon von Berufs wegen überall dabei, da wirst du sicher mitbekommen, was so abläuft unter unseren großen Tieren. Und dieses Wissen, das wäre halt jetzt echt hilfreich.«

»Und was willst jetzt hören? Seine Biografie am Ende? Oder was?«

»Du, ich kenn den gar nicht wirklich. Gerade aus der Zeitung. Und halt von den Wahlen. Im Prinzip weiß ich gar nichts von dem.«

»Wie auch. Der war ja gar nicht von da.«

»Ah nicht?« Obiltschnig war ehrlich erstaunt.

»Nein, der kommt von Radsberg oder Sankt Ulrich oder von dort irgendwo. Hat in Klagenfurt die Berna kennengelernt, die Bernadette von den Krainers.«

Obiltschnigs Augen wurden abermals größer. »Die Witwe ist eine Krainerische?« Anna nickte heftig. »Ja, die Nichte vom Altbürgermeister. Was glaubst du, warum der Schatzl so schnell aufgestiegen ist, obwohl ihm dazu eigentlich alles fehlte, was zählt.«

»So, was zählt denn?« Anna grinste abschätzig: »Na schau dir den Stadtsenat an. Die Mitgliedschaft dort hast du dir von der Pike an erdient. Da warst du irgendetwas bei der *Freiwilligen Feuerwehr*, beim *Ortsverschönerungsverein* oder wenigstens beim örtlichen Sportklub. Dann bist du irgendwann Gemeinderat geworden, später dann vielleicht Stadtrat, so quasi als Krönung deiner Laufbahn. Aber wenn du, so wie er, prominente Protektion hast, dann kannst du dir das alles sparen, dann gibt's die Abkürzung nach ganz oben.«

Obiltschnig erkannte, dass er keine Ahnung von der lokalen Politik hatte. Doch diese Erkenntnis behielt er besser für sich.

»Jedenfalls«, fuhr Anna in der Zwischenzeit fort, »haben die mit Mordstrara geheiratet. Vor ziemlich genau zehn Jahren, wenn mich nicht alles täuscht. Alles war dabei, was Rang und Namen hat. Der Bürgermeister, der Stadtpfarrer, sogar der Glock hat ein Geschenk geschickt. Das war dem Schatzl sein Ritterschlag. Und zwei Jahre später ist er als Finanzstadtrat ins Rathaus eingezogen.«

»Hatte er dafür die nötige Kompetenz?«

Anna sah den Polizisten mit einer Mischung aus Verwunderung und Mitleid an: »Seit wann braucht man in der Politik Kompetenz?« Obiltschnig tat schuldbewusst. »Ich mein ja nur, was hat der gemacht, bevor er Stadtrat wurde.«

Anna genoss ihre Überlegenheit. »Bei der *Sparkasse* war er. *BKS*, um genau zu sein. Aber kein sehr großes Licht. Kundenbetreuung und so Sachen. Dort wäre der versauert. Aber mit der Berna an seiner Seite lachte ihm die Sonne. Unentwegt und immerdar.«

Na bitte, dachte Obiltschnig, muss ja doch für etwas gut sein, Büchereileiterin zu sein, sonst käme man nicht auf solche Formulierungen. Nach außen hin aber blieb er sachlich. »Das heißt, er verdankt seine Karriere eigentlich ihr. Aber hat er ihr das auch gedankt?«

»Ich weiß schon, worauf du hinauswillst. Ja, es gibt Gerüchte, dass er eine Affäre hatte oder vielleicht sogar bis zuletzt gehabt hat. Aber ich muss ehrlich sagen, ich selbst habe da nicht die geringsten Wahrnehmungen in diese Richtung gemacht. Wenn er fremdgegangen ist, dann hat er das wirklich gut versteckt.«

»Du weißt also nicht, ob er wirklich …?«

»Schau! Den meisten Männern sieht man schon an der Nasenspitze an, ob sie eine Affäre haben oder nicht!«

Obiltschnig war anscheinend an diesem Morgen auf große Augen abonniert. Auch dieser Satz löste in ihm die entsprechende Reaktion aus. »Na sicher«, setzte Anna nach, »die gehen ganz anders durch die Welt. Da kannst das Testosteron förmlich riechen, das die ausschütten. Die vermitteln so ein Gefühl der Unbesiegbarkeit und der Unverwundbarkeit, und damit sind sie dann mit einem Mal auch für andere Frauen attraktiv. Allen anderen ist der Loser ganz deutlich ins Gesicht geschrieben. Und darum kommen die nie zu etwas Abwechslung. Gell, Sigi!«

»Na, hör einmal! Die Theresia ist das Beste, was mir je passieren konnte. Ich bin doch nicht blöd und setze aufs Spiel, dass …«

»… ich auf einmal nicht mehr jeden Abend bekocht werde, die Wäsche gewaschen und das Haus geputzt bekomme, jaja, eine Geliebte, die macht so etwas nicht. Die will nur Geschenke und permanente Aufmerksamkeit.«

Obiltschnig war empört: »Was hältst du eigentlich von mir! Das war jetzt aber wirklich gemein.« Anna klopfte ihm jovial auf die Schulter. »Nein, so war es nicht gemeint, Sigi. Du bist eh in Ordnung. Aber ein Macho bist trotzdem. Wie fast alle da in dieser Stadt. Und die zwei, drei, die es nicht sind, die sind schwul.«

Obiltschnig fragte sich, ob er Anna überhaupt gut genug kannte. Konnte es sein, dass eine gewisse Verbitterung aus ihr sprach? Tatsächlich hatte er sie nie in männlicher Begleitung gesehen. Alles, was er wusste, war, dass die Bücherei ihr Leben war. Das und die Kinderbücher, die sie allenthalben veröffentlichte. Vielleicht, so dachte er sich, würde sie anders reden, wenn sie einen Mann hätte.

»Mein Mann sagt ja immer, ich bin eine verkappte Emanze. Dabei liegt mir nichts ferner als das«, fuhr Anna mittlerweile fort, »es ist nur so, dass es mir auf den Keks geht, wenn wir Frauen immer alles machen müssen. Ihr Männer führt einen regelrechten Tanz auf, wenn ihr einmal den Rasen gemäht oder das Auto gewaschen habt.

Dann wollt ihr gleich einen Orden dafür. Aber dass wir jeden Tag kochen, waschen, putzen, einräumen, Staub wischen, Staub saugen, einkaufen und was weiß ich noch alles machen, das nehmt ihr nicht einmal zur Kenntnis. Sei ehrlich, euch würde es nicht einmal auffallen, wenn ihr im Wohnzimmer lauter Spinnweben hättet.«

»Spinnen sind sehr nützliche Tiere«, entgegnete Obiltschnig lahm, der sich zunehmend unwohl fühlte. »Kommen wir bitte zurück zum Schatzl. Was kannst du mir sonst noch von dem erzählen.«

»Klar, die Wahrheit tut weh, gell«, bemühte sich Anna um ein abschließendes Wort. »Aber gut, der Schatzl. Wenn er wollen hat, dann war er ein beinharter Verhandler. Wenn der sich was in den Kopf gesetzt hat, dann hat er das auch bekommen, und wenn die Gegenseite noch so bluten musste dabei.«

»Aber hat er sich in dieser Sportplatzsache nicht ziemlich über den Tisch ziehen lassen?«

»Lustig, dass du das erwähnst. Das war tatsächlich ein wenig seltsam. Der hat den Bauern dort großzügig Äcker abgekauft und bereitwillig den Preis gezahlt, den die haben wollten. Wenn man gewusst hat, wie der sonst in solchen Fällen agierte, dann war das schon mehr als merkwürdig. Aber wenn du Genaueres wissen willst, dann musst du dich schon mit den Bauern selbst unterhalten. Ich weiß nur, dass der Bürgermeister anfänglich gar nicht begeistert war von der Sache. Bis dann auf einmal die Idee mit dem Sportplatz aufgetaucht ist. Da waren dann alle Feuer und Flamme. Ich glaube, die sehen *ATUS* schon in der Bundesliga und die *DSG* als ihr Farmteam. Weißt eh, so wie bei *Red Bull Salzburg* und so. Die träumen von einem Ferlacher Finale in ihrem schmucken neuen Stadion. Na ja, Männer! Die bleiben irgendwie immer kleine Kinder.«

»Du meinst also, es könnte da nicht alles mit rechten Dingen zugegangen sein?«

»Ich meine gar nichts. Es war nur auffällig. Aber vielleicht ist da auch überhaupt nichts dahinter. Vielleicht war er nur milde, weil er eben doch eine Affäre hatte und deswegen nicht mehr so verbiestert durchs Leben ging.«

»Wieso eigentlich verbiestert? Die ... Witwe, die ist doch eh ziemlich apart ...« Anna lächelte mitleidig. »Weißt eh, Sigi, was man täglich vor der Nase hat, das wird einem selbstverständlich, da sieht man das Besondere daran nicht mehr. Außerdem ist halt das Gras im Nachbargarten immer grüner als das im eigenen.«

»Anna«, lachte der Gruppeninspektor, »an dir sind ein Philosoph und ein Psychologe verlorengegangen.« Ihre Mundwinkel gingen nicht nach oben. »Philosoph*in* und Psycholog*in*, wenn schon!« »Ja, eh«, maulte Obiltschnig.

IX.

Wenn ich ehrlich bin, dann habe ich vorgestern Glück gehabt. Die Sache ging erstaunlich leicht von der Hand, und bislang ist denen noch nicht einmal klar, was da überhaupt passiert ist. Und das spricht natürlich für mich. Solang niemand auf die Idee kommt, dieses Schwein wäre vorsätzlich geschlachtet worden, fühlen sich die anderen am Trog weiter in Sicherheit. Darauf muss ich bauen. Allerdings wird es jetzt natürlich viel schwieriger. Einmal geht so etwas als Unfall durch, aber beim zweiten Mal wird's auffällig. Wie also fädle ich das am besten ein?

Ich bin mir mittlerweile sicher, dass der Schweinehund von Baumeister als Nächster dran glauben muss. Aber wie kriege ich den? Und vor allem, wie stelle ich es an, dass die Hinrichtung nicht sofort als solche erkannt wird? Weil, spätestens dann werden sogar die zwei Schwachköpfe von Polizisten ahnen, dass da etwas Größeres im Busch ist.

Ob ich irgendwie an seinen Wagen herankomme? Kaum! So etwas funktioniert immer nur in den Filmen. Eigenartig eigentlich! Da werden dann Bremsen manipuliert, Kabel durchgeschnitten, Gaszüge durchtrennt, und jeder nimmt das als nachvollziehbar hin. Ich frage mich, wie das in der Praxis gehen soll! Aber gut, was haben Krimis schon mit der Wirklichkeit zu tun? Die gefallen uns ja doch nur deshalb so gut, weil wir genau wissen, dass sie vollkommen unrealistisch sind. Wären sie echt, dann würden wir uns fürchten – und die Finger von solchen Produkten lassen. So aber lassen wir uns berieseln und gehen dann wieder unserem Alltag nach. Wenn es hochkommt, dann denken wir kurz darüber nach, dass wir selbst ja auch mit ein paar Mitmenschen eine Rechnung offen haben, und wir malen uns aus, wie es wäre, wenn wir es denen heimzahlen könnten. Aber wer käme auf die Idee, solche Gedanken in die Tat umzusetzen! Wer? Ach ja! Ich!

Aber wie gesagt, es ist nicht so leicht, wie man glaubt. An sein Auto komme ich sicher nicht heran, das kann ich vergessen. Aber er fährt keinen Panzer, was bei seinem Beruf eigentlich erstaunlich ist. Es müsste also ein Leichtes sein, ihn mit meinem SUV von der Straße abzudrängen. Das Problem ist nur, wie stelle ich sicher, dass er so einen Unfall nicht überlebt? Ich kann ja nicht nachher aussteigen und ihm den Rest geben, das fiele sogar den beiden blauen Hohlbirnen auf. Darüber muss ich also noch etwas nachdenken. Aber das ist vielleicht ohnehin kein Nachteil. Besser noch etwas Gras über die erste Sache wachsen lassen.

Andererseits, so viel Zeit kann gar nicht vergehen, dass nicht automatisch Vergleiche angestellt würden. Also besser gleich in einem Rutsch. Zack, zack, zack, wie es so schön heißt. Deshalb wäre es wahrscheinlich auch kein Fehler, gleich auch den dritten Anschlag zu planen. Aber hey, der ist möglicherweise weitaus eher geeignet, ihn mit dem Auto zu erledigen. Der Trottel ist doch rund um die Uhr mit seinem bekackten Fahrrad unterwegs. Wenn man da in Unterloibl oder am Weg nach Slowenien von der Straße abkommt, dann überschlägt man sich zigmal, und es gibt jede Menge Bäume, gegen die man prallen kann, das sollte so einem Körper doch genügend zusetzen, um die schwarze Seele direkt in die Hölle zu befördern.

Ja, ich denke, das ist der richtige Ansatz. Zuerst den grünen Trottel, dann den scheiß Baumeister. Wird es halt für den die Drau, auch gut!

Ich sollte mir noch ein paar Vorräte kaufen. Besser, man sieht mich in nächster Zeit nicht allzu oft. Je unauffälliger ich mich verhalte, desto weniger kommt irgendwer auf dumme Ideen. Mal schauen, was ich so brauche. Und dann muss ich herausfinden, wann der grüne Arsch seine nächste Radtour plant.

X.

Es gab also genügend Anhaltspunkte für einen Anschlag auf den Stadtrat, resümierte Obiltschnig für sich, während er den Napotnig-Hügel langsam hinanstieg. Aber das hilft mir jetzt auch nicht wirklich weiter. Es gibt Hinweise auf mögliche Motive, aber noch wissen wir nicht, wer eben diese Motive gehabt haben könnte. Ich muss, sagte er sich, einfach in beide Richtungen denken. Wenn es um die Affäre geht, dann käme ein allfälliger eifersüchtiger Ehemann infrage, dem der Stadtrat Hörner aufsetzte. Haben wir es aber mit Korruption rund um den neuen Sportplatz zu tun, dann stellt sich die Frage, wer dabei so sehr das Nachsehen hat, dass er dafür bereit wäre, über eine Leiche zu gehen. Obiltschnig blieb abrupt stehen und kratzte sich am Kopf. Es war wie verhext! Da hatte er möglicherweise endlich seinen ganz großen Fall, der eine ansonsten eher durchschnittliche Polizistenlaufbahn adeln konnte, und er stand da wie der sprichwörtliche Ochs vor dem neuen Tor. Denk nach, befahl er sich, denk einfach nach! Wer gehört bei einer solchen Aktion zu den Verlierern?

»Na klar!« Entweder jemand, der diese Grundstücke auch haben wollte, oder jemand, der bei dem darauf fußenden Bauvorhaben den Kürzeren zog. In diese Richtungen musste man recherchieren. Obiltschnig war beim Posten angekommen und trat in die Amtsstube. Popatnig begrüßte ihn mit einem langen Seufzer. »Ich hab doch gewusst, dass ich hier nicht alleine arbeite. Ich hab mich daran erinnert, dass da noch irgendein Kollege war. Nur, wie der aussieht, das weiß ich gar nicht mehr, weil, der war schon seit einer Ewigkeit nicht mehr an seinem Arbeitsplatz.«

»Ist schon recht, Ferdi! Ich weiß selbst, dass ich lange weg war. Aber ich habe in unserer gemeinsamen Sache ermittelt, und ich glaube, wir sollten in Ruhe darüber reden. Aber nicht hier, das ist keine kreative Umgebung.« Er sah auf die Uhr. Es war kurz vor 14 Uhr nachmittags. Noch nicht zu spät für ein ordentliches Mittagessen. »Gehen wir doch auf ein Bier.« Popatnig griff den Vorschlag nur zu gerne auf: »Da bin ich sofort dabei.«

»Gut. In den *Affen*?«

Popatnig zog eine Miene. »Gehen wir lieber zum *Plasch*. Dort ist es gemütlicher.«

Für einen Augenblick war Obiltschnig irritiert. Es war doch gerade Popatnig gewesen, der sich immer für den *Blauen Affen* starkgemacht hatte. War da etwas vorgefallen, von dem er nichts wusste? »Du bist doch immer für den *Affen* gewesen. Wieso jetzt auf einmal nicht mehr?«

»Geh, ist dir das nicht aufgefallen, ich geh schon seit Jahren nicht mehr zum *Affen*.« Endlich fiel der Groschen. Seit drei Jahren galt in Österreich ein totales Rauchverbot, und dem Popatnig schmeckte sein Bier nur mit Zigaretten so richtig gut. Der *Plasch* hatte eine schöne Terrasse, wo man daher noch den Glimmstängeln nach Lust und Laune zusprechen konnte. Obiltschnig unterdrückte ein Grinsen. »Gut, fahren wir zum *Plasch*. Dort gibt's wenigstens auch ein gutes Schnitzel.«

Zwanzig Minuten später nahmen sie an einem der Tische Platz und warteten auf die Bedienung. Die auch sofort auf der Szene erschien. »Ich nehme ein Wiener

Schnitzel mit Petersilkartoffeln und ein *Schleppe*«, eröffnete Obiltschnig den Bestellungsvorgang. »Und du?«

»Nur ein *Schleppe*, danke.«

»Na komm, bestell was. Ich lade dich ein. Allein essen macht keinen Spaß.« Popatnig zögerte kurz und sah dann die Kellnerin an. »Also gut. Ich krieg ein Backhenderl. Mit Pommes.« Dann sah er, kaum dass die Bedienung wieder gegangen war, Obiltschnig an: »Wiener Schnitzel? Willst in der Zentrale Karriere machen und übst schon, oder was?« Dabei ließ er seine Zähne sehen.

»Weißt eh, das krieg ich zu Hause nie. Da wird immer gesund gekocht.« Er unterstrich seine Aussage mit einem Glucksen. »Siehst«, entgegnete Popatnig, »bei mir wird überhaupt nicht gekocht. Single-Haushalt eben. Da gibt's höchstens Gefrierkost und einmal die Woche was vom Türken. Der liefert nach Hause und ist noch dazu spottbillig.« Obiltschnig nickte eifrig. »Ja, ich weiß, da bestell ich auch immer, wenn die Meinige einmal auswärts ist. Die kochen echt gut.«

»Genauso wie die hier beim *Plasch*. Essenstechnisch können wir uns nicht beschweren.« Obiltschnig stimmte zu. »Das ist wahr.«

Eben wurden die beiden Bierflaschen und die dazugehörigen Gläser auf den Tisch gestellt. Sie schenkten sich ein und prosteten sich zu. Popatnig griff zu seinen unvermeidlichen Zigaretten und zündete sich eine an. »Während wir auf das Essen warten, können wir ja schon einmal austauschen, was wir in Erfahrung gebracht haben«, sagte er dann. »Darf ich zuerst?« Obiltschnig machte eine einladende Geste.

»Ich habe mich bei den Jungs ein wenig umgehört. Gestern war ja Feuerwehrbesprechung, und anschließend habe ich noch beim Training vorbeigeschaut.« Der Gruppeninspektor konnte sich noch gut daran erinnern, dass Popatnig früher selbst bei *ATUS* gespielt und daher dorthin immer noch gute Kontakte hatte. Und außerdem war er, schon aus Gründen der Familientradition, bei der *Freiwilligen Feuerwehr*. Solche Verbindungen waren in einer Stadt wie Ferlach von großem Vorteil. Also lauschte Obiltschnig andächtig.

»Also, die haben den Schatzl alle nicht sehr geschätzt. Der Hauptmann ist heute noch sauer auf ihn, weil er der Feuerwehr die Mittel gekürzt hat. Du weißt ja, er liegt dem Rathaus seit einer Ewigkeit in den Ohren wegen einem zweiten Löschzug. Den bräuchten wir wirklich dringend, weil, wenn es beim *Glock* oder sonst wo einmal ein Großfeuer gibt, dann müssen wir hoffen, dass die Klagenfurter schnell genug da sind, allein stemmen wir das mit unserer kümmerlichen Ausrüstung nie. Die langt höchstens für einen Zimmerbrand. Aber beim Schatzl hast du da auf Granit gebissen. Das ist das eine. Und die Leute vom *ATUS*, die sind erst recht sauer auf ihn, weil er diese irre Idee mit dem neuen Sportplatz bei Kirschentheuer hat. Das halten die alle für einen kompletten Blödsinn. Vor allem, weil sie sich den dann auch noch mit den Verlierern von der *DSG* teilen sollen. Das ist fast so etwas wie Ehrenbeleidigung für die. Also von denen weint dem Schatzl keiner eine Träne nach. Ich glaube aber nicht, dass deswegen einer so sehr in Rage geraten wäre, um den einfach umzupusten.« Popatnig machte eine kurze Pause. »Und jetzt du.«

»Ich weiß es natürlich nicht genau, aber ich glaube, der Schatzl hat eine Affäre gehabt. Mit der jungen Sekretärin vom Rathaus. Die ist mir gleich so verdächtig vorgekommen, und gestern erzählt mir meine Frau, dass sie beim Just – also beim Blumengeschäft, nicht beim Büchsenmacher – gehört hat, dass der Schatzl dort immer Blumen gekauft hat, aber nicht für seine Frau.«

»Und woher wollen die beim Just das wissen? Der wird ja nicht so blöd gewesen sein und das von sich aus bekanntgegeben haben.«

»Weil er sie immer in der Früh gekauft hat. Noch bevor er ins Büro ist. Und jetzt ehrlich: Wasserst du den ganzen Tag irgendwelche Blumen ein, nur damit du sie am Abend mit nach Hause nehmen kannst? Nein. Wenn sie für zu Hause sind, dann kaufst du sie am Heimweg und nicht auf dem Weg ins Büro.«

Popatnig nickte. »Da ist was dran.« Obiltschnig setzte nach: »Und wenn du sie vor der Arbeit kaufst, dann wahrscheinlich, weil du sie jemandem in der Arbeit geben willst. Ergo: die Sekretärin.«

»Bitte, das könnte schon stimmen«, pflichtete ihm Popatnig bei, »weil, der Martic, weißt eh, der Mittelfeldspieler von uns, der will auch so etwas läuten gehört haben, dass der Schatzl auch in anderen Teichen fischt. Von der Sekretärin hat er allerdings anscheinend nichts gewusst. So wie der geredet hat, war das eher eine andere. Aber das muss nichts heißen. Deine Geschichte klingt jedenfalls plausibel.«

»Na, da hätten wir dann ja schon eine ganze Menge an Motiven«, meinte Obiltschnig aufgeräumt. Popatnig nickte in Richtung Küche. »Und ein gescheites Mittagessen«, ergänzte er. Tatsächlich brachte die Kellnerin die gewünschten Speisen, und für eine kleine Weile ruhte jede Unterhaltung. Beide Polizisten widmeten sich mit Hingabe der Nahrungsaufnahme, unterbrochen nur von genießerischem Lecken über die Lippen und einem »Wahnsinn, schmeckt das gut« von Obiltschnig, der dafür einen hochgehobenen Daumen von Popatnig bekam.

Erst eine gute Weile, nachdem die Teller wirklich blitzblank geputzt waren, konzentrierte sich Obiltschnig wieder auf den Fall. »Also, der Geschichte mit der möglichen Affäre, der können wir ohnehin nicht nachgehen. Mit wem er da gekuschelt hat, das hat zu seinen Lebzeiten schon niemand hinausposaunt, und jetzt, wo er tot ist, wird erst recht keiner den Mund aufmachen. Was wir aber tun können, ist, uns die Geschichte mit dem Sportplatz genauer anzusehen. Ich habe mir dazu zweierlei überlegt.«

Er wartete, bis Popatnig sich seine Nach-dem-Essen-Zigarette angezündet hatte, ehe er fortfuhr. »Das könnte zweierlei Personen übel aufgestoßen sein. Zum einen jemandem, der selbst auf die Gründe dort scharf war, zum anderen einem Bauunternehmer, der eben nicht den Generalauftrag für das Stadion bekommen hat.« Er lächelte erwartungsvoll. Popatnig aber kratzte sich beim Ohr und wiegte skeptisch den Kopf hin und her. »Ersteres können wir, glaube ich, ausschließen. Die Gründe sind ja erst durch den Ankauf seitens der Gemeinde interessant geworden, weil, nur die kann Ackerland zu Bauland umwidmen. Und seien wir ehrlich, was machst du dort in Kirschentheuer mit Bauland? Ein Einfamilienhaus kannst du dir nicht hinstellen, und auf Sozialbauten kannst du auch nur spekulieren, wenn du die Gemeinde schon in der Hand hast. Also hätte, was das anbelangt, niemand ein Motiv.«

Widerwillig gestand sich Obiltschnig ein, dass Popatnigs Einwand nur schwer von der Hand zu weisen war. »Was jetzt das andere anbelangt«, fuhr Popatnig fort, »so müssen wir zuerst einmal klären, ob die entsprechenden Aufträge überhaupt schon vergeben wurden. Die Gemeinde«, erklärte er, »kann ja nicht einfach sagen, das macht der Pagitz, das die *Asfinag* und wieder was anderes der Scheinig.« Obiltschnig ahnte, was er nun zu hören bekam. »Die müssen das ja alles detailliert ausschreiben. Welche Arbeiten zu machen sind, welche Auflagen daran gebunden sind, welche Zusatzleistungen erwartet werden und so weiter. Und erst dann bekommt der Bestbieter den Zuschlag.«

»Na eben«, hakte Obiltschnig ein, »vielleicht ist einer von denen sauer, weil der spätere Sieger mit falschen Zahlen operiert oder den Stadtrat bestochen hat, was weiß ich. Dann sind jemandem Millionen durch die Lappen gegangen. So etwas wäre schon ein nennenswertes Motiv.«

Popatnig schüttelte den Kopf. »Das klingt mir viel zu sehr nach Räuberpistole. Ich glaube, ich kenne mehr oder weniger alle Bauunternehmer hier im Tal, sogar die aus Sankt Johann, Sankt Jakob und aus Weizelsdorf. Und ich kann mir nicht vorstellen, dass es da irgendwem derart die Sicherungen raushaut, dass er wegen einer verlorenen Ausschreibung zum Mörder wird. Außerdem«, und dabei beugte sich Popatnig zu seinem Kollegen hinüber und senkte die Stimme, »stecken die doch ohnehin alle unter einer Decke. Die machen doch pausenlos Macheloikes. Einmal gewinnt der, dann der andere, die deichseln das schon so, dass sie alle auf ihre Kosten kommen. Sonst wären die nicht alle stinkreich.«

Auch dagegen gab es wenig einzuwenden, befand Obiltschnig, dem sein Enthusiasmus mehr und mehr abhandenkam. Vor einer Stunde wähnte er sich auf der Siegerstraße, und jetzt war es ihm, als laufe er gerade sehenden

Auges in ein Debakel. »Das darf doch alles nicht wahr sein. Wir haben keine Patronenhülse, keine Verdächtigen und, wie es scheint, nicht einmal ein Motiv. Vielleicht war's wirklich nur ein blöder Unfall! Der Hartl wird schon wissen, warum er nichts tut.« Obiltschnig gab sich keine Mühe, seinen Unmut zu verbergen. Popatnig fühlte sich zum Tröster berufen. »Jetzt lass nicht gleich den Kopf hängen. Vielleicht ist ja an der Baugeschichte doch etwas dran. Weißt was«, er blickte kurz auf seine Armbanduhr, »gehen wir einfach schnell noch zum Ogris in die Bauabteilung. Hören wir uns an, was der zu sagen hat.« Und in Obiltschnig glomm wieder Hoffnung auf. »Warte«, sagte Popatnig, »ich ruf ihn an, damit er auf uns wartet.«

Keine zehn Minuten, nachdem Obiltschnig die Rechnung beglichen hatte, befanden sie sich im ersten Stock des Rathauses, wo sich der zuständige Referent hinter Bergen von Akten verschanzte. »Soso«, begann er, »die Stadion-Sache interessiert euch. Na ja«, er setzte eine gewichtige Miene auf, »ich kann mir schon vorstellen, was da so spannend ist. Sind ja genug Gerüchte im Umlauf. Aber die sind alle Blödsinn, das kann ich euch sagen.«

»Gut zu wissen, dann können wir das gleich abhaken. Aber sag uns trotzdem, was Fakt an der Geschichte ist.« Ogris blickte sich einen Moment suchend um, fand dann den bewussten Stapel und begann, darin zu blättern. »Also im Prinzip alles Routine. Der Roither, der Hueber und der Samonig, die hatten dort bei Kirschentheuer ein paar Ackerflächen, die sie aber nicht bewirtschafteten, weil das dort nicht sonderlich rentabel ist. Der Schatzl hat davon Wind bekommen und ihnen das Angebot gemacht, ihnen die Grundstücke abzukaufen. Der Roither und der Samonig waren auch sofort dazu bereit, die haben gar nicht erst groß verhandelt und den vorgeschlagenen Preis sofort akzeptiert. Nur der Hueber hat sich geziert.« Wie zum Beweis schob Ogris den beiden Polizisten einige Aktenblätter hin, auf denen Obiltschnig die Kaufsummen und die Unterschriften der beteiligten Parteien sehen konnte. »Was natürlich absurd war«, ergänzte Ogris, »weil das Grundstück vom Hueber ja genau in der Mitte der in Rede stehenden Fläche liegt. Der hätte seinen Acker ohnehin immer nur bewirtschaften können, wenn ihm der Samonig erlaubt hätte, um seinen Acker zu fahren, damit er zum eigenen Stück Land kommt.« Ogris lächelte schmal. »Dafür kann sich der Hueber übrigens bei seinem Vater bedanken. Der alte Griesgram war ja immer so in Geldnöten, dass er seinerzeit dem Samonig die Hälfte von seinem Besitz dort verkauft und dabei nicht bedacht hat, dass er sich damit selbst von seinem eigenen Grund abschneidet. Seitdem war die Stimmung zwischen dem jungen Hueber und dem Samonig, sagen wir einmal, ein bisserl angespannt.«

Das war die Untertreibung des Jahres, dachte sich Obiltschnig. Der Hueber hatte den Samonig mit aller Inbrunst, zu der er fähig gewesen war, gehasst und bei jeder Gelegenheit im Gasthaus oder vor der Kirche wüste Verwünschungen ausgestoßen. Es hätte ihn nicht gewundert, wenn der Hueber eines Tages den Samonig erschossen hätte. Da hätte man nicht lange nach dem Täter suchen müssen, spann Obiltschnig seine Überlegung weiter. Aber der Hueber kam für überhaupt kein Verbrechen mehr infrage, denn der hatte sich im Frühjahr in seinem Stall aufgehängt.

»Jedenfalls wäre das Projekt wegen dem Hueber fast noch gescheitert, weil, der hat sich lange geweigert, seinen

Besitz an uns zu veräußern. Aber dann«, Ogris machte eine Kunstpause, »hat er auf einmal zu allem Ja und Amen gesagt. Er ist extra auf die Gemeinde gekommen, hat da im Beisein von mir und unserem Notar unterschrieben, seine Ausfertigung vom Kaufvertrag mitgenommen und ist wieder abgerauscht.« Wieder eine kleine Pause. »Und am nächsten Morgen ist er am Querbalken zwischen seinen Kühen gebaumelt. Schreckliche Sache. Die Gerlinde kiefelt heute noch an der Tragödie.« An dieser Stelle fühlte sich Ogris zu einer zusätzlichen Erklärung bemüßigt. »Ihr wisst ja, der Hueber war schon geraume Zeit Witwer, und seine Tochter, die Gerlinde, die hat jetzt zwar alles geerbt, aber das waren halt nur Schulden und ein komplett verfallener Hof. Mit dem fängt keiner mehr etwas an, den kannst du nur abreißen. Aber die Gerlinde hat eben nichts anderes gelernt. Der Hueber war besessen von der Idee, dass sie einmal den Bauernhof weiterführt. Doch unter den Bedingungen ist das ein Himmelfahrtskommando. Die eine Hälfte vom Hof gehört der Bank, und die andere Hälfte den diversen Gläubigern. Die kann einem echt leidtun, das Mädel.«

»Ja, zweifelsohne tragisch. Aber damit war der Grunderwerb abgeschlossen und rechtens, oder?« Ogris bestätigte die Vermutung Obiltschnigs. »Und wie weit ist man nun mit der tatsächlichen Projektentwicklung? Ich meine, weiß man schon, wer das Stadion bauen wird und all so was?«

Der Referent besah sich noch einmal die Unterlagen, so als wolle er sich erst rückversichern, ehe er antwortete. »Ja, das ist eigentlich alles auf Schiene. Im Sommer hat der Gemeinderat die Umwidmung von Ackerland in Bauland durchgewinkt, und dann wurden die erforderlichen

Ausschreibungen gemacht, die sind …«, Ogris blätterte in dem Akt vor und zurück, »Anfang September bewertet worden, sodass gleich danach die endgültige Entscheidung getroffen wurde.«

»Ah ja, und wer ist nun der Glückliche? Der Höllinger, der Scheinig, der … wer?«

»Als Generalunternehmer wurde die *Firma Scheinig* unter Vertrag genommen. Aber das Anbot besteht aus einem Konglomerat mehrerer Firmen, was heutzutage gar nicht so unüblich ist.«

»Aha, und was heißt das genau?« Ogris konsultierte wieder seine Papiere. »Na, den Hochbau, den macht der Scheinig. Die erforderlichen Aushubarbeiten der Würfler, die Materialien liefert der Pagitz, und die Betonarbeiten für die Zufahrt, die nötigen Parkplätze und so weiter, die werden von der *Asfinag* gemacht.«

»Na bumsti«, entfuhr es Popatnig, »da sind ja alle versammelt. Gab es da überhaupt mehrere Anbote?«

Ein schmales Lächeln war die erste Antwort. »Hätte es nur ein Anbot gegeben, dann wäre die Ausschreibung ungültig gewesen und wir hätten sie neu machen müssen.« Ogris setzte eine strenge Miene auf: »Das sollten Sie aber schon wissen, Herr Inspektor, das sagt ja schon das Wort ›Bestbieter‹! Wenn es nur einen Bieter gibt, dann ist der ja nicht wirklich der Beste. Also darf man da gar keinen Zuschlag erteilen.«

»Aha«, erwiderte Popatnig aufgeräumt, »und wer waren dann die anderen Anbotsteller?«

»Also normalerweise unterliegt das ja dem Datenschutz, aber ich denke, unter den gegebenen Umständen kann ich Ihnen da schon Akteneinsicht gewähren«, gab sich Ogris generös. Er drehte die Papiere um 180 Grad und schob sie den beiden Polizisten hin. Die brauchten eine Weile, um sich zu orientieren, und sahen dann ihr Gegenüber erstaunt an.

»Das ist jetzt ein Scherz, oder?«

»Das hier ist eine Behörde. Da macht man keine Scherze«, kam es schneidend von Ogris.

»Wenn ich das richtig verstehe«, ergriff Obiltschnig die Initiative, »dann bestand das andere Anbot aus Aushubarbeiten der Firma Scheinig, den Hochbau wollte die Firma Würfler machen, und alles andere ist ident mit dem anderen Anbot«, Obiltschnigs Augen flitzten hin und her, um sich zu versichern, »und das zweite Anbot liegt um genau 100 Euro über dem ersten!«

»So ist das mit dem Ausschreibungsgesetz«, erwiderte der Referent emotionslos, »zwei Anbote, das bessere wird genommen.«

»Aber nicht bös' sein, das ist doch ein abgekartetes Spiel. Das sind haargenau dieselben Firmen, nur halt mit anderer Schwerpunktsetzung.«

»Eine derartige Bewertung steht mir nicht zu«, beschied Ogris, »die trifft die Politik. Ich setze nur um, was Stadtsenat und Gemeinderat beschließen.«

»Und wer beschließt so etwas konkret? Ich meine, wer hat da seitens der Gemeinde die Verhandlungen geführt? Der Schatzl gar?«

»Der ist … war ja nur für die Finanzierung zuständig. Die Durchführung der Ausschreibung lag in den Händen des Baustadtrates.«

»Und wer ist das?«, wollte Popatnig wissen.

»Der Herr Schober!«

»Schober?«, Obiltschnig kam aus dem Staunen gar nicht mehr heraus.»Den gibt's immer noch? Der ist doch seit gefühlten 100 Jahren der Häuptling von der *Volkspartei.*«

Ogris quittierte die Aussage des Gruppeninspektors mit einem verschmitzten Lächeln. »Der Schober Sepp ist seit über zehn Jahren im Ruhestand. Er hat das Baureferat bis zur vorvorletzten Wahl geleitet. Sein Nachfolger aber ist der Schober Beppi, sein Sohn.«

»Was? Der Nerd, der immer mit seinem blöden Mountainbike durch die Gegend fetzt? Ich hab geglaubt, der ist bei den *Grünen*?«

Ogris bestätigte Obiltschnigs Vermutung. »Ist er ja auch. Aber die haben bei der Wahl damals genügend Stimmen bekommen, dass sie auch einen Stadtrat stellen dürfen, und so blieb das Referat in der Familie. Wie es sich gehört in einer Demokratie.«

Obiltschnig ignorierte den Sarkasmus seines Gesprächspartners. »Die haben doch die Wahl mit Bomben und Granaten verloren!« Ogris hob die Hände. »Die letzte, ja. Voriges Jahr. Darum ist der Schober Beppi ja nur mehr gewöhnlicher Gemeinderat. Und das Baureferat ist zurück zur *ÖVP* gewandert. Das leitet jetzt der …«

»Schober Lukas, sein Bruder.« Obiltschnig fühlte ein leichtes Unwohlsein in der Magengrube. »Ganz genau«, setzte Ogris nach, »aber soweit ich informiert bin, ist das nur eine Übergangslösung, weil der Lukas seitens seiner Partei für höhere Aufgaben bestimmt ist. Der soll demnächst in den Landtag einziehen, was man so hört. Und dann wird seine Stellvertreterin das Ressort übernehmen. Wegen der Frauenquote und so.«

»Und wer ist seine Stellvertreterin?«, wollte Popatnig nun wissen.

»Die Schober Lizzi, seine Frau.« Man konnte Ogris deutlich ansehen, dass er dagegen ankämpfte, in lautes Lachen auszubrechen. Gleich danach aber hatte er sich wieder im Griff und beugte sich besorgt nach vorne. »Das bleibt aber alles unter uns, nicht wahr? Nicht dass ich am Ende noch dienstliche Schwierigkeiten bekomme, weil ich da jetzt so frei von der Leber weg … gell? Also, ich habe mich da eben«, bemühte er sich um strengste Sachlichkeit, »etwas gehen lassen, das war unprofessionell. Die Parteien sind für ihre Kandidaten allein verantwortlich, und es liegt an der Wählerschaft, diese Vorschläge gutzuheißen oder auch nicht.«

Genau, dachte sich Obiltschnig mit jenem Maß an Ironie, das er sich in diesem Moment zubilligte, ehe er wieder auf den eigentlichen Fall zu sprechen kam. »Das heißt also, die Verhandlungen hat noch der Schober Beppi geführt? Aber …«, Obiltschnig rechnete kurz nach, »der ist ja seit einem guten Jahr nicht mehr Stadtrat, da hätte doch eigentlich sein Bruder schon …«

Ogris schüttelte den Kopf. »Ein Projekt von dieser Größenordnung hat natürlich eine sehr lange Vorlaufzeit. Da wird viel mit Wenns und Danns operiert, bis die Dinge endlich unter Dach und Fach sind. Ausverhandelt hat das alles der grüne Schober, der schwarze Schober hat dann nur noch seine Unterschrift druntergesetzt. Wenn Sie also, meine Herren, wissen wollen, wie das mit den Anboten genau war, dann müssen Sie sich an den grünen Schober halten.«

Der grüne Schober residierte in den Räumlichkeiten eines ehemaligen Kaufhauses, die aber schon seit Jahren an eine Versicherung vermietet waren. Der Mann war als umtriebiger Verkäufer diversester Polizzen bekannt und hatte es geschafft, den Bauern in der Umgebung selbst jene Dinge zu versichern, für welche sein Unternehmen im Schadensfall niemals aufkommen würde, da sie nur durch höhere Gewalt zerstört werden konnten. Obiltschnig hatte den drahtigen Politiker bildlich vor Augen. Alles an ihm drückte Dynamik und Entschlossenheit aus, obwohl er von seinem Gesicht her lediglich Durchschnitt war, ein Eindruck, der, so mutmaßte der Inspektor, von der unvorteilhaften Hornbrille herrührte, ohne die der grüne Schober offenbar keinen Schritt vor den anderen setzen konnte. Umso erstaunlicher war es, dass er immer wieder waghalsige Abfahrten mit seinem Mountainbike lieferte, da er, wie man sich erzählte, eigentlich blind wie ein Maulwurf war. Aber, so sagte sich Obiltschnig, bei den Geschwindigkeiten, die man im fallenden Gelände mit einem solchen Gefährt erzielte, nutzte der scharfe Blick ohnehin nichts mehr. Da gab es buchstäblich nur noch »Augen zu und durch«.

Der Weg vom Rathaus zur Versicherung war ein kurzer, und so ließen sie ihren Wagen stehen und gingen zu Fuß zu Schobers Büro. Der witterte ein Geschäft und war augenblicklich von Kopf bis Fuß servile Freundlichkeit. Erst als er hörte, dass die Polizisten an der Stadionsache interessiert waren, bröckelte die freundliche Fassade umgehend ab und gab die Sicht auf harte, abweisende Züge frei. »Wir wollen nur allen potenziellen Hintergründen nachgehen«, begütigte Obiltschnig, »die möglicherweise mit dem Tod von Herrn Stadtrat Schatzl in Zusammenhang stehen könnten.« Schober wurde unruhig. »Was wollen Sie damit andeuten?«

»Vorerst einmal gar nichts. Wir wissen nur noch nicht, ob hier etwa ein Gewaltverbrechen vorliegt oder ob es einfach nur ein sehr dummer Unfall war. Und um alle Eventualitäten ausschließen zu können, gehen wir verschiedenen Hinweisen nach. Sie wollen doch auch, Herr Gemeinderat, dass die Sache vollständig aufgeklärt wird, oder?«

»Das natürlich schon! Ich verstehe nur den Zusammenhang nicht!« Obiltschnig machte eine vage Geste mit der rechten Hand. »Es gibt Gerüchte, der Herr Stadtrat habe sich mit seinem Stadionprojekt nicht nur Freunde gemacht. Und nun gehen wir dem nach, um festzustellen, ob es da tatsächlich jemanden geben könnte, der wegen dieser Angelegenheit einen so großen Groll gegen den Stadtrat hegte, dass er zu einer Wahnsinnstat fähig wäre.«

»Dieses Projekt ist vollkommen korrekt und transparent über die Bühne gegangen«, statuierte Schober. »Bitte ja, es hat ein paar Gegner gegeben, die irgendetwas von wegen ›Ist der Boden einmal fort, hilft uns nur noch der Import‹ schwadroniert haben, aber das war nicht einmal für uns Grüne nachvollziehbar. Ich meine, kennen Sie die Böden dort?«

Die beiden Polizisten schwiegen eine Nanosekunde zu lang. »Na sehen Sie, dort kannst gar nichts mehr anbauen. Auf der einen Seite die Straße nach Klagenfurt, auf der anderen die Fernwärmeleitungen, und gegen Osten hin die alten Silos, die wir versiegeln mussten, weil da jahrelang Rückstände in die Erde gesickert sind. Der Boden dort ist, landwirtschaftlich gesehen, eine Sondermülldeponie. Ich würde nichts essen wollen, was dort eventuell gezogen wurde.«

»Wie war das mit den Anboten«, unterbrach ihn Popatnig, »das waren ja in beiden Fällen dieselben Firmen!«

»Wir wollen eben, dass alle in der Gemeinde von so einem Projekt profitieren«, erklärte der Ex-Stadtrat aufgeräumt. »Ich für meinen Teil hätte ja den Höllerer auch noch mit an Bord geholt. Aber der wollte von sich aus nicht. Hat damals gemeint, er hat genug zu tun mit dem großen Zubau da beim Altersheim. Da ist er, sagt er, auf Jahre angehängt. Weil, mit Fremdfirmen hat er es nicht so, der Höllerer. Ist halt noch alte Schule.«

»Aber das ist ja dann alles eine Farce«, entfuhr es Popatnig. Schober war erkennbar anderer Ansicht. »Schauen Sie! Das mit dem Ausschreibungsgesetz ist ja wieder einmal ein hervorragendes Beispiel für ›gut gemeint‹. Was heißt denn das in der Praxis?« Er wartete einen Augenblick auf eine allfällige Reaktion der beiden Ermittler, die jedoch unterblieb, weshalb er fortfuhr: »In der Theorie hört sich das gut an. Da kann ein Auftraggeber dafür sorgen, dass er bei den von ihm gewünschten Arbeiten nicht erpresst oder über den Tisch gezogen wird. Das mag für irgendwelche Mega-Vorhaben in Brüssel oder sonst wo vielleicht sogar stimmen. Aber hier, in einer kleinen Region? Welchen Vorteil hätte es, wenn wir für so ein Stadion jemanden aus Italien oder Slowenien beauftragten? Oder, noch schlimmer, aus Wien? Die rücken dann da an mit Mann und Maus, verursachen Unmengen an Zusatzkosten, scheren sich keinen Deut um die Gemeinde, und unsere eigenen Leute schauen durch die Finger! Das kann ja nicht das sein, was dem Gesetzgeber vorschwebte!« Er lächelte aufgeräumt. »So aber haben unsere lokalen Firmen einen Auftrag, die dort Beschäftigten Arbeit und daher guten Lohn, und wir haben ein schönes Stadion, das dann von denen, die es gebaut haben, eifrig frequentiert wird, weil es im Wortsinn *ihr* Stadion ist. Verstehen Sie, was ich meine?«

»Das klingt erstaunlich vernünftig«, ließ sich Obiltschnig zu einer vorwitzigen Bemerkung hinreißen,

»wieso sind Sie dann bei den *Grünen*?« Er unterstrich die letzten Worte mit einer frechen Grimasse.

»Wir *Grünen* sind schon lange keine weltfremden Spinner mehr, die mit Norwegerpullis durch die Gegend laufen, Haschisch rauchen und auf Parteitagen unsere Babys säugen, während wir ihnen praktischerweise gleich die passenden Patscherln häkeln. Wir *Grüne* haben nichts gegen einen gesunden Konservativismus, wenn er nur ökologisch nachhaltig ist. Und genau das haben die Bauern ja auch schon längst erkannt, weshalb wir ja praktisch überall in einer Koalition mit der *ÖVP* sind.«

»In Ihrem Fall haben Sie die Koalition sogar innerhalb der Familie«, warf Obiltschnig ein.

»Meine Familie übernimmt eben seit Generationen Verantwortung für das Gemeinwohl. Ich wüsste nicht, was daran falsch sein soll. Mein Großvater war 15 Jahre lang Vizebürgermeister und hat mitgeholfen, aus dieser Stadt zu machen, was sie heute ist. Und mein Vater hat seinerzeit den Glock nach Ferlach geholt. Wo wären wir heute ohne den? Wir wären bankrott, wie so viele andere Gemeinden in diesem Land. So aber stehen wir hoch weiß da.« Schober lehnte sich mit einem Ausdruck größter Selbstzufriedenheit zurück.

Obiltschnig unterdrückte den in ihm dräuenden Unmut und machte sich an eine Zusammenfassung des Gesprächs. »Ihrer Ansicht nach gibt es also niemanden, der bei diesem Projekt irgendwie zu kurz gekommen wäre? Niemand wurde übervorteilt, niemand übergangen, niemand geschädigt?«

»Das kann ich mit 110-prozentiger Sicherheit ausschließen«, kam es zurück. »Die Bauern bekamen reichlich Geld, die Unternehmer Aufträge und die Fußballer ein Spielfeld, auf dem sie unsere Stadt in die Bundesliga kicken können.«

»Wie gut kannten Sie eigentlich den Schatzl?« Die Frage war von Popatnig gekommen und überraschte Obiltschnig doch einigermaßen. »Na, wir haben fünf Jahre eng im Stadtsenat zusammengearbeitet, da lernt man sich schon ein wenig kennen. Aber wir sind nie so etwas wie Freunde geworden, falls Sie das meinen. Der Schatzl war halt ein typischer *Roter*. Hat die Zeichen der Zeit nicht erkannt. Für den bedeutete Fortschritt immer noch rauchende Fabrikschlote, stampfende Maschinen und Arbeiter im Drillich. Ich glaube sogar, der war immer noch für die Atomkraft.«

»Das heißt, Sie wissen nichts Näheres über ihn? Privat oder so?« Allmählich begriff Obiltschnig, worauf sein Kollege hinauswollte. »Mit der Krainer-Tochter war er verheiratet, aber das wissen Sie sicher selbst. Und im *Affen* hatte er einmal die Woche einen Kartenabend mit dem Betriebsrat vom *Glock* und dem pensionierten Eisenbahner, der das Verkehrsmuseum leitet.« Schober schien einen Augenblick nachzudenken. »Hat der nicht auch die Tuba bei der Feuerwehrkapelle gespielt?«, fragte er dann in Richtung Popatnig. »Ich meine, Sie sind ja bei der Feuerwehr, das müssten Sie wissen.«

»Ja, hat er«, gab Popatnig enttäuscht zurück. Ihm war anzusehen, dass er auf Indiskretionen gehofft hatte. Doch die waren Schober nicht zu entlocken. »War's das?« Schober starrte die beiden durchdringend an. »Ich versichere Sie«, ergänzte er. Obiltschnig wurde hellhörig. Kam doch noch etwas Interessantes? »Was versichern Sie uns?« Schober bleckte seine weißen Zähne: »Alles. Haftpflicht,

Haushalt, Haus, Garten, Auto. Was immer Sie brauchen.« Obiltschnig winkte ab: »Ich kann Ihnen versichern, wir beide sind voll und ganz durchversichert.« Er erhob sich, deutete einen Gruß an und wandte sich schnellen Schrittes dem Ausgang zu.

Draußen wartete er auf Popatnig. »Pfoah, der ist mir vielleicht auf den Zeiger gegangen mit seiner Arroganz«, sagte er, als er seinen Kollegen neben sich wusste. »Dabei hat es durchaus Hand und Fuß, was er sagt. Aber wie er es sagt, da kriegst echt Aggressionen.« Popatnig fingerte eine Zigarette aus seiner Brusttasche. »Ach, vergiss ihn! Der reißt sowieso nichts mehr. Die *Grünen* sind auf Jahre unten durch. Der kann froh sein, wenn er nach der nächsten Wahl überhaupt noch im Gemeinderat sitzt.«

»Aber wirklich weiter sind wir nach wie vor nicht«, seufzte Obiltschnig. »Das täte ich auch wieder nicht sagen«, widersprach der Revierinspektor. »Ich glaube, wir können die Stadionsache als mögliches Motiv abhaken. Da kann es wirklich niemanden geben, der deswegen einen Groll hegen konnte. Ich kenn den alten Höllerer, ich halte das für absolut glaubwürdig, dass der von sich aus nicht mit ins Boot wollte. Und den kaputten Boden dort, den hätte sicher auch niemand anderer gewollt. Von dem her können wir das vergessen. Außerdem war der Schatzl ja tatsächlich nicht für die Sache hauptverantwortlich. Wenn es darum ginge, dann wäre jetzt der Schober tot und nicht der Schatzl.«

»Recht hast. Die Geschichte mit dem Stadion ist eine Sackgasse«, gab Obiltschnig zu. »Aber wie sollen wir herausfinden, ob der Schatzl jetzt eine Affäre hatte? Und selbst wenn er eine hatte, wer bringt ihn deswegen um? Das kommt doch nur im Film vor.«

»Ach, ich würde Eifersucht als Motiv nicht unterschätzen«, zeigte sich Popatnig von seiner philosophischen Seite, während sie allmählich zurück zu ihrem Wagen schlenderten. »Schau dir nur an, die Zeitungen sind voll von Beziehungstaten.«

»Ja, aber das sind in der Regel«, Obiltschnig suchte nach einem bestimmten Wort und hielt deswegen inne, »Femizide«, brachte er dann hervor. »Gehörnte Männer kriegen einen Tobsuchtsanfall und erschlagen die eigene Frau! Hast du je mitbekommen, dass die stattdessen den Liebhaber kaltgemacht hätten? Ja«, schränkte er sogleich ein, »so etwas Ähnliches gibt es auch. Aber dem lauert der Ehemann in aller Öffentlichkeit auf und verprügelt ihn dann nach Strich und Faden. Umgebracht werden letztlich nur die Frauen, nie die Männer.«

»Außer, die Morde werden von den Ehefrauen begangen«, gab Popatnig zu bedenken. »Gut, ja. Aber die legen sich dann nicht im Wald auf die Lauer und knallen den Göttergatten mit einem Jagdgewehr ab. Die vergiften oder ertränken ihn. Oder setzen ihn mit dem Föhn unter Strom. Nein, ich glaube, das mit der Affäre wird auch nichts.«

»Wenn wir schon einmal im Wagen sitzen, machen wir wieder einmal Streife?«, wollte Popatnig wissen, und Obiltschnig hatte nichts dagegen einzuwenden. »Aber dann machen wir für heute Schluss. War eh schon ein langer Tag.« Dagegen kam nun vom Kollegen kein Einspruch.

XI.

Wenn es stimmt, was der Herbie von der Tankstelle sagt, dann wird der Naturapostel schon übermorgen wieder ein Tour machen. Angeblich geht es über den Schaidasattel. Na, da lässt sich sicher der richtige Platz für einen kleinen Hinterhalt finden. Eigentlich kann ich es kaum noch erwarten. Es wäre schön, auch diesen Teufel in der Hölle zu wissen. Aber ruhig Blut. Alles muss schön normal aussehen. Nicht auffallen! Rache, heißt es so schön, ist ein Gericht, das man am besten kalt genießt. Also keine Aufregung jetzt!

Schaidasattel also. Da war ich schon oft. Die Frage ist, wo man da am besten einen Hinterhalt legen kann. Um die Zeit sind dort nämlich noch immer viele Wanderer unterwegs und auch Leute, die wegen der schönen Aussicht mit dem Auto hinauffahren. Da wird es nicht leicht, ungesehen gegen ein Fahrrad zu krachen. Wenn, dann muss ich darauf hoffen, dass er nicht den Weg nach Zell zurück nimmt, denn dort gibt es praktisch keine Stelle, die wirklich gefährlich werden könnte. Aber von Ferlach aus wäre das für einen so ambitionierten Sportler wie ihn auch nur der halbe Spaß. Obwohl, wenn er von zu Hause wegfährt, dann sind das 20 Kilometer mit echt arger Steigung. Da wird er zurück über den Freibacher Stausee und dann Sankt Margareten fahren, was eine Tour von rund 45 Kilometern ergibt. Scheiße! Da gibt es keine einzige Stelle, wo man jemanden so anfahren kann, dass es tödlich ausgeht. Vielleicht sollte ich mir doch etwas anderes ausdenken!

Aber was? Ich kann ihm ja kaum vergiftete Pralinen schicken, wie das damals diesem Bürgermeister in Nieder- oder Oberösterreich passiert ist. Denk nach! Es muss irgendetwas geben, was wie ein Unfall aussieht! Ich muss mich ablenken! Es kommen einem immer dann die besten Ideen, wenn man nicht gezielt nachdenkt.

Der Zaun, der könnte einen neuen Anstrich gebrauchen. Ob ich noch Farbe im Haus habe? Mal sehen! Na bitte! Giftgrün! Das passt doch herrlich. Jetzt noch den Pinsel ordentlich weich machen, und schon kann's losgehen.

Na, da sage noch einer, dass körperliche Arbeit nicht guttut. Ich habe mich schon lange nicht mehr so entspannt gefühlt wie jetzt. Und was den grünen Arsch anbelangt, so wird mir schon noch das Richtige einfallen. Ein bisschen Zeit habe ich ja noch – und er damit auch!

XII.

Seit dem unschönen Ableben des Stadtrates waren drei Tage vergangen. Die Leute sprachen bereits wieder über das Wetter, über die zu erwartenden Steuererhöhungen und über die so nicht zu erwartenden Niederlagen von *ATUS* gegen Feldkirchen und Sankt Andrä. Hubert Schatzl war noch nicht einmal begraben, und schon schien er niemanden mehr zu interessieren. Aus Klagenfurt war keine weitere Nachricht mehr gekommen, ganz so, als wäre der Fall Schatzl etwas, was man nicht weiter zu verfolgen brauchte. Und Obiltschnig ertappte sich bei der Frage, ob es nicht einfacher war, die Dinge wirklich auf sich beruhen zu lassen.

Er setzte sich an seinen Schreibtisch und ging die eingelangten Nachrichten durch. Auf der Klagenfurter Straße werde im Bereich Kirschentheuer eine mobile Radarmessung vorgenommen, die Funktion des Postenkommandanten in Wolfsberg gelange durch interne Umbesetzungen zur Ausschreibung, und der Polizeisportverein freue sich über neue Mitglieder. Ohne lange nachzudenken, griff er zum Telefon und wählte Hartls Nummer.

»Was ist?«, bellte der in die Leitung. »Herr Oberstleutnant, guten Morgen, Gruppeninspektor Obiltschnig am Apparat, ich wollte nur wissen, ob wir den Fall Schatzl jetzt zu den Akten legen?«

Für einen Wimpernschlag herrschte Funkstille. Dann brach aus dem Nichts ein Gewitter los! »Wir?«, drang es mit gefühlten 110 Dezibel an Obiltschnigs Ohr. »Es gibt kein Wir! Es gibt nur uns in Klagenfurt! Euch gibt es nur noch aus Gründen der Nostalgie! Und überhaupt, was für Akten? Die liegen ausschließlich bei uns! Daher gibt es für euch auch überhaupt nichts, das ihr dorthin legen könntet! Also gehen Sie mir gefälligst nicht auf die Nerven, Sie … Gendarm!«

Das letzte Wort kam derart herausgespuckt bei Obiltschnig an, dass er froh war, Hartl nicht in die Augen sehen zu müssen angesichts der getätigten Beleidigung. »Das heißt«, bemühte er sich um einen bewusst ruhigen Tonfall, »ihr nehmt einfach zur Kenntnis, dass der erschossen wurde. War halt Pech. Und aus!«

»Obiltschnig, Sie Zecke am Genick! Übertreiben Sie es nicht. Wir brauchen keinen Kuhmelker, der uns erklärt, was wir wie zu bewerten haben. Und es geht Sie einen feuchten Kehricht an, was bei unserer Bewertung herauskommt. Also geben Sie gefälligst die Leitung für wichtige Telefonate frei.« Das letzte Wort Hartls ging in einem penetranten Tuten unter.

Also wenn sich nicht einmal die Zentrale in Klagenfurt des Themas annahm, warum sollte er dann länger in der Sache herumstochern? Obiltschnig streckte sich durch. Popatnig hatte seinen freien Tag, und die Wachstube lag praktisch verwaist da. Eigentlich, so gestand er sich ein, hatte ihn die übliche Routine wieder. So gesehen waren die zwei Tage, die er als Ermittler zugebracht hatte, eine angenehme Abwechslung gewesen. Aber da war halt nichts mehr zu wollen. Er sah auf die Uhr. Ob er einen Rundgang durch das Zentrum machen sollte? Besser, als da herumzusitzen, dachte er sich und schnappte seine Uniformjacke. Er aktivierte die Rufumleitung und verließ das Amtsgebäude in Richtung Schloss.

Beinahe naturgemäß war an einem Samstag nicht allzu viel los. Das *Schloss-Café* war ob des milden Wetters gut besucht, und Obiltschnig grüßte höflich bald hierhin, bald dorthin. Im *Glock*-Park saßen einige Eltern und beobachteten ihre Kleinen auf dem Klettergerüst, während der eine oder andere Hund über die Wiese tollte. Der Gruppeninspektor durchquerte das Grün zielstrebig und hielt auf die kleine Seitenstraße auf der anderen Seite des Baches zu, wo er den Feuerwehrleuten und dem Rettungspersonal guten Tag sagen wollte, ehe er sich wieder in Richtung Zentrum wenden würde. Die Feuerwehrzentrale lag völlig verwaist vor ihm. Nur ein weißer Zettel fiel ihm auf, der an die Eingangstür gepinnt war. Neugierig trat er näher. Wie sich zeigte, war es ein selbstgebastelter Nachruf auf den Stadtrat, der ja, wie Obiltschnig am Vortag erfahren hatte, auch bei der Feuerwehr gewesen war.

Das kurze Schreiben strotzte vor Allgemeinplätzen. »Tiefe Trauer«, »völlig unvermittelt mitten aus einem aktiven Leben gerissen«, »unersetzlicher Verlust«, »Gedanken bei seiner Frau und seinen Angehörigen«. Von Schatzl selbst erfuhr man nichts. Nicht einmal, seit wann er bei der *Freiwilligen Feuerwehr* gewesen war. Und das passte ganz gut zu der ganzen Angelegenheit, fand Obiltschnig. Nicht einmal jene, mit denen er gearbeitet hatte, waren wirklich betroffen. Er erinnerte sich, dass erst am dritten Tag nach Schatzls Tod am Rathaus eine schwarze Fahne aufgezogen worden war. Nicht aus Bosheit, nein, man hatte schlicht darauf vergessen. In einer Woche würde das Begräbnis sein, und dann würde keiner mehr ein Wort über ihn verlieren. Im Stadtsenat würde ein neuer Stadtrat bestellt, ein paar Türschilder würden ausgewechselt, und in einem Monat würde niemand mehr wissen, dass es den Hubert Schatzl überhaupt gegeben hatte. Obiltschnig schluckte. Ob es ihm eines Tages ebenso ergehen würde?

Er war rechtschaffen froh, als er die Sanitäter in der Sonne sitzen sah. Ein kleines Schwätzchen, so fand er, konnte gerade in diesem Moment nicht schaden. »Servus, Gustl«, begrüßte er den ältesten zuerst, der mit einem gedehnten »Servas, Inspekta« konterte.

»Alles unter Kontrolle?«

»Aber sicher«, bestätigte Gustav, »absolut nichts los dieser Tage. Ein paar Kontrollfuhren vom Altersheim ins Spital und zurück, aber die macht ohnehin unser Zivi hier!« Dabei klopfte er einem zarten Jüngling mit dicker Brille und dichtem schwarzem Haupthaar derb auf die Schulter, sodass dieser einen Ausfallschritt machen musste, um nicht umzufallen. »Ein Wunder eigentlich«, ergänzte Gustav, »dass der noch keinen Mist gebaut hat. Den haben sie uns nämlich aus Wien geschickt.«

»Na ja«, zuckte Obiltschnig mit den Achseln, »sind ja auch Menschen«, und nach einer kleinen Pause, »irgendwie.« Das erwartete Gelächter setzte prompt ein. Nur der Zivildiener blieb stumm. Gustav wandte sich wieder an den Polizisten. »Die Leute hier, die haben eine hervorragende Konstitution, die werden alle 100. Da haben wir nicht viel zu tun. Ihr habt uns ja nicht einmal den Schatzl herumkutschieren lassen.« Dabei sah er auffordernd in Obiltschnigs Richtung. »Den hat der Kollege Wagner in die KTU gebracht. Wir mussten ja herausfinden, woran der genau gestorben ist.«

»An gebrochenem Herzen«, lachte Gustav lauthals. Obiltschnig wurde sofort hellhörig. »Was du nicht sagst! Wie kommst denn da drauf?« Gustav schüttelte den Kopf angesichts der Frage des Gruppeninspektors. »Na, ich hab geglaubt, die Kugel ist direkt ins Herz gegangen.« Der Ermittler war enttäuscht. Wieder nur ein entbehrlicher Kalauer.

»Apropos, was passiert da jetzt weiter? Sagt ihr einfach, okay, Fahrerflucht, und das war's?« Obiltschnig hob die Hände. »Du, wenn es nach mir ginge, dann würden wir schon noch ein paar Untersuchungen anstellen, aber das ist Sache von den Klagenfurtern. Und du kennst die ja! Was nicht bei ihnen passiert, das passiert gar nicht. So gesehen werden die näheren Umstände des Ablebens unseres Herrn Stadtrats wohl für immer unklar bleiben.« Gustav lachte abermals: »Wie bei unseren Fahrgästen. Da macht der Bereitschaftsarzt auch immer Totenscheinbingo, weil er keine Ahnung hat, woran die da gerade abnippeln.«

»Sehr beruhigend. Im Zweifelsfall fahr ich, glaube ich, selber ins Spital.« Gustav hob die Schultern an. »Wenn du dort lieber stirbst, ersparst uns einen Weg.« Obiltschnig lächelte spöttisch: »Du strotzt ja gerade vor Vertrauen in unser Gesundheitssystem.«

»Jahrelange Erfahrung!«

»Na dann. G'sund bleiben!« Obiltschnig legte Zeige- und Mittelfinger an die Krempe seiner Schirmmütze und wandte sich zum Gehen. Entgegen seinem ursprünglichen Plan ging er durch den Park zurück, querte die Werkstraße und hielt auf die Kirchgasse zu. An der alten Stadtmühle vorbei passierte er den Schulkomplex der Stadt, bog dann ein und wanderte die Major-Trojer-Straße langsam hinauf, bis er an die Kreuzung kam, wo er die Wahl hatte, links zum Friedhof zu gehen oder rechts wieder den Rückweg anzutreten. Er entschied sich für Letzteres.

Als er nur wenige Meter später am Wohnhaus der Schatzls vorbeikam, konnte er nicht umhin, in exakt diese Richtung zu sehen. Die Witwe saß auf den Stufen, die zum Hauseingang führten, und rauchte eine Zigarette. Obiltschnig gestand sich ein, dass sie eigentlich erstaunlich attraktiv aussah, wobei er sich die Frage stellte, ob dieser Eindruck nicht nur von der eher lasziven Aufmachung herrührte. Tatsächlich trug sie nicht mehr am Leib als einen Jeans-Minirock und ein Top mit Spaghettiträgern. Wenn er jetzt in die Knie ging, um vermeintlich seine Schuhbänder neu zu binden, dann könnte er feststellen, ob sie ein Höschen trug. Er errötete ob dieses Gedankens und schimpfte sich im Geiste selbst aus für eine derart infantile und pubertäre Überlegung. Er war ja keine 18 mehr, sagte er sich, und schob geistig ein »Und außerdem bist du verheiratet. Glücklich verheiratet« hinterher.

Gleichzeitig war er froh, dass die Witwe Schatzl ihn nicht bemerkte. Ihr Blick schien ins Nirgendwo zu gehen. Ab und an zog sie an ihrer Zigarette, und Obiltschnig fiel auf, dass sie gedankenverloren mit ihren Haarspitzen spielte. Was ihr wohl gerade durch den Kopf ging? Ob wenigstens sie wissen wollte, wer ihren Mann auf dem Gewissen hatte? Obiltschnig fasste einen Entschluss.

Zielstrebig trat er durch das Gartentor und bemerkte, wie die Witwe Schatzl überrascht aufsah. »Guten Tag«, sagte er laut schon aus einiger Entfernung und erhielt keine Antwort. »Ich möchte Ihnen nur eine einzige Frage stellen: Wollen Sie in Erfahrung bringen, wer Ihrem Mann … das angetan hat? Wollen Sie?«

»Und was sollte das noch bringen?« Die Stimme klang

brüchig, und Obiltschnig stellte fest, dass sie ihn dabei nicht einmal in den Blick nahm. »Das kann ich Ihnen nicht sagen«, begann er vorsichtig, »aber mich persönlich ärgert es, dass niemand für diese … Tragödie … die Verantwortung übernehmen soll.« Nun erntete er doch eine aufmerksame Miene. Die Witwe warf die Zigarette auf die untere Stufe und trat sie mit dem Holzschlapfen aus, sodass die Muskeln an ihrem Unterschenkel deutlich hervortraten. »Ich habe ja immer geglaubt, mein Mann war in der Gemeinde beliebt«, sagte sie dann, »aber anscheinend schert sein Ableben keine Sau.« Ein gerüttelt Maß an Bitterkeit schwang in diesem Satz mit. »Sehen Sie, Frau Schatzl, mich schert es eben schon etwas, und darum habe ich auch immer noch nicht aufgegeben, Nachforschungen anzustellen.«

»Ach ja?« Sie stand auf, klopfte sich den Hintern ab. »Wollen S' auf einen Kaffee reinkommen?« Obiltschnig deutete ein Lächeln an. »Da würde ich nicht Nein sagen.«

Für eine derart große Nummer erwies sich die Küche als erstaunlich durchschnittlich. Sie unterschied sich in nichts von all den anderen Kärntner Küchen, die ihm im Laufe der Jahre untergekommen waren. Während die Witwe an der Kaffeemaschine herumhantierte, sah er sich in Ruhe um. Nicht einmal eine dieser modernen *Nespresso*-Anlagen gab es da. Alles ganz gewöhnlich. Nur das gerahmte Foto, das im Herrgottswinkel hing, wirkte in dieser Szenerie unpassend. Es zeigte den Stadtrat Arm in Arm mit dem Bürgermeister. Hatte Schatzl selig sich für Gott gehalten, dass er das Bild gerade dort platziert hatte? Oder war der Bürgermeister für ihn Gott gewesen? Gott Vater vielleicht, damit er Gottes Sohn sein konnte? Innerlich schüttelte es Obiltschnig.

Der E-Herd zeigte erstaunlich schnell Wirkung. Die *Bialetti* begann laut zu gurgeln, und Frau Schatzl stellte zwei Tassen auf die Arbeitsfläche. »Milch, Zucker?«, fragte sie. »Beides«, antwortete er, »bitte!«

Sie schenkte in ein Kännchen Milch ein, kramte Zucker aus einem Kästchen hervor und stellte schließlich das ganze Ensemble auf den Küchentisch, auf dem sich bisher nur ein Aschenbecher, ein Feuerzeug und eine halb aufgerauchte Packung Zigaretten befunden hatte. »Slowenische?«, fragte er. Sie nickte.

»Frau Schatzl«, fing er von neuem an, nachdem er einen kleinen Schluck zu sich genommen hatte, »ich habe mich in den letzten Tagen praktisch mit nichts anderem als mit dem … Tod Ihres Mannes beschäftigt. Persönlich bin ich zutiefst davon überzeugt, dass es sich dabei wirklich um Mord handelt, ja, um Mord. Wenn es nämlich ein saudummer Unfall gewesen wäre, dann hätte sich der Betreffende in der Zwischenzeit gemeldet. Niemand, glauben Sie mir, kommt damit klar, unfreiwillig einen Menschen getötet zu haben. Jeder bricht früher oder später unter seinem schlechten Gewissen zusammen. Das weiß ich aus vielen Fällen von Fahrerflucht. Und im vorliegenden Fall ist es gänzlich ausgeschlossen, dass der Täter nicht bemerkt hätte, was er da angerichtet hat, also muss er auf jeden Fall wissen, dass er ein Leben ausgelöscht hat. Und damit kann nur jemand umgehen, der das von Anfang an geplant hatte.«

Er sah die Frau erwartungsvoll an, doch die nahm sich nur eine weitere Zigarette, steckte sie an und blies dann den Rauch in aller Ruhe aus. »Fahren Sie fort«, sagte sie schließlich, ehe sie ihre Kaffeetasse zum Mund führte.

»Wenn also jemand so eine Untat absichtlich begeht, dann muss er dafür, wie abwegig es auch immer sein mag, ein Motiv haben«, dozierte der Gruppeninspektor im Stil eines Hercule Poirot, »und ich gebe zu, ich dachte zuerst daran, dass dieses irgendwo im Zusammenhang mit dem Stadionprojekt zu finden ist, weil ja Ihr Mann da federführend daran beteiligt war. Aber«, und an der Stelle machte er eine dramatische Pause, »da war rein gar nichts zu finden. Wie es scheint, hat Ihr Mann mit diesem Plan alle glücklich gemacht.« Obiltschnig dachte, eine positive Formulierung mochte an dieser Stelle nicht schaden.

»Na ja, in der Partei waren sie nicht so glücklich damit«, entgegnete die Frau beinahe tonlos. »Ja, gut, dass *ATUS* sich einen Platz mit denen von der *DSG* teilen soll, das war vielleicht nicht so ein genialer Einfall«, schränkte Obiltschnig ein, »aber wir sind ja nicht in Wien, dass da deswegen gleich ein Glaubenskrieg ausbricht, vor allem, weil da ja noch ganz viel Wasser die Drau runterfließt, bis es wirklich so weit ist. Also ganz ehrlich, ich glaube nicht, dass da ein Grund zu finden ist, der jemanden zu so einer Wahnsinnstat veranlasst hätte.«

Erstmals sah ihm die Frau direkt in die Augen, und irritiert konstatierte er, dass ihn dieses mildhelle Graublau faszinierte. Er ertappte sich dabei, wie er schluckte. Und gleichzeitig fragte er sich, wie lange der Just an diesem Tag offen hatte. Denn er sollte seiner Theresia Blumen mitbringen. Also Wiedergutmachung sozusagen, dass er sich da Momente gestattete, in denen er nicht ausschließlich an sie dachte.

»Was vermuten Sie dann?« Ihre Züge verhärteten sich. »Ich kann es mir schon denken …« Der Gruppeninspektor räusperte sich. »Es gibt Gerüchte, wissen Sie …«

Sie lehnte sich zurück und wirkte dabei erschöpft, aber doch auch irgendwie entspannt. Wie nach einem harten

Kampf. »Ja, ich weiß. Es heißt, der Hubert war ein kleiner Nimmersatt.«

»Nimmersatt?«

»Schauen Sie, Herr Inspektor. Nicht dass Sie das jetzt etwas anginge, aber obwohl wir zwei nicht mehr die Jüngsten waren, ging es doch fast jeden Tag zur Sache.« In ihren Augen spiegelte sich der blanke Trotz. »Er hat mich befriedigt. Beinahe täglich. Und dafür hat er sich viel Zeit genommen. Immer.« Mit übertriebener Härte dämpfte sie die Zigarette im Aschenbecher aus. »Ich glaube nicht, dass es in ganz Ferlach eine Frau gibt, die so ein erfülltes Sexualleben hatte wie ich. Er war ein wahrer Zuchtbulle, der Hubert.« Versonnen brach ihr Blick aus und verlor sich irgendwo an der Zimmerdecke. »Das hat er können. Wenn schon sonst nichts, aber darin war er ein wahrer Weltmeister.«

Obiltschnig zwang sich, eilig einen weiteren Schluck von seinem Kaffee zu nehmen, um nicht länger der Versuchung ausgesetzt zu sein, der Frau auf die Brüste zu sehen, wo sich die Brustwarzen überdeutlich durch den dünnen Stoff des Tops bohrten. »Und ich meine, er ist auch auf seine Kosten gekommen. Mehrmals. Täglich.« Die letzten Worte kamen mit einer beunruhigenden Deutlichkeit, und Obiltschnig spürte, wie er zu transpirieren begann. »Warum also sollte der Hubert eine Affäre gehabt haben?« Die Frage kam ziemlich forsch daher und wurde durch ein auffallend lautes »Warum?« unterstrichen. »Er hat es ja von mir haben können. Jederzeit. Manchmal ist er zu Mittag aus dem Büro heimgekommen. Aber nicht, damit er da irgendwelche Kasnudeln futtert. Nein! Ab ins Bett und Matratzensport. Und der Hubert war keiner, der da eigennützig war. Dem hab ich nicht erst groß einen blasen müssen oder so, der kam schon spitz wie Nachbars Lumpi nach Hause, hat mich pflichtschuldigst geleckt, bis ich es nicht mehr ausgehalten habe, und dann hat er es mir nach allen Regeln der Kunst besorgt. Und manchmal hat er danach auf die Uhr geschaut und eine zweite Runde vorgeschlagen.« Ihre Augen suchten die seinen. »Und da soll er wirklich noch Appetit auf eine andere Frau gehabt haben?«

Obiltschnig wusste nicht mehr, wohin mit sich. Die Rede der Gastgeberin hatte ihn derart nervös gemacht, dass er sich erst einmal räuspern musste, ehe er etwas antworten konnte. »Ich hatte nicht das Vergnügen … Ihren Herrn Gatten persönlich zu kennen. Also ist es mir nicht möglich, … darüber eine Auskunft zu geben. Aber«, und endlich hatte er sich wieder im Griff, »Sie schließen ein solches Motiv ebenfalls aus?« Und gleich setzte er nach: »Es könnte ja immerhin sein, dass eine andere Frau für ihn schwärmte und ihm schöne Augen machte. Bei manchen Männern reicht das für einen Eifersuchtsanfall.«

»Die Einzige, von der ich weiß, dass sie den Hubert gern in ihrem Bett gehabt hätte, ist diese Sekretärin am Empfang im Rathaus. Ich kenne nicht einmal ihren Namen, so gleichgültig ist die mir. Aber für ein Motiv reicht das trotzdem nicht, weil, die ist ledig.«

»Wissen Sie«, bemühte sich Obiltschnig, in andere Fahrwasser zu kommen, »wenn wir wenigstens das Geschoss einer konkreten Waffe zuordnen könnten, dann hätten wir den Fall praktisch schon gelöst. So aber stehen wir mit leeren Händen da. Immer noch.«

Er erschrak nicht wenig, als er plötzlich ihre Hand auf seinem Oberarm spürte. »Ich bin mir sicher, Sie tun Ihr Bestes, Herr Inspektor. Und der Wille, der geht ja für das Werk.« Er sah ihr sanftes Lächeln, den empathischen Blick, der so etwas wie Wärme und Geborgenheit, aber auch Sehnsucht vermittelte, und ihm war, als würde sein ganzer Körper von einem Stromschlag durchgeschüttelt.

So abrupt, wie dieser Moment der Nähe aus dem Nichts gewachsen war, so schnell entwich er wieder in weite Ferne. Die Schatzl ließ sich zurück auf die Lehne plumpsen, sie seufzte und meinte dann: »Aber das bringt mir meinen Hubert auch nicht mehr zurück.« Und Obiltschnig kam sich ziemlich dumm vor.

»Wenn Ihnen doch noch etwas einfällt«, bemühte er eine Phrase, die er aus Dutzenden Kino- und Fernsehfilmen kannte, »dann wissen Sie ja, wo Sie mich erreichen. Ich wollte Ihnen nur sagen, dass ich weiter an der Sache dranbleibe. Wenigstens Gewissheit sollten Sie haben. Wenigstens das.«

Umständlich erhob er sich. »Bemühen Sie sich nicht, Frau Schatzl, ich finde alleine raus. Ich darf Ihnen trotz der traurigen Umstände noch einen schönen Tag wünschen.«

Als er wieder ins Freie trat, fröstelte ihn. Was war das eben gewesen? Konnte man ihn wirklich mit so wenig so sehr verwirren? Zugegeben, die Witwe Schatzl war eine Frau Marke Cheerleader, aber deswegen durfte er sich doch nicht so gehenlassen. Besser, er machte in nächster Zukunft einen großen Bogen um sie.

Er konsultierte seine Uhr. Wenn er Glück hatte, dann reichte es noch für einen Sprung zum Just. Er setzte sich in Bewegung und legte die zwei Kilometer beinahe im Laufschritt zurück. Als er vom Napotnig-Hügel aus auf das Geschäft blicken konnte, sah er, wie die Verkäuferin eben damit beschäftigt war, die Gestelle in die inneren Räumlichkeiten zu befördern. Er legte noch einmal einen Zahn zu. »Haben S' noch einen Strauß für mich?«, rief er schon von weitem.

Zwanzig Minuten später überreichte er seiner Frau mit einiger Grandezza ein Ensemble aus roten, gelben und orangen Rosen. Die machte große Augen. »Rosen? Aus heiterem Himmel? Hast was angestellt?« Manchmal machte die Wahrheit niemanden glücklich, und so sagte er nur: »Zum Geburtstag kann jeder Blumen mitbringen. Ich wollte dir nur zeigen, dass ich dich auch an allen anderen Tagen liebe.« Theresia grinste: »Das kannst du mir beweisen, indem du den Geschirrspüler ausräumst und dann fürs Abendessen aufdeckst.« Das war, befand Obiltschnig, die gerechte Strafe für seine unkeuschen Gedanken.

XIII.

Wirklich gut, dass ich gestern die Kerzen vergessen habe. So habe ich den Herbie noch einmal gesehen und von ihm erfahren, dass der Grünarsch gar nicht auf den Schaidasattel fährt. Weil das Wetter so schön ist, soll er gesagt haben, will er den Alten Loibl runterbrettern mit seinem Bike. Aber das kommt meinen Plänen sogar entgegen! Ich habe mir das offen gestanden ohnehin sehr schwierig vorgestellt, ihn mit dem Auto von der Straße zu drängen. Da gibt es dann sicher Lackspuren und so Sachen, vielleicht ist bei mir auch etwas verbeult, oder man merkt etwas an seinem Rad und so weiter. Und wenn ich nicht alles ganz genau richtig mache, dann überlebt er vielleicht, oder, was viel schlimmer wäre, mich haut es mit meinem Auto auch die Schlucht hinunter. Dann bin ich auch mausetot, und alles war umsonst.

Jetzt aber sieht die Sache einfacher aus. Mühsam, aber einfacher. Ich muss einfach nur vor ihm am Pass sein und mich dann irgendwo unterhalb der Obelisken verstecken. Da gibt es um diese Zeit so dichtes Gesträuch, da sieht man überhaupt nichts. Und wenn er bei mir vorbeigefahren ist, dann spanne ich, wie man das immer in den Filmen sieht, einen hellen Draht über den Pfad, und wenn er dann runterbrettert, sieht er den viel zu spät und wird über die Gebirgskante katapultiert. Und dann heißt es auf Nimmerwiedersehen, du Drecksau!

Das war übrigens eine Meisterleistung von mir, dass ich so schnell geschaltet habe, wie der Herbie mir das erzählt hat. So habe ich den Draht auch gleich kaufen können. Hab ihm erzählt, ich müsste im Badezimmer was fixieren. Aber das hat ihn, glaube ich, eh nicht sonderlich interessiert. Der war froh, dass er mir noch zusätzlich was verkaufen konnte. Und weil gleich danach der Glainacher reingekommen ist, hat er sich wahrscheinlich auch gar nicht gemerkt, dass ich Draht gekauft habe. Nicht jetzt, dass ich Angst habe, er könnte sich, wenn sich der Tod von dieser Pestbeule einmal herumspricht, eine Verbindung zu mir herstellen, aber sicher ist sicher.

Gut. Also morgen geht es los. Zweiter Akt. Sicherheitshalber werde ich gleich im Morgengrauen zum *Deutschen Peter* fahren und dort in der Nähe parken. Nicht dass am Ende noch jemand meinen Wagen sieht und das dann meldet. Das bringt nur unangenehme Fragen. Nein, genügend Abstand muss ich da schon einplanen. Und dann heißt es halt Marschieren. Ich kenne den Weg ja noch gut von früher, er ist ziemlich fordernd, unter einer Stunde geht da nichts. Aber das ist es mir wert. Und je früher ich oben bin, desto mehr Zeit habe ich, eine geeignete Stelle auszuwählen. Da gibt's immerhin Kehren, wenn du da drüber segelst, dann fällst du 100 Meter tief ins steinerne Geröll. Das kann einfach niemand überleben. Eine todsichere Sache sozusagen. Ja, der war gut. Darauf trink ich einen Schluck.

Ein Wahnsinn, was die uns im Fernsehen wieder zumuten. Hundert Sender und kein Programm! Die müssen uns alle für vollkommen verblödet halten. Na ja, vielleicht sind wir das auch. Würden wir sonst solche Politiker wählen? Was? *Terminator* spielen s' im Privat-TV!

Den habe ich eh seit einer Ewigkeit nicht mehr gesehen, und er ist irgendwie passend. Terminieren und so. Mit einem Bier und ein paar Knabbereien kann das noch ganz unterhaltsam werden. Apropos. Ein Fresspaket sollte ich mir auch herrichten, wer weiß, wie lange ich dort oben auf diesen Trottel warten muss, da kann ein wenig Speis und Trank nicht schaden.

Gut, schnell noch in die Küche und dann auf die Couch. Was sich der Arsch wohl jetzt ansieht? Ich hoffe für ihn, er hat *Netflix* oder so etwas und kann sich was Besseres reinziehen als ich. Denn die letzte Sendung eines Lebens, die sollte dann doch etwas Besonderes sein, finde ich.

XIV.

Obiltschnig schlief tief und fest. Erst als ihn Theresia ordentlich rüttelte, kam er langsam zu sich. »Dein Handy läutet. Und es läutet Sturm! Hörst du das nicht?«

Obiltschnig war verwirrt. »Was ist los«, nuschelte er, »wie spät ist es überhaupt?« Theresia schenkte ihm einen tadelnden Blick. »15.10 Uhr. Darfst halt nicht immer so viel essen zu Mittag, und wenn hundertmal Sonntag ist.« Sie stemmte die Fäuste in die Hüften. »Und überhaupt, was ist das für eine neue Mode auf einmal? Mittagsschläfchen! Geht's noch? Du bist ja noch keine 80. Also nimm gefälligst dein Telefon ab und schau, dass du aus den Federn kommst.«

Der Gruppeninspektor rieb sich die Augen, dann sah er auf das Display. Tatsächlich hatte Popatnig schon dreimal versucht, ihn zu erreichen. Dreimal innerhalb von zehn Minuten. Es musste also doch recht wichtig sein. Er drückte auf Rückruf und wartete.

»Da bist ja endlich. Warst so lange am Klo oder was?« Popatnig klang aufgeregt.

»Jetzt bin ich ja da. Also, was gibt es denn so dringend?«

»Du wirst es nicht glauben, aber der Schober Beppi, mit dem wir vorgestern noch geredet haben, der ist tot!« Obiltschnig blieb die Luft weg.

»Was sagst du da?«

»Ja, du hast richtig gehört! Tot! Mausetot! Liegt mit Serientrümmerbrüchen ein Stückchen neben der Ruine von der alten Leonhardkapelle an der alten Passstraße. Die Leute von der Bergrettung sagen, er ist von ziemlich weit oben da runtergesegelt. Sein Mountainbike liegt ein paar Meter weiter weg. Das schaut auch nicht mehr gut aus.«

»Also war es diesmal ein echter Unfall?« Obiltschnig klang mehr bittend als fragend.

»Das können die uns nicht sagen. Dazu müsste man erst die Unfallstelle ausfindig machen und gründlich untersuchen. Auf den ersten Blick hat das Rad nichts. Also keine Manipulationen oder so. Aber das kann ich natürlich nicht beurteilen.«

Obiltschnig atmete durch. »Gut. Ruf die Spurensicherung in Klagenfurt an. Ich bin in 20 Minuten da.« Er stand auf und zog sich seine Hose wieder an. Dann machte er sich auf die Suche nach seiner Uniformjacke. »Nicht einmal am Sonntag hat man seine Ruhe«, fluchte er.

Zehn Minuten später bog er vor seinem Posten in die Loiblpassstraße ein und fuhr mit engagiertem Tempo Richtung Unterloibl. Er passierte die Abzweigung ins Bodental und erreichte nur wenig später den Gasthof *Deutscher Peter*. Dort verlangsamte er seine Geschwindigkeit, um die richtige Abzweigung nicht zu verpassen. Doch die zahlreichen Fahrzeuge, die in der Kehre aufgereiht standen, überzeugten ihn rasch davon, am richtigen Punkt angelangt zu sein.

Zu seinem Glück war die alte Ruine nicht allzu weit vom Parkplatz entfernt, dennoch machte ihm der steile Anstieg zu schaffen. Vor der letzten Kehre hielt er daher einen Moment inne, um nicht völlig außer Atem bei den Kollegen anzukommen. Dann setzte er langsam Fuß vor

Fuß und war drei Minuten später an der Fundstelle angelangt.

Schobers Leiche war fraglos vollkommen zerschmettert. Allein schon die abartige Anordnung der seltsam verdrehten Gliedmaßen ließen nicht länger vermuten, dass es sich hier einmal um einen Menschen gehandelt hatte. Interessanterweise aber war das Gesicht absolut unversehrt, sodass man auf den ersten Blick erkannte, um wen es sich handelte. Auch war, was Obiltschnig erstaunte, nirgendwo Blut zu sehen. Nachdem er die Anwesenden der Reihe nach begrüßt hatte, warf er seinen Kopf in den Nacken und sah steil nach oben. »Ja, irgendwo bei einer der Kehren dort muss es passiert sein«, nahm ihm Popatnig die Gedanken aus dem Mund. »Entweder hat er die Kontrolle über sein Gefährt verloren, ist gegen die Leitschiene geprallt und so in die Schlucht katapultiert worden, oder ihm ist dort irgendein unerwartetes Hindernis vor das Rad gekommen, das dann das Unglück ausgelöst hat«, dozierte der Revierinspektor. »Steinschlag vielleicht, oder irgendein Tier, jedenfalls etwas, was ihn buchstäblich außer Tritt gebracht hat.«

»Das werden wir nur herausfinden, wenn wir …«, begann der Gruppeninspektor. »Sag es nicht! Sag es einfach nicht«, bat Popatnig, doch Obiltschnig ließ sich nicht beirren, »… wenn wir da raufgehen und Nachschau halten.«

»Geh bitte«, stöhnte sein Kollege, »da kraxelst du eine Stunde rauf, sodass dir die Zunge wie eine Krawatte um den Bauch flattert. Und dann sehen wir da oben nur Steine, von denen wir zwei niemals wissen werden, wie lange die da liegen. Wenn es ein Tier war, ist es längst weg, und einen Steinschlag kann, wenn überhaupt, auch nur irgendein Geologe nachweisen. Also lass es gut sein. Überlassen wir das der KTU, soll die sich damit rumärgern.«

Obiltschnig hatte ein Einsehen mit seinem Kompagnon. »Ja, warte du auf die Klagenfurter. Ich, der ich heute ja eigentlich frei habe, werde meine Freizeit zu einem kleinen Spaziergang nützen.« Er nickte Popatnig zu. »Wir sehen uns.«

Drei Kehren später reute ihn seine Entscheidung. Er schnappte nach Luft und keuchte wie der sprichwörtliche Blasebalg. Und aus Erfahrung wusste er, dass er nicht einmal noch ein Viertel des Weges gegangen war. Er rastete eine kleine Weile, fluchte dann halblaut in seine Uniformjacke und setzte den Weg fort.

Nach einer Viertelstunde hätte er einen Hunderter für eine Bank gegeben, auf der er sich ein wenig hätte erholen können. Doch da gab es nichts außer üppiger Natur und grobem Stein. Was habe ich mir bloß gedacht, schoss es ihm durch den Kopf, ehe er missmutig die nächste Kehre in Angriff nahm. Der einzige positive Aspekt bestand darin, dass der untere Teil des Weges nicht untersucht werden musste. Dort war die Vegetation derart dicht, dass es unmöglich war, in die Tiefe zu fallen. Hätte Schober dort einen Unfall gehabt, würde er im wahrsten Sinn des Wortes an einem Baum kleben. Obiltschnig konnte sich also getrost auf die letzten paar Kehren an der Baumgrenze konzentrieren.

Wenigstens lohnt der Blick, dachte er sich, als er das ihn umgebende Bergpanorama auf sich wirken ließ. Der Pfad wurde nun noch einmal steiler, und der Gruppeninspektor ertappte sich bei der Frage, wie es den früheren Generationen möglich gewesen war, über diese Steigung schwere Güter ins Slowenische zu transportieren. Und er war sich sicher, dass ihm der Rückweg noch schwerer fallen würde, da ein falscher Schritt unausweichlich dazu führte, dass man eine viel zu lange Weile auf dem Hosenboden nach unten schlitterte.

Als er die beiden prägnanten Obelisken schon in seiner Nähe wusste, da er linker Hand den Pfad zur *Koschuta-Hütte* hinter sich gelassen hatte, begann er, so sorgsam wie möglich auf den Boden vor ihm zu achten. Selbst, so mutmaßte er, wenn das Hindernis vollkommen unerwartet für Schober aufgetaucht war, so musste es dennoch so etwas wie eine Vertiefung im Gelände geben, da sein Gefährt ja in jedem Fall abrupt abgebremst worden war. Zudem durften diese Spuren nicht allzu weit von einer Leitschiene entfernt sein, die den Pfad gegen eine Schlucht absicherte. Er passierte die Holzbank, die von der *Stara Kuca* aufgestellt worden war, damit man die Aussicht genießen konnte, und hielt auf die nächste Kehre zu, die all das beinhaltete, was für einen solchen Unfall Voraussetzung war.

Mit freiem Auge sah er die nackte Erde, die etwa zwei Meter vor der Leitschiene frei von jedem noch so kleinen Kiesel war. Genau hier musste es geschehen sein, dachte Obiltschnig und trat ganz nah an die Streckenbegrenzung, um abwärts zu blicken. Vom Fallwinkel mochte sich das ziemlich gut ausgehen, sagte er sich. Interessant war jedoch, dass es nur eine derartige Stelle gab und nicht deren zwei. Schober hatte also nicht selbst gebremst, er war gebremst worden. Ganz offensichtlich hatte etwas jäh sein Vorderrad gestoppt, worauf das hintere Ende des Mountainbikes nach oben katapultiert worden war – und Schober mit ihm. Ein Tier schied damit aus. Und auch ein anderes Hindernis, denn das wäre freilich immer noch da.

Was aber konnte so radikal eine Fahrt stoppen? Obiltschnig wandte sich nach links zur Bergseite und ging dort in die Knie. Penibel untersuchte er jedes Gebüsch. Und wurde fündig. Ein abgebrochener Ast eines Strauches wies eine eindeutige Einkerbung auf, die sichtlich noch frisch war. Obiltschnig zog im Geist eine gerade Linie und hielt sodann auf der anderen Seite des Weges Nachschau. Auch dort fand sich eine Kerbe. Ihm war klar, was das bedeutete. Jemand hatte hier einen Draht gespannt, den Schober zu spät gesehen hatte, weshalb er über die Klippe geschleudert wurde. Mochte man bei Schatzl noch einen Unfall für nicht gänzlich ausgeschlossen halten, das hier war definitiv Mord. Er erhob sich wieder, zückte sein Handy und rief Popatnig an.

»Wenn die von der KTU kommen, schick sie rauf bis knapp unterhalb der Obelisken. Ich brauche noch ihre Bestätigung für meine Vermutung. Aber eigentlich bin ich mir sicher, dass wir es hier mit einem Mord zu tun haben.« Er ging die paar Meter zurück zu der Bank und rastete dort so lange, bis er die Kollegen von der Spurensicherung hörte. Die fluchten laut und deutlich und keuchten dabei nicht weniger als er kurz zuvor.

Zwanzig Minuten später war jeder Zweifel ausgeräumt. Auch die Leute von der KTU gingen von Mord aus. Sie kamen haargenau zum selben Schluss wie Obiltschnig: Jemand hatte einen Draht – denn nur der hinterließ solch markante Einkerbungen – gespannt und solcherhand darauf abgezielt, Schober in die Schlucht stürzen zu lassen. »Wenn der eine Schnur genommen hätt'«, polterte Wagner, immer noch keuchend, »dann könnten wir das nicht nachweisen. Zumindest nicht so leicht, weil wir dann nicht einmal wüssten, wo er sie befestigt hat. So aber haben wir ein Glück. Wir wissen, diesmal war es definitiv kein Unfall.«

Der Rückweg war weit weniger anstrengend gewesen, als er befürchtet hatte. Wieder an der Passstraße angelangt, sah er Popatnig im Wagen sitzen und winken. »Wenn wir schon hier sind«, hörte er ihn rufen, »dann könnten wir doch gleich zum *Peter* etwas essen gehen.« Ihm lag das Mittagessen trotz der ausgiebigen Wanderung immer noch im Magen. Aber ein Bier mochte jetzt die richtige Antwort auf die überstandenen Anstrengungen sein. »Ja, fahren wir«, griff er Popatnigs Vorschlag auf.

»Also vielleicht doch irgendetwas im Zusammenhang mit dem Sportplatz«, überlegte er wenig später, während er auf das vor ihm stehende *Laško* linste. Popatnig griff den Gedanken auf. »Du meinst, da arbeitet jemand eine Liste ab, auf der alle die draufstehen, die etwas mit dem Projekt zu tun haben?«

»Sieht doch ganz so aus, meinst du nicht?« Popatnig gab sich ratlos. »Theoretisch könnte es auch Zufall sein. Beim Schatzl war es vielleicht doch ein Unfall, und den Schober hat jemand gekillt, weil er ihm eine Versicherung vorenthalten oder ihn irgendwie geschäftlich übers Ohr gehauen hat.«

»Du meinst, wir sollten uns sein Umfeld genauer anschauen?«

»Wir? Diesmal muss der Hartl tätig werden, ob er jetzt will oder nicht. Der Mord ist amtlich, da fährt die Eisenbahn drüber. Soll der sich durch den ganzen Versicherungskram graben. Ich bin da nicht scharf darauf.«

Das aufgetragene Essen ließ Popatnig abrupt verstummen. Mit Hingabe widmete er sich dem Verzehr und verdrehte genießerisch die Augen. »Eindeutig besser als die Tiefkühlpizza, die es sonst heute gegeben hätte!«

»Sag, Ferdi, wie kommt das eigentlich, dass du immer noch solo bist? Du bist doch ein fescher Kampl, wie man so schön sagt. Da müssten die Mädels eigentlich Schlange stehen.«

»Eben deswegen«, antwortete der Revierinspektor und zwinkerte dabei. Und als er erkannte, dass ihm sein Kollege nicht ganz folgen konnte, ließ er kurz Messer und Gabel sinken, um sich genauer zu erklären. »Schau, jetzt habe ich alle Freiheit der Welt. Wenn die Janine einen guten Tag hat, dann landen wir bei ihr in der Kiste. Und wenn morgen die Selina spitz ist, dann kann ich feststellen, welche Bettwäsche sie zu Hause hat. Und übermorgen will mir dann vielleicht die Ulrike ihre neue Reizwäsche zeigen. Da wäre ich ja blöd und gebe das alles auf, weil ich heirat'. Nein, für eine Hochzeit ist später immer noch Zeit, wenn ich mir meine Hörner so richtig gründlich abgestoßen habe.«

»Und deswegen die Tiefkühlpizza«, resümierte Obiltschnig. Popatnig reagierte mit einem Schulterzucken. »Man kann nicht beides haben.« Außer man ginge fremd, dachte sein Gegenüber, behielt diese Überlegung jedoch für sich.

Es dämmerte bereits, als Obiltschnig seinen Wagen wieder in der Einfahrt abstellte. Theresia steckte ihren Kopf aus der Tür. »Was war denn los um Himmels willen?« Ihr Mann sperrte den Wagen ab und kam dann gemessenen Schritts auf sie zu: »Diesmal haben wir wirklich einen Mord. Den Schober Beppi hat wer umgebracht.«

Theresia schlug die Hände vor der Brust zusammen. »Gleich zwei Morde innerhalb von ein paar Tagen! Das ist ja ein Wahnsinn. Wird Ferlach jetzt Chicago oder was?«

Obiltschnig beruhigte seine Frau: »Ich glaube, da geht jemand ganz gezielt vor. Das ist eine Abrechnung, ich weiß nur noch nicht, wofür.« Und gerne hätte er hinzugefügt: Aber ich werde es herausfinden. Doch das durften nur die im Fernsehen sagen.

XV.

Also das war jetzt schon noch einmal etwas anderes als das mit dem Schatzl. Bei dem wirkte ja alles irgendwie so unnatürlich. So wie im Film. Ich hörte zwar den Schuss, überdeutlich sogar, ich denke, der hat noch den ganzen Tag in meinem Ohr nachgehallt, aber sonst war da nichts, was mich irgendwie davon überzeugt hätte, einer realen Szene beizuwohnen. Ich sah diese kleine, weit entfernte Gestalt umfallen und dann dort liegen. Und als sie sich einfach nicht mehr bewegte, war ich sicher, das Schwein erlegt zu haben. Das war's. Nicht mehr und nicht weniger. Heute aber war das eine vollkommen andere Erfahrung.

Ich gebe zu, der Aufstieg auf den Alten Loibl war mühsam, sogar für mich, der ich ja an sich ganz gut austrainiert bin. Aber noch viel anstrengender war das Warten. Und die Ungewissheit, ob der überhaupt seinen Radausflug macht. Ich glaube, ich hatte schon all mein Wasser getrunken und eigentlich jede Hoffnung aufgegeben, ja, mich schon darauf eingestellt, unverrichteter Dinge wieder hinunterzuklettern, als ich plötzlich sein Keuchen hörte.

Ein widerliches, abstoßendes Keuchen! So, wie es nur von einem Ungeheuer kommen kann. Ein Ungeheuer, wie er eines war. Ich wich so weit in die Botanik zurück, wie es nur irgend möglich war, ohne mich der Gefahr auszusetzen, selbst abzustürzen. Doch meine Vorsicht war überflüssig. Der Scheißkerl war so mit seinem Anstieg beschäftigt, dass er nicht einmal bemerkt hätte, wenn ihm ein Adler auf den Kopf geschissen hätte.

Er war kaum an mir vorbei, als für mich die große Hektik ausbrach. Ich hatte ja keine Garantie, dass er wirklich bis zu den Obelisken fahren würde. Und ich wusste auch nicht, ob er, einmal oben angekommen, nicht sofort wendete, um die steile Strecke mit voller Power hinunterzubrettern. Mit etwas Pech würde ich also nur ein paar Minuten Zeit haben. Außerdem galt es zu kalkulieren, ob nicht just in diesem Augenblick auch eine andere Person an dieser Stelle vorbeikam. Immerhin war das Wetter mild und zog sicher so manchen Wanderer an. Und die Mountainbiker, diese Trottel, die werden ja auch immer mehr. Vielleicht radelte eben einer, aus Slowenien kommend, über die Grenze und fiel dann meiner Falle zum Opfer, während die Sau dadurch ungeschoren blieb.

Aber es konnte kein Zurück mehr geben. Ich sprintete auf die andere Seite, fixierte meinen Draht an einem Baumstumpf und zog ihn von dort auf meine Seite, wo ich ihn an einem Strauch befestigte. Mein Hindernis befand sich gut zehn Zentimeter über dem Boden, hoch genug also, um ein Rad aufzuhalten. Wenn ich den Draht zu niedrig gespannt hätte, dann wäre es möglich gewesen, dass er einfach darüber hinwegfuhr, so aber musste die Sache genau nach Plan funktionieren.

Und wieder begann das enervierende Warten. War der vielleicht in die *Kuca* eingekehrt, fragte ich mich, und verlustierte sich dort an Würsten und Speck? Gut, sagte ich mir, dann hätte er wenigstens seine Henkersmahlzeit bekommen. Und inständig hoffte ich, es würde in der Zwischenzeit kein anderer kommen. Ich könnte es mir nie verzeihen, wenn meinetwegen am Ende ein Unschuldiger zu Schaden kam, und so entschloss ich mich, wenn nur der leiseste Verdacht bestand, dass nicht er herunterbretterte, dann würde ich den Draht auf meiner Seite kappen. Immerhin hatte ich eine Drahtschere mit, um mein Rachewerkzeug nach vollzogenem Urteil entfernen zu können.

Und so saß ich da. Eine halbe Ewigkeit, wie mir schien. Dann, als ich schon wieder knapp daran war aufzugeben, merkte ich plötzlich, wie einzelne Kiesel abwärts rollten. Gleich danach hörte ich das typische Geräusch von Gummireifen über holprigen Untergrund, und beinahe war mir, als würde auch sein Sattel quietschen. Ich lugte aus meinem Versteck, um sicherzugehen. Und ich bin mir sicher, er hat mich gesehen!

Das war wirklich surreal! Die grenzenlose Überraschung, als er mich wahrnahm, dieses unausgesprochene »Was machst denn du da?«. Rückblickend denke ich, dass genau dieser eine Moment entscheidend war. Er hatte sich ablenken lassen, sah den Draht nicht einmal im letzten Augenblick kommen und wurde, wie von mir erwartet, in hohem Bogen aus dem Sattel katapultiert, während das Bike in schier unendlicher Langsamkeit die Bewegung seines Lenkers nachahmte.

Ja, ich habe das wirklich alles in Zeitlupe wahrgenommen. Das Hinterrad stieg hoch und immer höher, die beiden Räder drehten sich noch in der Luft weiter, das ganze Gefährt machte beinahe einen vollständigen Salto, ehe es über der Böschung verschwand. Interessanterweise habe ich mich mehr auf das Rad als auf ihn konzentriert, der einfach nur gellend schrie. Aber wenn ich es genau bedenke, habe ich schon auch ihn gesehen. Diese rudernden Arme, diese strampelnden Beine, dieser sinnlose Versuch, in der Luft irgendeinen Halt zu finden. Beinahe war es, als kraulte er durch das Blau des Himmels, bis schließlich die Schwerkraft die Oberhand behielt und er einfach hinter der Leitschiene verschwand. Sein Schrei, mehr wie ein lang anhaltender Signalton, wurde leiser und leiser, bis er plötzlich verstummte. Für immer. Und die Ruhe nach dem Schrei hatte etwas ungemein Magisches. Es war, als wäre die Welt wieder ins Gleichgewicht zurückgekehrt.

Ich wartete noch eine oder zwei Minuten, dann schnitt ich den Draht durch, löste die Schlingen aus ihrer Verankerung und machte mich auf den Rückweg. Ich weiß nicht mehr, wie lange ich dafür gebraucht habe, aber endlich kam die kleine Hütte in Sicht, und gleich danach die Stelle, an der einst die Kapelle stand. Wieder fiel mir zuerst das Rad auf, das, seltsam verdreht, um einen Baum gewickelt schien. Dann sah ich das Schwein. Seine Arme und Beine wirkten wie Girlanden, die ein vorwitziger Faschingsprinz an ihn angeheftet hatte, und der Kopf stand in rechtem Winkel vom Hals ab. Auch aus der Distanz von mehreren Metern konnte ich deutlich sehen, dass sein Blick gebrochen war. Keine Frage, der Fall hatte ganze Arbeit geleistet, die Welt war um ein Ungeheuer ärmer.

Die Heimfahrt erlebte ich wie in Trance. Ich weiß noch, dass ich mich immer wieder ermahnen musste, mich auf die Strecke zu konzentrieren, denn bei so mancher Kehre ist schnell der Wagen im Berg oder in der Leitschiene, wenn nicht gar darüber hinaus. Kurz hinter dem *Deutschen Peter* schloss ein Auto mit slowenischem Kennzeichen zu mir auf, und der Fahrer war ziemlich sauer, dass ich im zweiten Gang durch die Gegend schlich. Darum bog ich auch bei der Abzweigung ins Bodental rechts ein, damit er überholen konnte. Dann erst fuhr ich zögerlich und beinahe furchtsam weiter. Wirklich sicher fühlte ich mich erst, als ich beim Schloss von Unterloibl Richtung Ferlach abbiegen konnte.

Ich bin schon gespannt, was sie sagen werden. Nach meinem Dafürhalten müssen sie diesmal eindeutig von einem Unfall ausgehen. Aber die Sache mit dem Schatzl wird sie vielleicht auch hier verunsichern. Vielleicht stochern sie deshalb trotzdem nach, mal sehen. Aber es müsste schon mit dem Teufel zugehen, wenn sie Spuren von meiner Falle finden. Letztlich ist es gleichgültig. Denn wenn sie doch einen Verdacht hegen, dann hilft mir das auch. Dann kann ich die Sache mit dem Baumeister genauso durchziehen, wie ich mir das ausgemalt habe. So oder so, ich behalte die Kontrolle über das Geschehen.

XVI.

Erstmals seit einer Ewigkeit hatte es Ferlach auf die Titelseite der lokalen Kärntner Tageszeitung gebracht. »Grünpolitiker Opfer eines hinterhältigen Mordanschlages« titelte das Blatt. Dazu ein Bild von Beppi Schober in besseren Tagen, natürlich an der Seite seines schwarzen Vaters. Daneben der Hinweis: »Ausführlicher Bericht Seiten 11 und 12«. Neugierig visierte Obiltschnig den entsprechenden Teil an. Als Erstes stach ihm ein Foto der wildromantischen Landschaft unterhalb des alten Passes ins Auge, das jedoch keinesfalls am Vortag aufgenommen worden sein konnte, denn da dominierte sattes Grün, während jetzt schon, er erinnerte sich noch genau, bereits die bunten Töne des Herbstes dominierten. Das demolierte Fahrrad am zweiten Bild aber war echt. Doch angesichts des Untergrunds hatte es der Fotograf aufgenommen, nachdem es bereits geborgen gewesen war. Eilig überflog der Gruppeninspektor den Text. Ein wilder Mix aus Mutmaßungen, Spekulationen und Hörensagen. Aber gut, das mochte man dem Journalisten nicht ankreiden, denn, soweit er das bislang beurteilen konnte, waren auch die Genies der Klagenfurter Kriminalabteilung über dieses Stadium noch nicht hinausgekommen.

Aber das war eigentlich nicht sein Problem. Obwohl er sich in Ferlach auskannte wie kein anderer Polizist, war der saubere Herr Oberstleutnant noch immer nicht auf die Idee gekommen, ihn auch nur anzurufen. Wenn ihm also beim *Spar*, beim Bäcker oder in der Apotheke irgendjemand vorwerfen sollte, untätig zu sein, würde er seelenruhig dagegenhalten, dass ihm die Hände gebunden seien, da die hohen Herren aus Klagenfurt das Zepter führten. Das würde sofort jeder verstehen, denn aus Klagenfurt kam selten etwas Gutes. Schlimmer als die hochnäsigen *Fête-Blanche*-Jungs vom Wörthersee waren nur noch die arroganten Snobs aus Wien. Doch die verirrten sich zum Glück nur im Sommer ins Rosental, wenn sie ihre Wanderungen unternahmen oder irgendwelche Badeseen heimsuchten.

Obiltschnig ertappte sich bei der Frage, ob Schober eigentlich verheiratet gewesen war. Und wo er überhaupt gewohnt hatte. Da er ohnehin nichts Besseres zu tun hatte, sah er in den Verzeichnissen nach. Unterbergner Straße. Das war eine interessante Wohngegend. Dort gab es verfallene Sozialbauten ebenso wie schmucke Villen. Jemand wie Schober bewohnte sicherlich eine der Letzteren. Er blickte auf die Uhr. Es war ohnehin Zeit für einen Rundgang.

Nach wenigen Minuten hatte er den Sparkassenplatz erreicht. Er überquerte die Brücke über den Loiblbach und stieg dann zum Gasthaus hoch, wo die Unterbergner Straße begann. Gemächlich marschierte er die einzelnen Hausnummern ab, bis er die richtige vor sich sah. Ein Bungalow. Na bitte, dachte er sich, passend für einen Grünen. Mondän sozusagen. Ihm kam wedelnd ein Hund entgegen, dessen Rasse er nicht zu bestimmen vermochte. Irgendwie erinnerte er ihn an einen Golden Retriever, doch war dieser hier weiß. Er kam nicht dazu, weiter über diese Frage nachzusinnen, denn aus dem Haustor wurde er begrüßt. »Herr Inspektor! Was führt Sie hierher? Wollen Sie jemanden befragen oder wollen Sie nur kondolieren?«

»Gibt es denn jemanden zu befragen?«, antwortete er mit einer Gegenfrage. »Mich dürfen Sie das nicht fragen«, replizierte der Mann, »ich kümmere mich nur um den Hund.« Eigentlich wollte Obiltschnig sich nun erkundigen, mit wem er es denn zu tun habe, doch irgendetwas sagte ihm, er würde dadurch in einen Fettnapf treten. Das Gesicht kam ihm irgendwie bekannt vor, und so beschloss er, Vabanque zu spielen. »Das ist sehr nett von Ihnen, Herr Stadtrat.« Lukas Schober verbarg seine Genugtuung, erkannt worden zu sein, nicht. »Na ja, irgendwer muss sich ja um das Tier kümmern.«

»Der Herr Bruder war ledig?«

»Seit Kurzem. Er hatte einige Zeit eine Beziehung mit einer jungen Frau aus der Nachbarschaft. Aber die hat er vor einigen Monaten gelöst, weil sie ihm – wie sagte er noch? – zu anhänglich geworden war.« Er sah den Polizisten verständnisheischend an. »Wissen S' eh, sie wollte ihn halt nirgendwo mehr alleine hingehen lassen. Das war ihm dann irgendwann zu viel.« Der Stadtrat straffte sich: »Aber fragen Sie das jetzt privat oder dienstlich?«

Obiltschnig öffnete das Gartentor, tätschelte dem Beinahe-Retriever nachlässig den Kopf und trat dann ganz nahe an Lukas Schober heran. »Eigentlich privat, wenn ich ehrlich bin. Für die Ermittlungen ist nämlich das LKA in Klagenfurt zuständig. Aber …« Schober hatte verstanden. »Ich weiß, was Sie meinen. Die Klagenfurter! Pfff! Dort gibt's nur Rote oder Blaue, und was das heißt, wissen wir ja. Fleischgewordene Faulheit, gepaart mit unglaublicher Unfähigkeit.«

»Sie sagen es, Herr Stadtrat.« Obiltschnig fand, um sich die schwarze Lokalgröße gewogen zu machen, konnte man ruhig ein X ein U sein lassen. »Und jetzt habe ich mir halt gedacht, ich helfe denen ein wenig auf die Sprünge.« Schober lachte geringschätzig. »Ein wenig wird bei diesen Pfosten nicht viel helfen. Nein, wenn wir wollen, dass der Mord an meinem Bruder aufgeklärt wird, dann müssen wir das schon selber machen.«

Er sah Obiltschnig direkt an. »Wollen S' was trinken, Herr Inspektor? Es ist genug da. Und er, er braucht es ja ohnehin nicht mehr. Wäre schade um die guten Tropfen.« Obiltschnig wusste sich zwar im Dienst, kam aber zu der Überzeugung, dass ein paar Gläschen möglicherweise die Zunge des Stadtrates derart lösen würden, dass er Dinge erzählte, die Obiltschnig sonst nicht zu Gehör bekommen würde. Und im Sinne dieser Überlegung nahm er die Einladung an. Lukas Schober holte eine Flasche aus dem Keller, entkorkte sie und ließ sie ein wenig atmen, während er den Polizisten schweigend ansah. Obiltschnig fühlte sich angesichts dieses Beobachtens nicht sonderlich wohl. »Ihre Familie«, begann er daher umständlich, »ist ja im Ort so etwas wie eine Institution.«

Wieder fühlte sich Schober geschmeichelt. »Dabei können wir unseren Stammbaum gar nicht so lange zurückverfolgen wie andere. Wir wissen nur, dass die Schobers schon vor über 300 Jahren in Unterloibl in der Eisenverarbeitung erfasst waren.« Er nahm die Flasche und schenkte erst Obiltschnig, dann sich selber ein. »Irgendwann war es ein Schober dann einmal leid, jeden Tag Kopf und Kragen im Berg zu riskieren, und so hat er in Unterloibl ein Gasthaus aufgemacht. Das soll gleich neben der Kirche gestanden sein, mit Blick auf das Schloss.« Er lächelte milde. »Aber ›Gasthaus‹ ist eigentlich schon zu viel gesagt. Es dürfte eher eine Keusche gewesen sein, in der er Schnaps und Bier und ab und zu billigen Wein verkaufte. Zu essen gab es nichts. Aber für die Bergmänner war das ohnehin nicht so interessant, die wollten sich eher den Staub aus den Lungen spülen.«

»So wie wir jetzt. Prost!« Obiltschnig hob das Glas.

»Reich bist mit so etwas jedenfalls nicht geworden, und so haben die nachfolgenden Schobers das Wirtshaus bald aufgegeben. Der Großvater hat erzählt, dass wir dann eine Gemischtwarenhandlung aufgemacht haben. Die war zuerst irgendwo nahe dem Schloss und dann am Hauptplatz. Dort hat sein Großvater noch residiert.« Schober hielt kurz inne. »Ich glaube, da gibt es sogar noch ein altes Foto aus 1880 oder so, da sieht man noch das Schild. Und mein Urgroßvater hat halt dann das Fuhrunternehmen dazu aufgebaut, weil ja die Posthalterei gegenüber damals zugemacht hat.«

»Richtig«, bestätigte Obiltschnig, der sich an dieses Faktum aus seinem Schulunterricht erinnerte. »Die haben ja Anfang des vorigen Jahrhunderts dieses riesige Postamt bei der Kirche erbaut.«

»Genau. Aber wirklich floriert hat das Unternehmen dann erst nach dem Ersten Weltkrieg und nach der Zeit der Besetzung Ferlachs durch die Jugoslawen. Da wollten dann auf einmal alle nach Klagenfurt zum Markt. Entweder, um dort etwas zu verkaufen, oder eben selbst etwas zu kaufen. Und der Uropa, der hat von irgendwoher einen Bus organisiert, und so waren die Schobers auf einmal die attraktive Alternative zur Bahn.«

Obiltschnig rief erst dieser Satz wieder ins Gedächtnis, dass der Ferlacher Bahnhof am Ende der Werkstraße ja wirklich einmal ein Bahnhof gewesen war. Irgendwann hatte er die Gedenktafel dort gelesen und so erfahren, dass die Bahn erst 1906 oder 1910 oder um diese Zeit jedenfalls in Betrieb genommen worden war, sich aber nie wirklich durchgesetzt hatte, sodass man sie vier Jahrzehnte später schon wieder stilllegte. Heute diente der Bahnhof nur noch als Ausgangspunkt für Nostalgiefahrten, auch wenn es Gerüchte gab, angesichts der Klimathematik die Strecke wieder zu reaktivieren. Obiltschnig hielt das für eine durchaus gute Idee, denn in Klagenfurt waren Parkplätze traditionell rar, sodass man oft quälend lange durch die Gassen kurvte, ehe man seinen Wagen irgendwo abstellen konnte. Der Bahnhof in Klagenfurt war allerdings recht zentral, sodass es einen entschiedenen Vorteil bedeuten würde, einfach öffentlich in die Landeshauptstadt zu reisen.

»Und nachdem er schon so lange Vizebürgermeister gewesen war, hat sich der Großvater dann endgültig auf die Politik konzentriert.« Obiltschnig blickte auf. Er war so in seinen Eisenbahngedanken versunken gewesen, dass er Schober nicht zugehört hatte. Das wollte er freilich nicht zugeben, und so beschloss er, einfach das Thema zu wechseln.

»Damit sind Sie ja jetzt schon die dritte Generation, die hier für die Gemeinde wirkt. Stimmt das eigentlich, dass Sie demnächst in den Landtag einziehen werden?« Schober schaltete augenblicklich auf den unter Politikern üblichen Bescheidenheitsmodus um. »Das müssen die Gremien entscheiden, da habe ich gar nichts dazu zu sagen. Außer natürlich, dass es eine große Ehre wäre, für das Land zu arbeiten. So wie es eben auch eine Ehre ist, hier für die Stadt tätig sein zu dürfen.«

»Aber wenn, dann wären Sie der erste Schober im Landtag, oder?«

»Na ja, der Beppi hätte es ja fast geschafft. Der war vor einigen Jahren ganz weit oben auf der grünen Liste. Aber wie Sie ja sicher wissen, sind die damals achtkant aus dem Landtag geflogen, weil sich die grünen Spitzen damals überall unbeliebt gemacht haben. Für den Beppi war das ein ziemlicher Schock, weil, er hatte fix mit dem Mandat gerechnet. Er war ja immer ein sehr zielstrebiger Mensch, was seine Karriere anbelangte.«

»War er das?«

Schobers Züge verhärteten sich. »Na sicher. Der ist ja überhaupt nur deshalb zu den *Grünen* gegangen, weil er nicht warten wollte, bis der Vater das Staffelholz übergibt. Dem Beppi hat es aus Prinzip niemals schnell genug gehen können.« Und Obiltschnig hörte einen nicht gerade verhaltenen Vorwurf aus den Worten heraus. »Der war richtig besessen von der Idee, nicht nur die Familientradition fortzuschreiben, sondern Papa und Opa dabei auch noch zu übertreffen.« Obiltschnig konstatierte einen verklärten Blick in den Augen des Stadtrats. »Wissen Sie, was mir der Beppi einmal gesagt hat? Gut zehn Jahre wird das jetzt her sein. Da hat er gemeint, die *ÖVP*, die werde in Ferlach nie etwas werden! Luki, hat er zu mir gesagt, das mit dem Glock, das war kein Triumph, das war ein tödlicher Fehler!« Er nickte eifrig. »Jawohl, ›tödlich‹ hat er gesagt. Und gemeint hat er, jetzt, wo wir endlich die ganzen Arbeiter von der *KESTAG* losgeworden sind, holten wir uns die nächsten Proleten en masse in den Ort. Auf die Weise hätten wir selbst dafür gesorgt, dass wir in Ferlach niemals die Vormacht der *SPÖ* brechen können.«

Schober nahm einen kräftigen Schluck aus seinem Glas und schenkte nach. Dann hielt er die Flasche in Obiltschnigs Richtung, und der fühlte sich zu einem Nicken bemüßigt. »Der Beppi«, begann Schober dann von neuem, »der hatte so eine Art Masterplan. Der hat davon geträumt, dass er mit den *Grünen* die *ÖVP* überflügelt und damit die stärkste Oppositionspartei wird. Und dann hat er darauf gehofft, dass die *Roten* irgendwann die Absolute verlieren und er ein Bündnis schmieden kann aus uns, seinen *Grünen* und den *Blauen*, um so erster nicht-roter Bürgermeister nach 1945 zu werden. So einer war er, der Beppi.«

Für Obiltschnig klang das reichlich hanebüchen. Die *SPÖ* war in der Gemeinde weit eher am Erreichen der Zweidrittelmehrheit als am Verlust der absoluten Mehrheit, wofür der allgegenwärtige Bürgermeister wesentlich verantwortlich zeichnete. Und selbst wenn der einmal in den Ruhestand gehen und seine Nachfolgerin einen wesentlich härteren Stand haben würde, dann gäbe es immer noch die slowenische Liste, die nie und nimmer einer Lösung unter Einschluss der *Freiheitlichen* akzeptieren würde. Aber das war ja nun ohnehin Makulatur. Beppi Schober war aller irdischen Sorgen enthoben.

»Wenn jemand so zielstrebig ist, dann macht er sich wahrscheinlich nicht nur Freunde«, gab der Gruppeninspektor vorsichtig eine neue Richtung des Gesprächs vor.

»Ha, Sie werden lachen! Ich kenne eigentlich niemanden, der den Beppi wirklich gemocht hatte. Außer mir natürlich. Aber ich musste ja quasi, von wegen Familie und so. Der Beppi aber, der war immer und überall ein Außenseiter. Das hat schon in der Schule angefangen, wo er heutzutage locker als Mobbing-Opfer durchginge.«

Schober ließ seinen Gedanken freien Lauf: »Dem hat man den Fanatiker irgendwie immer angesehen. Darum wollte auch nie wer was mit ihm zu tun haben. Ich glaube, der Beppi hatte auch erst mit Mitte 20 seine erste Freundin. Da hat er in Graz studiert und war mit irgendeiner Ausländerin zusammen. Na, und wie er dann wieder zurückgekommen ist, da hat es auch lange gedauert, bis er die Amy g'funden hat.«

»Die Amy?«

»Ja, das war ihr Spitzname. Weil sie immer so eine komische Beehive-Frisur g'habt hat wie die Winehouse. Mit der ist er dann ewig gegangen, bis sie ihm halt zu obsessiv geworden ist. Aber das habe ich Ihnen eh schon erzählt.«

»Also keine Freunde. Wie sieht es mit Feinden aus?«

Obiltschnig war sich dessen bewusst, die Frage ziemlich plump vorgebracht zu haben. Aber anscheinend tat der Wein seine Wirkung, und er war nicht mehr in der Lage, elegant zu formulieren.

»Offenbar zumindest einen«, beschied Schober, »aber ich kann mir beim besten Willen niemanden vorstellen, der so weit gehen würde, meinen Bruder zu töten. Ich meine, letztlich hat ihn doch niemand wirklich ernstgenommen.«

»Dass vielleicht irgendjemand im Gemeinderat …? Immerhin ist Ihr Bruder ja mittlerweile schon das zweite Opfer, das im Rathaus ein und aus ging.«

Schober war der Schrecken deutlich anzusehen. »Das ist doch … vollkommen abwegig! Wie können Sie so etwas auch nur annehmen?«

»Na, wie hat ein genialer Kollege von mir einmal formuliert: ›Schließe alles aus, was unmöglich ist, und was dann übrig bleibt, das ist, so unwahrscheinlich es auch aussehen mag, die Wahrheit.‹«

»War das dieser Hartl aus Klagenfurt?«

»So ähnlich«, ließ Obiltschnig sein Gegenüber im Unklaren. Der aber war schon einen Schritt weiter: »Gut, dann ganz im Sinne Ihres Kollegen: Es ist unmöglich, dass jemand aus dem Gemeinderat hier eine Vendetta oder so etwas inszeniert. Für die lege ich allesamt die Hand ins Feuer.«

»Und wie sieht's mit den Versicherungen aus? Hat Ihr Bruder da einmal irgendwelche Schwierigkeiten erwähnt?«

»Nicht dass ich wüsste. Wir hatten ja bislang Glück. Kein Hof, der abgebrannt ist, keine gröberen Sturmschäden. Keine Gebäudeeinstürze wegen der hier üblichen Schneemassen, nein, ich denke nicht, dass da irgendjemand das Gefühl haben musste, von der Versicherung betrogen worden zu sein.«

Obiltschnig nahm nun selbst einen großen Schluck aus dem Glas. »Sie machen es mir nicht leicht, Herr Stadt… rat! Ich sitze da und suche einen Mörder, und es gibt nicht den geringsten Hinweis auf irgendwas!«

Schober schenkte noch einmal nach. »Ob es vielleicht einen Zusammen…hang mit dem Scha…tzl? Haben die zwei … sonst noch etwas … gemeinsam?« Obiltschnig kam sich müde vor, er musste definitiv mit dem Wein vorsichtiger umgehen. »Der Schatzl war ein Roter! An so etwas streifen wir Schobers privat nicht an. Also nein, das gibt es sicher keine Gemeinsamkeiten!«

»Aber irgendwer … muss doch … etwas wissen! Irgendwer!«

Schober starrte verlegen in sein leeres Glas. »Es gibt keinen Menschen, der … ganz für sich … man muss sich doch … austauschen, sich … irgendwem anvertrauen … wem hat er sich anvertraut? Ihr Bruder … meine ich.«

»Nicht einmal mir«, entgegnete Schober, »nicht einmal mir.« Schober hob seinen Zeigefinger und fuchtelte damit vor Obiltschnigs Nase herum. »Der war so arrogant, der Beppi, der war vollkommen beratungsresistent. So ein aufgeblasener ...« Schober verstummte, schien sich zu sammeln. »Der hat ja nicht einmal eine grüne Ortsgruppe zusammengebracht. Bei der letzten Wahl hat er den Herbie ..., den Tankwart da beim Farbengeschäft daneben, dem ... na, Valentin, nicht, ... den hat er händeringend bitten müssen, dass er kandidiert.« Schober lachte überraschend laut. »Man muss sich das vorstellen! Mister Superbenzin ein Aushängeschild der Ökos! Das gibt's auch nur bei uns.«

»Ja, das ist ... seltsam. Ich kenne den Herbie, bei dem tanke ich selbst oft. Ich hätte nie ... geglaubt, dass der grün ...«

»Ist er ja auch nicht! Der war nur der Einzige, mit dem der Beppi wenigstens ab und zu privat ... geredet hat.«

»Der Herbie?« Obiltschnig war überrascht.

»Ja ... Schon ... Irgendwie.« Und nach einer kleinen Pause. »Sehen S', Herr Inspektor. Den können S' noch fragen. Vielleicht weiß ja der was, was ich nicht weiß.«

Immerhin, befand Obiltschnig, wenigstens ein Hinweis, dem er nachgehen konnte. Er dankte Schober für den guten Wein und meinte umständlich, er müsse sich nun wieder auf den Weg machen, weil ja sonst der Posten so lange unbesetzt sei. Er erhob sich, hielt jedoch abrupt inne. Ihn schwindelte. Wie viel hatte er getrunken? Er machte einen vorsichtigen Schritt auf die Tür zu. Augenscheinlich zu viel. Die Befragung von Herbie verschob er besser. Mit erschreckendem Schwanken näherte er sich der Gartentür, sogar der falsche Retriever sah ihn sorgenvoll an und wusste nicht, was er von diesem merkwürdigen zweibeinigen Wesen halten sollte, das da an ihm vorbeitorkelte. Instinktiv wich der Hund zurück und klemmte seinen Schweif zwischen die Hinterbeine.

Wieder auf der Straße, blies Obiltschnig schwer aus. Hoffentlich sah ihn in diesem Zustand niemand. Ein betrunkener Polizist! Und das angesichts zweier ungeklärter Mordfälle. Wenn das ruchbar wurde, dann konnte er in Klagenfurt Nachtwächter werden. Wenn überhaupt!

Kurz überlegte er, ob es einen anderen Weg zum Posten gab, an dem er nicht so exponiert sein würde. Doch da gab es nichts! Er konnte unmöglich durch die Gärten schleichen, denn spätestens am Bach war Endstation. Es blieb ihm also nichts anderes übrig, als so würdevoll, wie es ihm seine Lage erlaubte, zurück zur Klagenfurter Straße zu gehen, um dort dann nach rechts abzubiegen, um über den Sparkassenplatz zur Werkstraße zu kommen, wo er dann den Napotnig-Hügel erklimmen musste. Ihm graute ob dieser Vorstellung, doch daran führte kein Weg mehr vorbei. Im wahrsten Sinn des Wortes.

Zu seinem Glück kam er ungesehen bis zur *Posojilnica Bank*. Vor der Apotheke stand jemand, doch der beachtete ihn nicht, weil er sein Rezept studierte. Obiltschnig winkte dem Besitzer des *Antalya* auf der anderen Straßenseite zu und wankte dann mit leichter Schlagseite in Richtung Schloss.

Er atmete erleichtert auf, als er die Eisenwarenhandlung hinter sich gelassen hatte. Dort gab es auch immer großes Personenaufkommen, seit sie auch als Postamt firmierte. Nun aber war die Polizeiinspektion schon in greifbarer Nähe, und dort würde er sich einen starken Kaffee machen und darauf warten, dass er endlich wieder ein wenig nüchterner war. Wenn auf den letzten Metern keine Autoritätsperson mehr seinen Weg kreuzte, dann hatte er es geschafft.

Nachdem er halbwegs wieder in Ordnung war, warf er einen Blick auf das Display des Telefons. Obwohl er reichlich lange nicht im Amt gewesen war, hatte er keinen Anruf verpasst. Wenigstens etwas! Er blieb noch ein wenig sitzen, bis er sich sicher genug fühlte, den Heimweg anzutreten. Doch kaum, dass er den Posten verlassen hatte, stellte sich erneut eine zentrale Frage. Er war sicherlich noch nicht unter null Komma fünf Promille! Konnte er es da riskieren, mit dem Auto nach Hause zu fahren?

Andererseits durfte er nicht davon ausgehen, noch einmal ungesehen durch die Gegend marschieren zu können. Er kannte die Strecke naturgemäß in und auswendig. Eine Kontrolle war nicht zu erwarten, denn Popatnig hatte seinen freien Tag, und die Klagenfurter würden nicht ausgerechnet hier auf Verkehrssünder warten. Wenn er also ganz langsam, gleichsam betont lässig, in Richtung Heimat fuhr, dann mochte alles gutgehen.

XVII.

Das ging jetzt aber wesentlich schneller, als ich dachte! Da komme ich nichtsahnend in den Supermarkt, und was schreit mir die Tageszeitung in Balkenlettern entgegen? Es war kaltblütiger Mord! Die Konkurrenz schreibt sogar von hinterhältigem Mordanschlag! Ich habe doch alles so genau durchgeplant! Wie konnten die nur so schnell der Wahrheit auf die Spur kommen? Was habe ich übersehen?

Ich glaube, ich bin sogar kurz rot geworden. Das hat aber zum Glück niemand gesehen, weil ich schnell in den Gang mit den Spirituosen eingebogen bin. Die kann ich im Augenblick ohnehin brauchen. Jedenfalls heißt das jetzt, für die nächste Zeit den Kopf einziehen. Sich nicht vergraben, aber eben auch nicht gerade auf dem Präsentierteller herumtanzen. Vor allem, wenn sie so schnell herausgefunden haben, dass der Arsch kaltgemacht wurde, dann fangen sie sicher früher oder später an, sein Umfeld abzuklappern. Und dann ist es nur noch eine Frage der Zeit, bis sie auch vor meiner Tür stehen.

Da heißt es dann, gewappnet zu sein. Ich hätte mir irgendein Alibi zurechtlegen sollen! Aber nein, es ist vielleicht sogar besser, keines zu haben. Denn dann kann ich im Brustton der Überzeugung sagen: Woher hätte ich denn wissen sollen, dass ich eines brauche?

Ich Trottel! Ich hätte nach der Tat nach Slowenien fahren sollen statt nach Hause. Und bei der Rückkehr die Grenzer in irgendein Gespräch verwickeln. Dann könnten sie sich an mich erinnern, und ich wäre aus dem Schneider. So aber muss ich halt so nahe an der Wahrheit bleiben, wie es geht. Ich habe also den schönen Tag zu einer Wanderung genützt. Wo ich war? Im Bodental war ich. Ich habe den Wagen kurz vor Windisch Bleiberg geparkt und bin dann zu Fuß weiter. Durch den dortigen Wald. Ja, das klingt plausibel. Mein einziger wunder Punkt ist dieses slowenische Auto, das mich partout überholen wollte! Aber der war so mit sich selbst beschäftigt, der hat sich sicher nicht meine Nummer gemerkt. Also ruhig Blut.

Mein Vorteil ist zudem, dass sie wohl keineswegs auf meine Verbindung zu dem anderen Arsch kommen werden. Den sie jetzt wahrscheinlich auch als Mord einstufen, auch wenn davon noch nichts in der Zeitung steht. Also werden sie nach Leuten suchen, die sowohl mit dem einen wie auch mit dem anderen zu tun hatten, und da können sie bei mir lange suchen.

Allerdings stellt sich jetzt die Frage, ob ich noch Täter Nummer drei zur Strecke bringen kann. Ich habe mir das ja recht schön ausgemalt. Dass ich ihn anrufe. Dass ich ihm sage, ich wüsste, wer hinter all dem steckt, und dass wir uns treffen müssen, um uns gemeinsam gegen diese Gefahr zu wappnen. Aber wird er mir das jetzt noch glauben? Der kann sicher auch eins und eins zusammenzählen, und dann weiß er, dass er der Nächste sein wird. Und wird sich dementsprechend nicht mehr aus dem Haus wagen.

Allerdings kann ich es mir nicht leisten, ihn ungeschoren zu lassen. Denn wenn er eins und eins zusammenzuzählen imstande ist, dann kann er vielleicht auch zwei und zwei addieren, und dann kommt dieser Kretin von ganz allein auf mich. Und wenn er daraufhin die Bullen ruft, bin ich geliefert.

Gut, ich könnte verreisen. Ein paar Tage nach Istrien und von dort aus die Lage beobachten. Aber dann wäre er trotzdem noch ein Risiko. Wenn die merken, dass ich ausgeflogen bin, dann halten sie aus – wie heißt das so schön – ermittlungstaktischen Gründen still, ich komme ahnungslos aus dem Urlaub zurück, und schon klicken die Handschellen.

Ich will aber nicht in einer Zelle verfaulen. Verfaulen sollen die anderen. Buchstäblich! Also am besten, ein paar Tage stillhalten und noch einmal über alles nachdenken. Vielleicht fällt mir ja eine andere Lösung ein, die es mir ermöglicht, ihn auch noch zu beseitigen. Dann will ich es gut sein lassen. Es gäbe zwar noch ein paar andere, die Strafe verdient hätten, aber die haben dann halt Glück gehabt. Das brauche ich ja schließlich auch, sonst komme ich mit dem Ganzen niemals durch. Also bleibt nur, sich auf das Wesentliche zu konzentrieren. Aller guten Dinge sind drei, wie man so schön sagt. Und man soll ja bekanntlich aufhören, wenn es am schönsten ist. Und viel schöner, als wenn alle drei vermodern, kann es ohnehin nicht mehr werden.

Gut, dann wäre das geklärt. Die nächste Zeit ist *Netflix* angesagt. Irgendwo finde ich schon noch etwas, was ich noch nicht gesehen habe oder wieder sehen will. Und dank des Hochprozentigen, den ich heute erstanden habe, werde ich auch nicht allzu sehr mit Denken abgelenkt sein. Also, spielen sie irgendwo noch *Breaking Bad*?

XVIII.

Obiltschnig erwachte mit einem veritablen Kater. Er hätte doch nicht so viel trinken sollen. Aber es war nicht vollkommen umsonst gewesen. Mit Herbie hatte er eine neue Spur, der er nachgehen konnte. Doch zuerst musste er etwas gegen die Kopfschmerzen unternehmen. Er ging ins Badezimmer, suchte und fand die Packung mit dem *Aspirin C*, holte sich ein leeres Glas, füllte es mit Wasser und ließ die Tablette hineinfallen. Er wartete, bis sie sich völlig aufgelöst hatte, dann trank er den Inhalt des Glases in einem Zug aus. Schwerfällig kletterte er in die Dusche und hoffte dabei, das kühle Nass würde seine Lebensgeister wieder zurückbringen.

Kühl war freilich gar nichts. Er hatte die Hähne so gestellt, dass er nur von anheimelnder Wärme umspült wurde, und so stand er eine gute Weile mit geschlossenen Augen da und ließ den Duschkopf sein Werk verrichten. Irgendwann aber griff er dann doch nach der Seife und begann, seinen geschundenen Leib entsprechend zu bearbeiten.

»Du duschst aber heute lang«, hörte er von draußen Theresia, »nicht dass du *American Beauty* nachmachst, gell?« Unfreiwillig musste er grinsen. Als ob er dazu augenblicklich in der Lage wäre! »Bin's gleich!«, rief er nach draußen. »Gut, Frühstück ist nämlich fertig«, kam es zurück.

Eine Dreiviertelstunde später betrat Gruppeninspektor Obiltschnig das Wachzimmer. Popatnig saß schon an seinem Schreibtisch und langweilte sich. »Irgendwas los gewesen?« Obiltschnig fragte mehr der Form halber.

»Der Koschat war da, aber ich glaub, dem war nur fad.«

Das klang sehr plausibel. Koschat war bis vor wenigen Jahren Postenkommandant gewesen, ehe man ihn in den, wie es so schön hieß, wohlverdienten Ruhestand versetzt hatte. Seitdem kümmerte er sich um seinen Garten und bemühte sich mit gelegentlichen Auftritten, nicht gänzlich der Vergessenheit anheimzufallen. Koschat war zu seiner Zeit jemand gewesen, der buchstäblich alle gekannt hatte. Einmal davon abgesehen, dass damals Ereignisse wie die jüngsten undenkbar gewesen wären, hätte Koschat sie, so sie sich dennoch zugetragen hätten, im Handumdrehen gelöst, ganz einfach, weil in Ferlach nichts geschehen konnte, ohne dass er davon Wind bekommen hatte.

Für einen Augenblick wurde Obiltschnig sentimental. Die Ära Koschat, das war in der Tat eine andere Welt gewesen. Damals wäre niemand auf die Idee gekommen, seine Haustür abzusperren, weil die Menschen alle grundehrlich waren und es zudem ohnehin nirgendwo etwas zu holen gab. Und aus polizeilicher Sicht waren jene Tage ohnehin das absolute Paradies gewesen. Beim Kirtag war vielleicht einmal eine Rauferei zu schlichten, und ab und zu fuhr einer betrunken vom Gasthaus nach Hause, doch damit waren schon alle Verbrechen, die es in Ferlach je gegeben hatte, taxativ aufgezählt.

Warum war das heute anders, fragte sich Obiltschnig. Lag es an den vielen Fremden, die in Ferlach Wohnung genommen hatten? Wenn er auf Streife ging, sah er mittlerweile mehr ortsfremde Kennzeichen als solche mit heimischer Nummer. Aber das war es nicht! Die Zugereisten waren entweder brave Arbeiter, die das gut geölte Uhrwerk der Stadt am Laufen hielten, oder Pensionisten, die beschaulich ihren Lebensabend verbrachten.

Nein, es mochte wohl an den neuen Zeiten selbst liegen. Die waren rau! Überall war eingespart worden. Es gab keine Post mehr in Ferlach, sein Polizeiposten war auf zwei Planstellen zusammengestrichen worden, und die vielen kleinen Geschäfte, die einstmals dafür gesorgt hatten, dass man auch in Dollich, Tratten oder Görtschach alles fußwegig erledigen konnte, waren dem enormen Konkurrenzdruck durch die Supermärkte nicht mehr gewachsen gewesen. Nun musste man mit dem Auto fahren, wenn man auf die Schnelle etwas zu essen oder trinken haben wollte. Die Preise explodierten, während die Gehälter stagnierten. Offiziell befand man sich immer noch in der Zweiten Republik, aber sie wirkte so gänzlich anders als noch vor zwei, drei Jahrzehnten.

Vielleicht wurde er einfach nur alt und betrachtete das Neue deswegen mit Skepsis? Er erinnerte sich an einen Satz, den er einmal während eines Seminars von einem Wiener Kollegen aufgeschnappt hatte. Wie ging der noch gleich? Solang man bemerkt, was alles neu aufsperrt, solang ist man jung. Wenn einem auffällt, was alles zusperrt, dann ist man alt. Er schüttelte sich, ganz so, als könnte er auf diese Weise seine düsteren Gedanken verscheuchen. »Der Koschat also«, sagte er laut. »Sonst noch was?«

»Ich habe das Gefühl, die ganze Gemeinde ist in Schockstarre verfallen. Nicht einmal das Büro des Bürgermeisters meldet sich mehr«, bilanzierte Popatnig.

»Und aus Klagenfurt auch keine Nachrichten?«, hakte Obiltschnig nach. Popatnig schüttelte den Kopf: »Ich glaube, die haben vergessen, dass es Ferlach überhaupt gibt.«

»Na bestens. Ich mach einmal einen Kaffee. Willst du auch einen?« Popatnig bejahte.

Zehn Minuten später saßen sie sich gegenüber, jeder an seinem Schreibtisch, und schwiegen sich an. Das Einzige, das die vollkommene Stille durchbrach, war das Ticken der Amtsuhr über dem Eingang. »Und was machen wir jetzt wegen der Sache mit dem Schatzl und dem Schober?« Obiltschnig hatte das Schweigen nicht länger ertragen.

»Na, was sollen wir zwei schon groß machen?«, kam es patzig von Popatnig zurück. »Nichts! Sollen sich die Wichtigtuer aus Klagenfurt damit herumschlagen.«

»Aber meinst nicht, dass die Leute von uns etwas erwarten?«

Popatnig dachte kurz über die Frage nach. »Ich glaube nicht«, dozierte er dann, »dass die Leute unruhig sind. Immerhin hat es bis jetzt ja nur Politiker erwischt. Ich möchte nicht wissen, wie viele es denen ohnehin gönnen. Also«, schränkte er ein, »nicht unbedingt dem Schatzl und dem Schober persönlich. Mehr so prinzipiell, meine ich.«

»Gut, aber deswegen können wir jetzt auch nicht die Hände in den Schoß legen und so tun, als wäre nichts vorgefallen.« Popatnig begann unvermittelt, in seiner Schublade zu kramen. Nach einer kleinen Weile schien er gefunden zu haben, was er gesucht hatte. Er griff danach und legte es neben Obiltschnigs Laptop. Der betrachtete den Gegenstand mit nicht geringem Erstaunen. Eine Lupe.

»Da«, klärte ihn sein Kollege auf, »spiel Sherlock Holmes, wenn du willst. Ich für meinen Teil werde in dieser Angelegenheit erst dann aktiv, wenn ich eine diesbezügliche Weisung bekomme.«

»Weißt was, ich dreh mal eine Runde.« Popatnig nahm die Information gleichgültig zur Kenntnis. »Lass dich von mir nicht aufhalten.«

Eine Viertelstunde später stand Obiltschnig an der Zapfsäule und linste ins Innere der Tankstelle. Niemand außer Herbie war zu sehen, und der schien gelangweilt in ein Magazin zu starren. Der Gruppeninspektor öffnete die Tür. »Servus, Herbie«, begrüßte er ihn, »was gibt es Neues?«

Herbie grinste ihn an: »Sollte das die Polizei nicht zuallererst wissen?« Obiltschnig blieb gelassen: »Nur in Diktaturen, Herbie, nur in Diktaturen.« Der aber war auch nicht maulfaul: »Na, da bin ich ja froh, dass wir in einer Demokratie leben. Da sind alle gleich ahnungslos.«

»So ahnungslos auch wieder nicht. Ich habe gehört, du hast öfter mit dem Schober Beppi Palaver gemacht.«

»Was heißt schon Palaver. Der hat halt sonst niemanden zum Reden gehabt. Also niemanden, der sich für seine blöden Fahrräder und seinen Öko-Schmäh interessiert hätte.«

»Und dich hat das interessiert?«

»Nicht wirklich. Aber ich habe es mir halt angehört. Dafür hat er dann immer brav bei mir eingekauft.«

Obiltschnig sah sich um. Sehr viel hatte Herbies Tanke nicht zu bieten, der Mann gab es offenbar billig. »Du, so rosig geht das Geschäft auch nicht gerade«, erklärte Herbie, »ich muss beinhart kalkulieren, damit ich über die Runden komme. Du glaubst nicht, wie viele von da nach Klagenfurt fahren, nur weil sie den Treibstoff dort beim Diskonter um ein paar Cent billiger bekommen. Ich mache mittlerweile mit Zigaretten, Bier und Chips fast mehr Umsatz als mit Benzin und Diesel.«

»Ja, wir haben es alle nicht leicht in solchen Zeiten. Aber sag, was hat er denn immer so erzählt, der Beppi. War er in letzter Zeit ein bisserl nervös oder so? Hat er sich vielleicht sogar verfolgt gefühlt?«

»Überhaupt nicht. Der war wie immer das strotzende Selbstbewusstsein. Erst vor ein paar Tagen hat er mir erzählt, dass er mit seinem Rad über den Schaidasattel will und von dort nach Eisenkappel und wieder zurück. Und dann, einen Tag später, hat er gesagt, das sei für ihn eigentlich keine Challenge, und er will lieber auf den Alten Loibl rauf und von dort dann runterrasen.«

»Ach«, Obiltschnig wurde hellhörig, »das hat er dir erzählt? Kann das noch wer gewusst haben?« Herbie dachte nach. »Schon möglich, dass ich es einigen erzählt habe. Einfach so als Hinweis, wie der Beppi wieder drauf ist.« Und nach einer kurzen Pause: »Und die, die gerade da waren, die haben das natürlich auch gewusst.«

»Und wer war da gerade da?«

»Pfuh, frag mich was Leichteres … Die Greiderer hat gerade getankt, der alte Koschat hat sich seine Zigaretten geholt, und warte, ich glaube, der Baumeister war auch da. Der hat Rohscheiben gekauft und sie gleich da verputzt.«

»Das heißt, es wussten durchaus einige, dass er am Sonntag da rauffahren würde. Interessant.«

»Ja, schon. Aber wenn du jetzt denkst, da könnte irgendwer dabei gewesen sein, der dem Beppi ans Leder wollte, dann bist aber völlig auf dem falschen Dampfer. Die Greiderer, die ist die Untadeligkeit in Person, wie du nur zu gut selber weißt, der Koschat war ein Polizist, wie du heute nicht mehr findest – nicht persönlich nehmen jetzt – und der Baumeister, der war wahrscheinlich der einzige echte Freund, den der Beppi je hatte.«

»Der Baumeister? Ich dachte, du wärst der einzige Freund, den er hatte!«

»Wie gesagt, meine Freundschaft zu ihm war rein geschäftlich. Gut, das war die zum Baumeister vielleicht ursprünglich auch. Aber mit der Zeit sind die zwei draufgekommen, dass sie doch mehr verbindet als der Profit. So gesehen …« Herbie machte eine abwägende Geste mit der rechten Hand.

»Na, dann werde ich einmal mit dem ein Schwätzchen halten. Aber wenn ich schon einmal da bin, gib mir ein Packerl *Marlboro*!« Herbie reagierte verblüfft. »*Marlboro*? Du rauchst doch gar nicht!«

»Eh nicht, die bring ich dem Popatnig mit. Da freut er sich.« Herbie quittierte den Satz mit einem Seufzer. »So einen Kollegen möchte ich auch haben. Fünf Euro Fünfzig.« Dabei reichte er Obiltschnig das Gewünschte. Dieser zahlte, legte den Finger an die Schirmmütze und trat anschließend wieder ins Freie. Er legte die paar Meter in Richtung Stadtzentrum zurück, ehe er an die große Villa kam, in der Scheinig residierte. Für Obiltschnig stand fest, dass nur dieser der Baumeister sein könnte, denn der alte Höllerer war ein Schulfreund des alten Schober, und der Würfler residierte in Sankt Veit. Wenn Beppi Schober also mit jemandem auf freundschaftlichem Fuß gewesen war, dann mit dem Scheinig.

Er läutete und wartete auf den Summton. Ein neugieriges Gesicht sah ihn erwartungsvoll an. »Hallo, ist dein Papa vielleicht da?« Das Kind drehte sich nach hinten um. »Papa!«, schrie es aus Leibeskräften. »Für dich!« Obiltschnig erntete noch einen schnellen Blick, dann war der Knabe auch schon wieder verschwunden. Dafür tauchte der Baumeister am Ende des Flurs auf. »Herr Inspektor, was verschafft mir die Ehre?«

»Ob Sie wohl ein paar Minuten für mich erübrigen

könnten? Ich hätte nur einige kurze Fragen«, erläuterte der Gruppeninspektor. »Na, kommen S' erst einmal herein, Herr Inspektor. Da, gehen wir in mein Büro.« Scheinig ging voran, und Obiltschnig folgte ihm. Sie gelangten in einen Raum, dessen Fenster in den Garten gingen. Der Hausherr bot dem Polizisten Platz an und fragte, ob er etwas trinken wolle, was Obiltschnig höflich ablehnte. Solang, erklärte er, werde es gar nicht dauern.

»Es geht um Ihre Beziehung zum gewesenen Herrn Stadtrat Schober. Dem Beppi«, fügte er zur Klarstellung hinzu.

»Aha, und was soll mit der gewesen sein? Bin ich jetzt vielleicht verdächtig oder wie?«

»Ganz und gar nicht, Herr Scheinig. Ich habe nur gehört, Sie seien mit dem Herrn Schober irgendwie befreundet gewesen.«

Scheinig lachte laut auf. »Ich? Mit dem befreundet? Wo haben Sie denn diesen Blödsinn her? Den habe ich schon nicht gemocht, als wir noch beim alten Woschitz gemeinsam die Schulbank gedrückt haben.«

Obiltschnig verbarg seine Überraschung nicht. »Aber ich habe gehört, Sie zwei teilten gemeinsame Hobbys und dergleichen.«

»Nicht böse sein, Herr Inspektor, aber das ist Unfug! Ich bin dem Herrn aus dem Weg gegangen, wo ich nur konnte. Sicher, in den Jahren, in denen er Bautenstadtrat war, musste ich mich notgedrungen mit ihm arrangieren, aber das ist ja zum Glück auch schon wieder eine Weile her. Ich habe sogar extra die Versicherung gewechselt, nur, damit ich nichts mit ihm zu tun habe.«

Der Gruppeninspektor gestand sich ein, dass es lediglich seine Vermutung gewesen war, es handle sich bei dem

Baumeister um den Scheinig. Aber es war so abwegig, dass es der Höllerer sein sollte, dass er sich bei Scheinig rückversichern wollte. »Aber es ist schon so, dass wir hier in Ferlach nur zwei Baumeister haben, oder? Sie und den alten Höllerer. Sonst gibt es da niemanden, habe ich recht?«

»Das stimmt. Zwei Baumeister sind auch mehr als genug für eine Stadt mit 9.000 Einwohnern. Und wenn wir wirklich einmal mehr brauchen, rufen wir halt den Würfler in Sankt Veit an, aber das ist dann schon eine echte Ausnahmesituation.«

»Können Sie sich vorstellen, dass vielleicht der Höllerer mit dem Schober auf gutem Fuß stand?« Scheinig gluckste. »Ich kann mir nicht vorstellen, dass überhaupt jemand auf gutem Fuß mit dem stand. Soviel ich weiß, hat selbst sein Vater nicht viel von ihm gehalten. Na, und sein Bruder eigentlich auch nicht, auch wenn er nach außen immer auf heile Familie machte. Und der Höllerer, der ist ja schon weit über 60, ich kann mir nicht vorstellen, dass der mit dem jungen Schober was zu tun hatte. Aber bitte, fragen Sie ihn selbst. Den werden Sie in ein paar Stunden beim *Affen* treffen, da kartelt er immer am Abend.«

Obiltschnig dankte dem Baumeister und empfahl sich. Kurzerhand ging er zurück zur Tankstelle. Ehe er sich noch einmal blamierte, dachte er, würde er einfach Herbie fragen, welchen Baumeister der denn nun eigentlich gemeint hatte.

XIX.

Mir bleibt nichts anderes übrig. Ich muss den Baumeister kontaktieren. Nur wenn der auch weg ist, kann ich wieder in Frieden leben. Ich meine, der ist ja nicht blöd, der hat sich wahrscheinlich ohnehin schon alles zusammengereimt. Da muss ich in die Offensive gehen, damit der gar nicht erst zum Nachdenken kommt. Sonst rennt der am Ende noch zur Polizei. Soll ich ihm eine SMS schicken? Nein! Erstens lasse ich ihm damit Zeit für eine Reaktion, und andererseits kann man die nachverfolgen. »Jedes Schriftel ist ein Giftel«, heißt es so schön. Ich muss ihn direkt anrufen, anders wird es nicht gehen.

Aber ich muss mich dabei glaubwürdig präsentieren. Nicht, dass der den Braten riecht, dann bin ich erst recht aufgeschmissen. Ich muss so tun, als wäre ich ganz aufgeregt, als hätte ich selber Angst und so weiter. Nur dann funktioniert das.

Zum Glück habe ich noch so ein Prepaid-Handy bekommen, damit kommen die Bullen nie darauf, wer ihn da angerufen hat. Ich muss mich in die richtige Stimmung bringen, mich ganz auf meine Aufgabe konzentrieren. Ich suche seine Nummer aus meinem Speicher, ich tippe sie ein, höre es läuten. Da, er hebt wirklich ab.

Na, das ging ja besser, als ich erwartet habe. Der hat vor Angst so geschlottert, dass man es sogar durch das Telefon spüren konnte. So durch den Wind ist der, dass er mir sogar gedankt hat. Der arme Trottel glaubt wirklich, dass ich seine Rettung bin. Dabei bin ich seine Nemesis, und der ist so bescheuert, dass er das wahrscheinlich selbst dann noch nicht kapieren wird, wenn ich ihm seinen Lebensfaden abschneide. Ich hoffe nur, er wird am Ende verstehen, wofür er bezahlen muss und warum er zu sterben hat.

Jedenfalls war er so nervös, dass er von sich aus vorgeschlagen hat, sich praktisch sofort zu treffen. Dass ich ihm am Telefon nichts sagen kann, weil ich nicht weiß, ob wir nicht abgehört werden, das hat mir der Depp glatt abgenommen. Es ist wirklich erstaunlich, wie leicht man einem simplen Gemüt eine Verschwörung auftischen kann. Na ja, vielleicht hält er sich dadurch für wichtiger oder bedeutsamer. Egal, die Hauptsache ist, dass er, ohne zu zögern, meinem Treffpunkt zugestimmt hat. Allerdings habe ich jetzt nicht allzu viel Zeit, alles vorzubereiten.

Die Geschichte mit der Drau ist gut, dabei bleibe ich. Aber um auf Nummer sicher zu gehen, werde ich meinen ursprünglichen Plan ein wenig abändern. Dazu muss ich zwar ein wenig bei mir herumsuchen, weil ich mir natürlich nicht gemerkt habe, wo ich diesen unnötigen Elektro-Schocker hingetan habe, aber den werde ich schon rechtzeitig finden. Und dann halte ich ihm das Ding einfach an die Brust, aktiviere es, und dann ab mit ihm in die Drau. Sollte ein Kinderspiel sein. Aber jetzt muss ich mich beeilen. Es ist ein weiter Weg, und den will ich nicht durchgehend mit dem Auto fahren. Je weniger Spuren, desto besser.

XX.

Obiltschnig betrat neuerlich das Tankstellengeschäft. »Sag, Herbie, mit dem Baumeister hast du aber nicht den Scheinig gemeint, oder?«

Herbie tat verwundert. »Natürlich nicht, sonst hätte ich ja Scheinig g'sagt. Wie kommst denn auf so etwas?«

»Na, weil ich mir einfach nicht vorstellen kann, dass du den Höllerer gemeint haben könntest.« Herbie legte die Zeitschrift beiseite und sah Obiltschnig mit einer Mischung aus Tadel und Mitleid an. »Heute hast aber nicht wirklich deinen besten Tag, oder? Wieso sollte ich wen anderen meinen als den Baumeister, wenn ich Baumeister sage.« Obiltschnig klang beinahe verzweifelt in seiner Antwort: »Weil wir doch nur die zwei Baumeister haben in der Stadt.«

Jetzt fiel der Groschen bei Herbie, und er begann zu lachen. »Meine Güte, du hast das wörtlich genommen und geglaubt, ich habe einen Baumeister gemeint, dabei habe ich von *dem Baumeister* gesprochen. Dem Mario Baumeister. Dem Elektriker aus der Kindergartengasse. Ich dachte, das wäre dir klar, weil du gar so forsch aus meinem Geschäft geeilt bist.« Und als er sah, dass Obiltschnig die Sache weniger zum Lachen fand, sah ihn Herbie verlegen von unten an. »Nichts für ungut, Sigi, ich habe geglaubt, das ist dir klar.«

»Woher soll mir das klar sein, Herbie? Bis vor einer

Minute habe ich noch nicht einmal gewusst, dass es im Ort einen Elektriker gibt, der Baumeister heißt. Woher auch! Oder kennst du jeden Handwerker im Ort?«

»Ja, ist ja schon gut«, begütigte ihn Herbie. »Jetzt weißt du es ja und kannst ihn fragen gehen. Wie gesagt, Kindergartengasse. Ganz am Ende, bevor die Wiese anfängt, die in Richtung Dollich.«

Obiltschnig gab einen knurrenden Laut von sich, der bei einigem guten Willen als Gruß gewertet werden konnte, und machte sich auf den Weg zur genannten Adresse. Dazu steuerte er zunächst den Hauptplatz an, dann ging er hinauf zur Kirche, wo beim ehemaligen Postamt besagte Gasse begann. Über das Haus, das er suchte, konnte es keinen Zweifel geben, denn unter dem Küchenfenster prangte ein quadratmetergroßes Werbeschild mit dem Namen des Elektrikers. Er läutete an, doch nichts tat sich. Er trat näher an das Fenster heran und äugte durch die Scheibe. Niemand zu sehen.

»Da werden Sie niemanden finden, Herr Inspektor! Der Mario ist vor einer Viertelstunde weggefahren.« Die volltönende Stimme war aus dem Nachbargarten gekommen. Obiltschnig drehte sich um. »Grüß Sie, Herr Tschuden«, sagte er, »Sie wissen nicht zufällig, wohin er gefahren ist?«

»Das hat er mir nicht gesagt, und ich habe nicht danach gefragt. Aber er schien es sehr eilig gehabt zu haben. Direkt ein wenig hektisch hat er gewirkt.« Herr Tschuden stützte sich auf seinem Rechen ab und ließ seine Worte auf den Polizisten wirken. »Zuerst hat er gleich zweimal seinen Motor abgewürgt, und dann ist er so ruppig in die Gasse eingebogen, dass er fast die Mülltonne umgefahren hätte.«

Dieses Gespräch musste er dann wohl verschieben. Er dankte seinem Gegenüber und begab sich auf den Weg zurück zum Posten. Eigentlich mache ich in den letzten Tagen ziemlich viele Kilometer, dachte er glucksend. Na ja, Bewegung soll ja gesund sein. Und sie schafft ein bisschen Spielraum für die Weihnachtskekse in ein paar Wochen. Der letzte Gedanke erinnerte ihn daran, seit dem Morgen nichts mehr gegessen zu haben, und so beschloss er, am Rückweg beim Supermarkt vorbeizuschauen, um dort einen Snack zu erstehen. Kurz überlegte er, ob er Popatnig anrufen und fragen sollte, ob er auch etwas wolle, doch das konnte er sich sparen. Der Popatnig wollte immer etwas, und es hatte stets etwas mit Leberkäse zu tun. Also würde er ihm einfach eine Semmel mit Käseleberkäse mitbringen, womit er seinen Kollegen ohnehin schon mehr als bevorzugt behandelte, da er ihm ja auch immerhin zuvor Zigaretten gekauft hatte.

Er war gerade im Begriff, Popatnig mit seinen Mitbringseln zu überraschen, als dieser ihn mit einem »Wo warst du so lange?« in Empfang nahm. »Na aber hallo, ich war auf Streife und hab dir sogar etwas mitgebra…«

»Papperlapapp. Wir haben einen Toten! Schon wieder!« Popatnig war erkennbar außer sich. »Unten am Drauradweg, ein Stückerl außerhalb von Unterferlach. Ein Radfahrer hat es eben erst telefonisch gemeldet.« Obiltschnig wusste nicht, wohin mit den Semmeln, und legte sie resigniert auf den Schreibtisch. Dann folgte er Popatnig, der schon halb beim Wagen angekommen war.

Mit mörderischem Tempo bretterten sie die Freibacher Straße entlang, bis sie zum Kreisverkehr kamen, wo Popatnig die dritte Ausfahrt nahm. Nach einem eher hektischen Geschlängel durch einige Nebengassen sahen sie endlich einen Radfahrer hektisch mit den Armen wedeln. Popatnig bremste so hart, dass der Schotter unter den

Reifen hochgeschleudert wurde. Als wäre er vom wilden Affen gebissen worden, sprang er aus dem Auto und hatte den Anrufer bereits erreicht, als Obiltschnig eben erst die Tür auf der Beifahrerseite schloss.

»Da unten liegt er. Kopf im Wasser. Schaut aus, als wäre er ersoffen. Kann aber ein Schlaganfall oder ein Infarkt auch gewesen sein, das weiß ich natürlich nicht«, sprudelte es aus dem Mann hervor. »Haben Sie versucht, Rettungsmaßnahmen einzuleiten?«, wollte Obiltschnig wissen. Er bekam ein Kopfschütteln zur Antwort. »Ich hab nicht gewusst, ob ich den anrühren darf. Jetzt habe ich halt sofort die Rettung und Sie angerufen.« Wie aufs Stichwort hörten sie die Sirene der Ambulanz, die keine zwei Minuten nach ihnen auf der Szene erschien. Obiltschnig erkannte Gustav und den Wiener Zivildiener, die sich redlich bemühten, das Opfer aus dem Wasser zu ziehen, was gar nicht so leicht war, da die Drau an dieser Stelle einige Untiefen aufwies, sodass der Wiener kurz bis zur Brust ins Wasser einsank und Mühe hatte, nicht gänzlich den Halt zu verlieren.

»Spannend, dass der da nicht abgetrieben wurde«, meinte Popatnig, die Aktion der Sanitäter beobachtend, »wer weiß, weil vielleicht war das ja der ursprüngliche Plan unseres Täters.« Obiltschnig sah ihn an. »Das heißt, du gehst schon davon aus, das hier ist der dritte Mord in einer Woche?« Popatnig zögerte zwar kurz, doch dann nickte er umso bestimmter.

»Ich kann euch nur eines sagen«, erklärte Gustav, als er wieder die Böschung hinanstieg, »der ist tot. Das ist die schlechte Nachricht. Und die ganz schlechte ist, ich kann euch nicht sagen, ob er ertrunken ist oder ob er erst durch irgendeinen Anfall ins Wasser gefallen ist und daher schon tot war, als sein Kopf unter die Oberfläche sank.«

»Na ja, wieder einmal ein Fall für die KTU«, statuierte Obiltschnig aufgeräumt. »Wenn das so weitergeht, können die bei uns einen Meldezettel ausfüllen.« Dann trat er näher an die Leiche heran. »Kennt den jemand?« Gustav antwortete postwendend. »Na sicher, das ist mein Elektriker.« Dem Gruppeninspektor war, als hätte er eben selbst einen elektrischen Schlag abbekommen. »Aber sag jetzt nicht, der heißt Mario Baumeister.«

»Na gut, dann sag ich es eben nicht.«

»Ich erkläre dir das dann später«, versuchte Obiltschnig, auf Popatnigs fragenden Blick zu reagieren. »Jetzt zu Ihnen, Herr …?«

Nachdem er seine Personalien angegeben hatte, erklärte der Radfahrer, er sei aus Sankt Margareten kommend in Richtung Ressnig gefahren, als ihn etwas am Ufer irritiert habe. »Ich habe zuerst geglaubt, da unten fischt einer oder es spielen Kinder oder so etwas, nur deswegen bin ich überhaupt langsamer geworden, weil, eigentlich wollte ich nur noch an mein Ziel. So aber bin ich vom Rad abgestiegen und habe geschaut. Habe aber nichts gesehen. Also, zuerst nicht. Und ich wollte gerade wieder aufsteigen, als da irgendwo links ein Plätschern ist. Ich reagiere natürlich drauf, und dann war da dieser Herr da. Genau so, wie Sie ihn selbst gesehen haben.«

»Und sonst war da nichts?«

»Na, wie gesagt, es hätte schon sein können, dass da zuerst noch wer war, aber wenn, dann war der schon weg, wie ich Nachschau gehalten habe.«

Obiltschnig fiel ein, dass ihm der Herr Tschuden gesagt hatte, Baumeister sei vor 15 Minuten hektisch weggefahren. Er selbst hatte vielleicht zehn Minuten zum Supermarkt gebraucht, sich dort dann höchstens eine Viertelstunde aufgehalten und war nach weiteren fünf Minuten am Posten eingetroffen, wo Popatnig aber schon angerufen worden war. Wie bei Schatz auch, gab es hier also ein recht enges Zeitfenster. »Ferdi, kannst einmal schauen, ob da irgendwo ein Auto parkt und dann eine Nummernabfrage machen? Ich möchte wissen, ob dem Baumeister sein Wagen da irgendwo steht.«

Denn je nachdem, wie weit der Wagen weg war, blieben für den Mord 30 bis 40 Minuten maximal, eher weniger. Diesmal konnte der Täter also tatsächlich noch nicht weit sein. Allerdings machte es in diesem Gebiet keinen Sinn, eine Alarmfahndung auszulösen, weil er ja nicht einmal sagen konnte, nach wem man überhaupt suchen sollte.

»Ja«, meldete sich Popatnig, »dem Baumeister sein Fahrzeug steht gleich da hinten. Nummernabfrage habe ich mir sparen können. Es hat quer über die Fahrertür eine Werbeaufschrift mit seinem Namen. Und die KTU sagt, sie ist in 30 Minuten da.«

Obiltschnig entließ den Radfahrer und schickte auch Gustav samt seinem Zivi weg. Er ärgerte sich, dass er die Leberkässemmeln nicht mitgenommen hatte, damit ließe sich jetzt gut die Wartezeit zubringen. So aber blieb ihm nicht viel mehr, als auf die Drau zu blicken, die, überraschend grün, träge an ihm vorbeifloss. Der Baumeister, so dachte er, war sicher nicht der erste Tote, den dieser uralte Fluss gesehen hatte. Zweimal in den letzten 100 Jahren war es gerade hier zu gnadenlosen Schlachten gekommen, einmal am Ende der Monarchie, als es um die Frage ging, ob dieses Gebiet zu Österreich oder zu Jugoslawien gehören sollte, und dann im Zweiten Weltkrieg, als die slowenischen Partisanen gegen die Nazis kämpften. Vor allem in der zweiten Auseinandersetzung waren die Fronten ganz eindeutig gewesen, dachte er sich. Die Nazis hatten das ganze Land unterjocht, hatte Tausende und Abertausende allein in Österreich vernichtet, in Lager verschleppt oder als Soldaten irgendwo fern der Heimat verbluten lassen, wogegen die Partisanen mit der Waffe in der Hand Widerstand geleistet hatten. Heute waren die Fronten nicht so klar, ging es ihm durch den Sinn.

War Baumeister getötet worden, weil er mit Schober in Verbindung gestanden war? Hatte er zu viel gewusst? Wie passte das alles zusammen? Und wie viele Opfer mochte es noch geben. Obiltschnig gestand sich ein, dass er sich noch nie in seiner Laufbahn derart hilflos gefühlt hatte. Er drehte sich um und sah Popatnig, der im Wagen saß und mit seinem Handy spielte. Diesen Gleichmut hätte ich auch gerne, dachte er. Und dann fiel ihm ein, dass er, wenn er erst wieder auf dem Posten war, nachsehen musste, ob dieser Baumeister Angehörige hatte. Gerne hätte er in einem solchen Fall Popatnig vorgeschickt, doch vor einer solchen Aufgabe durfte er sich nicht drücken.

Er hörte einen Klingelton, sah, wie Popatnig sein Handy ans Ohr führte. »Ja, gleich beim Kreisverkehr links nach Unterferlach, und dort dann nach rechts bis zum Drauradweg. Ja klar, wir warten.« Popatnig steckte seinen Kopf aus dem Wagen: »Fünf Minuten noch! Sie sind gerade am Hauptplatz vorbei.«

Als Wagner gemessenen Schrittes auf ihn zukam, grinste er schief. »Wenn das so weitergeht, dann brauchen wir ja gar nicht mehr nach Klagenfurt zurückzufahren, dann können wir gleich dableiben.« Er besah sich den Leichnam. »Keine äußeren Einwirkungen erkennbar auf den ersten Blick«, stellte er fest. »Also der ist weder erschlagen noch erstochen noch erschossen worden.« Er schob Baumeisters Hemdkragen beiseite. »Druckstellen sind auch keine sichtbar.« Er öffnete den Mund des Toten und betrachtete dessen Zunge. »Anscheinend auch keine Vergiftung.« Er stand wieder auf: »Also entweder, der ist eines natürlichen Todes gestorben …« Er unterbrach sich. »Also was halt so ein natürlicher Tod ist, gell. Weil, was ist schon natürlich. Aber halt ohne Fremdeinwirkung, will ich sagen. Oder aber«, und an dieser Stelle machte er eine dramatische Pause, »da war jemand ganz besonders clever. Doch das kann nur der Bergmann feststellen, nicht wahr. Hier vor Ort finden wir das nicht heraus.« Obiltschnig stimmte dem zu. »Na, dann nehmen wir ihn mit, in Ordnung?« Wieder signalisierte der Gruppeninspektor, dass er einverstanden war. Wagner hatte schon die Leiche verladen und schickte sich an, sich hinter das Lenkrad zu verfügen, als er noch einmal in Obiltschnigs Richtung sah. »Hast das vom Hartl schon gehört?«

Die Frage kam überraschend. Tatsächlich war es höchst verwunderlich gewesen, dass der Oberstleutnant ihm in den letzten Tagen nicht permanent auf die Zehen getreten war, sodass er ihn schon beinahe vergessen hatte. »Nein! Was?«, fragte er zurück. »Der hat sich in den Krankenstand verabschiedet. Burn-out, heißt es.« Wagner lachte: »Da hätte er einmal einen großen Fall aufzuklären, der große Ermittler, und dann zieht er den Schwanz ein. Typisch eigentlich.«

»Und wer vertritt ihn jetzt?« Wagner zuckte mit den Achseln. »Keine Ahnung, das musst in der Zentrale nachfragen.« Er schloss die Wagentür, deutete noch einen Gruß an und wendete dann sein Gefährt, um wieder in die Landeshauptstadt zurückzukehren. Obiltschnig aber verstand mit einem Mal, warum sich schier niemand um die Toten von Ferlach gekümmert hatte.

Der Pfad war nun wieder fast vollständig verwaist. Nur die beiden Polizisten waren noch da. Obiltschnig sah ein letztes Mal auf den Fluss, dann bedeutete er Popatnig, er möge sie zum Posten fahren. »Weißt was«, sagte er, nachdem er neben seinem Kollegen Platz genommen hatte, »bleib hinter dem *Affen* kurz stehen. Ich hole uns auf den Schreck ein paar Bärentatzen.«

Fünf Minuten später betrat er die Bäckerei, wo ihn Swee Fong mit einem strahlenden Lächeln empfing. Er kannte die Dorfchinesin, wie sie von manchen genannt wurde, nun schon viele Jahre, und doch wusste er praktisch nichts von ihr, außer dass sie eigentlich aus Malaysia stammte, was ihn erst darüber belehrt hatte, dass es dort eben auch Chinesen gab. Doch in diesem Augenblick war keine Zeit für Ethnologie. Er bestellte das süße Gebäck und sah dann zu, dass er wieder in den Wagen kam. Erst als sie wieder in ihrer Amtsstube waren, fielen ihm die Leberkässemmeln wieder ein. Gleichviel, dachte er, auf so einen Schreck kann man ruhig ein wenig mehr essen.

XXI.

Das war haarscharf! Ich bin immer noch ein wenig außer mir, muss ich zugeben. Da war plötzlich dieser Typ, der hätte mich beinahe gesehen. Dabei ging bis dahin alles so schön glatt, wie ich es mir besser gar nicht hätte erträumen können. Ich wartete auf Mario – wieso nenne ich dieses Schwein auf einmal beim Namen, nur, weil er endlich tot ist? – wartete also auf diese Drecksau, und die taucht auch schon total aufgelöst auf. Hat gekeucht und Angstschweiß auf der Stirn gehabt. Der Trottel glaubte tatsächlich an eine konkrete Bedrohung, vor der ausgerechnet ich ihn beschützen würde. Hat der wirklich vergessen, was er mir alles angetan hat? Oder glaubte er, ich würde das einfach gut sein lassen? Als er mich sah, da schien er direkt erleichtert. Umso größer war dann sein Entsetzen, als ich den Elektroschocker aus der Tasche zog. Aber er kam nicht mehr dazu, irgendwie zu reagieren. Mann, war ich schnell. Ich glaube, meine Bewegung dauerte nicht einmal zwei Sekunden. Dann war das Ding direkt an seinem Herzen, und ich aktivierte es. Er verdrehte sofort die Augen und sackte zusammen.

Ich habe den Treffpunkt gut gewählt. Als er umfiel, da rollte er von alleine das Ufer abwärts. Er lag schon halb im Wasser. Besinnungslos. Alles, was ich tun musste, war, ihn umzudrehen und dann den Kopf unter Wasser zu halten. Erstaunlicherweise stiegen gar keine Bläschen auf. Na ja, vielleicht hatte ihn schon der Elektroschocker umgebracht. Egal, jedenfalls hielt ich ihn sicher zwei, drei Minuten unter Wasser, bevor ich an seinem Hals fühlte, ob er noch einen Puls hatte. Doch da war nichts. Ich wollte mich eben zufrieden neben seine Leiche setzen und ihn ein letztes Mal betrachten, als ich das Quietschen von Rädern hörte. So schnell ich nur konnte, verkroch ich mich in das Buschwerk und hoffte, wer immer da oben gerade gebremst hatte, würde mich nicht bemerken. Aber er sah Mario. Was mache ich, wenn er jetzt herunterkommt und Nachschau hält, ob er ihm noch helfen kann? Mir war klar, dann musste ich noch einen Mord begehen. Diesmal an einem Unschuldigen, der nur zur falschen Zeit am falschen Ort war. Doch zu meinem – und wohl auch seinem – Glück wagte er den Abstieg gar nicht erst. Ich hörte ihn telefonieren. Er schrie regelrecht in sein Handy, dass da ein Toter in der Drau liege. Dann schien er irgendeine Antwort abzuwarten. Doch das bekam ich nicht mehr so richtig mit. Ich robbte den Steilhang, so gut es eben ging, vom Tatort weg und sah zu, dass ich genügend Abstand herstellte, um gefahrlos wieder auf den Weg zurückzukehren.

Das war ganz schön anstrengend, denn ein falscher Tritt konnte bedeuten, dass ich den Halt verlor. Doch ich war wohl dermaßen aufgeputscht, dass mir dieser Balanceakt ohne Probleme gelang. Nach etwa 50, 60 Metern kroch ich langsam nach oben und sah den Mann in weiter Ferne dastehen und immer noch telefonieren. Ich wollte aber auf Nummer sicher gehen, und so schlich ich weiter unterhalb des Weges entlang, bis ich zu der Stelle kam, an welcher der Pfad eine leichte Biegung macht. Nun war ich überzeugt davon, dass er mich nicht mehr in sein Sichtfeld bekommen konnte. Ich rannte zurück zu meinem Wagen, den ich beim Antiquitätenhändler abgestellt hatte, und ich bog eben in den Kreisverkehr ein, als mir doch glatt diese beiden Witzfiguren in ihrem Streifenwagen entgegenkamen. Beinahe hätte ich ihnen zugewinkt, doch Stan und Ollie waren viel zu sehr damit beschäftigt, zum Tatort zu rasen, als dass sie überhaupt von mir Notiz genommen hätten. Ich verlangsamte jedenfalls mein Tempo, denn nun drohte ja keine Gefahr mehr. Kurz nach der Ortstafel bretterte dann auch noch die Rettung an mir vorbei. Ich aber lenkte mein Auto beinahe gemütlich über den Sparkassenplatz in die Klagenfurter Straße und war wenig später wohlbehalten zu Hause.

Vorausgesetzt, ich bin dem Radfahrer wirklich nicht aufgefallen, dann bin ich aus dem Schneider. Spuren von mir werden sie nicht finden, zumindest nicht solche, die man irgendwie zuordnen könnte. Mein Auto war weit genug vom Tatort entfernt, um mich nicht verdächtig erscheinen zu lassen, und auch sonst habe ich, denke ich, keinen Fehler gemacht. Die drei Schweine sind geschlachtet. Ich bin frei! Frei! Frei!

Obwohl, irgendwie hätte ich erwartet, dass sich das besser anfühlt. Ich war auf ein Gefühl der Genugtuung, der tiefen Zufriedenheit eingestellt. Aber da ist nichts. Ich empfinde nicht einmal Leere. Alles ist wie immer, und nichts ist gut. Vor allem aber kann ich nicht aufhören, die ganze Zeit über alles nachzudenken. Ich mache mir Sorgen, ob ich mich nicht doch irgendwie verraten habe. Dass mein gesamter Plan zu offensichtlich ist. Dass sogar die zwei Armleuchter erkennen, worum es wirklich ging.

Ich gebe zu, der Mario ist die Schwachstelle. Der passt in das Puzzle nicht hinein, und das wird auch diesen beiden unterbelichteten Dorfgendarmen seltsam vorkommen. Sie werden daher weiterstochern und die Verbindung zwischen Beppi und Mario finden. Und davon ausgehend, weitere Gemeinsamkeiten zwischen den beiden ausloten. Und dann werden sie sich den Hubert noch einmal ansehen, und irgendwann wird sogar ihnen ein Licht aufgehen. Und dann bin ich geliefert.

Ich glaube, ich brauche Schnaps. Ganz viel Schnaps. Jetzt sofort.

XXII.

Baumeister, so fand Obiltschnig heraus, war ein Einzelkind gewesen. Und er hatte auch allein gelebt. Zudem verfügte er über keine Angehörigen in Ferlach. Wenigstens das Überbringen der schlechten Nachricht blieb ihm so erspart. Damit waren aber auch die Möglichkeiten, irgendjemanden zu dem Elektriker zu befragen, mehr als begrenzt. Elektriker! Gustl hatte ihn nicht nur erkannt, er hatte dazu noch gemeint, der Mann habe für ihn gearbeitet. Vielleicht konnte ihm also der Sanitäter weiterhelfen. Kurzerhand rief er bei der Rettung an. Gustl meinte zwar, so sonderlich nahe sei ihm Baumeister nun auch wieder nicht gestanden, aber er könne gerne darüber nachdenken, was ihm zu dem Mann eventuell einfalle. Sie vereinbarten, sich nach Gustls Schicht im *Blauen Affen* auf ein Bier zu treffen, um in Ruhe über alles zu reden.

Obiltschnig beendete das Gespräch und wählte sogleich die Nummer der Pathologie in Klagenfurt. Bergmann meldete sich persönlich. »Gut, Herr Doktor, dass ich Sie gleich höchstselbst am Apparat habe. Können Sie mir schon was zum Herrn Baumeister sagen? Sie wissen schon, der Tote von der Drau gestern …« Bergmann bestätigte, den Leichnam bereits untersucht zu haben. »Kommen S' ruhig her. Ich glaube, Sie werden Augen machen.«

»Das heißt, Sie wissen schon Genaueres? Was ist denn …« Bergmann schnitt ihm das Wort ab: »Das täte

Ihnen so passen, Herr Kollege, dass ich Ihnen gleich alles am Telefon erzähle. Aber ein bisschen einen Spaß müssen Sie mir schon auch lassen, gell. Also versäumen Sie nicht die große Show demnächst hier in diesem Theater.« Der Gruppeninspektor avisierte, er sei in einer halben Stunde vor Ort.

»Na, da ist er ja, der Herr von Ferlach *PD Blue*«, begrüßte der Pathologe den Gruppeninspektor. Der griff den Kalauer auf: »Genau, ich will ja wissen, was *CSI Klagenfurt* alles herausgefunden hat.« Bergmann schien enttäuscht über den prompten Konter, strahlte aber gleich wieder in Vorfreude auf seine Ausführungen. »Na, dann kommen S' einmal weiter. Weil, *CSI* ist nicht einmal so falsch. Sie werden nicht glauben, was ich herausgefunden habe.« Dabei verdrehte Bergmann genüsslich die Augen.

»Also«, begann Bergmann, nachdem sie sich zu der Leiche begeben hatten, »auf den ersten Blick sieht man ja gar nichts. Keinerlei Spuren, die auf ein Gewaltverbrechen hindeuten, nicht wahr? Aber nach ausführlicher Examinierung liegt der Fall nun sonnenklar vor uns.« Der Mediziner genoss seinen Wissensvorsprung und ließ den Gruppeninspektor eine gute Weile zappeln, ehe er fortfuhr.

Nachlässig deutete er auf die Brust des Toten. »Fällt Ihnen da etwas auf, Herr Kollege?« Obiltschnig trat näher an den Tisch heran und fixierte die genannte Körperregion. In der Tat ließen sich zwei kleine dunkle Flecken links und rechts der Brustwarze ausmachen. Obiltschnig blickte hoch. »Ein Taser?« Der Pathologe nickte zufrieden. »Ein Elektroschocker, ja. Ziemlich genau über dem Herzen angesetzt. Bei Menschen schwächerer Konstitution wäre allein das schon tödlich. Aber unser Opfer hier, das hat nur das Bewusstsein verloren. Warum ich das weiß?«

Wieder sonnte sich der Mediziner in seinem Wissen, beschloss dann jedoch, Obiltschnig nicht länger im Unklaren zu lassen. »Weil, wenn er daran gestorben wäre, dann hätte er eo ipso nicht mehr geatmet. Und wenn er nicht mehr geatmet hätte, dann wäre auch kein Drauwasser in seinen Lungen zu finden gewesen.«

»Also ist er ertrunken?« Wieder spiegelte sich Triumph in Bergmanns Gesicht. »Ja und nein«, antwortete er. »Der Mann hat also durch die elektrische Ladung das Bewusstsein verloren und ist deshalb in die Drau gefallen. Aber wenn er in weiterer Folge ertrunken wäre, dann müssten die Lungen randvoll mit Wasser sein. Sind sie aber nicht. Was folgern wir also daraus?«

»Herr Doktor, nicht böse sein, aber Sie müssen mir nicht bei jedem einzelnen Schritt demonstrieren, dass Sie mehr wissen als ich. Das weiß ich auch so. Sagen Sie's bitte einfach.« Bergmann zog eine Schnute wie ein beleidigtes Mädchen, besann sich dann aber doch auf seine Professionalität. »Die klassischen Symptome des Ertrinkens entstehen ja, weil sich jemand unter Wasser befindet. Das klare Nass kann also ungehindert in den Mund eindringen. In diesem Fall aber liegen die Dinge anders. Die geringe Menge Wasser resultiert daraus, dass der Mann quasi nur sein Gesicht unter der Wasseroberfläche hatte. Er ist also quasi erstickt.« Bergmanns Augen blitzten selbstzufrieden auf.

»Und passiert so etwas von alleine? Also, wenn man bewusstlos ist …«

»Theoretisch ist das möglich. Aber nicht sehr wahrscheinlich. Ich vermute, der Mann hatte in seinen letzten Momenten Gesellschaft. Jemand, der dafür sorgte, dass Mund und Nase lange genug unter Wasser blieben, um ganz sicher einen Exitus herbeizuführen.«

»Also Mord?« Bergmann bestätigte Obiltschnigs Vermutung: »Davon würde ich ausgehen, ja.«

Die Gestalt, die der Radfahrer gesehen zu haben glaubte, die war also keine Einbildung gewesen. Sie war vielmehr mit höchster Wahrscheinlichkeit der Mörder gewesen. Damit würde dem Gespräch mit Gustl noch höhere Relevanz zukommen.

»Ermitteln jetzt Sie in dieser Angelegenheit?«, wollte Bergmann wissen. Obiltschnig hob die Arme und drehte dabei die Handflächen nach oben. »Ich habe keine Ahnung. Ich habe gestern erst gehört, dass der Kollege Hartl …« Bergmann grinste: »Ja, der hat gleich nach dem Toten aus dem Wald getönt, dass er den Täter ruckzuck überführen wird. Zwei Tage später hat er abgestritten, dass es überhaupt einen Mord gab, und als dann der Sturzpilot bei mir am Tisch gelandet ist, hat sich der liebe Kollege Hartl verabschiedet. Burn-out, sagt er. Aber«, und dabei drehte er sich zu Obiltschnig um, »wie kann ein Feuer ausgehen, das nie gebrannt hat?« Dabei zwinkerte er schnell mit dem rechten Auge.

»Weiß man denn schon, wer ihn vertritt?«

»Da bin ich überfragt. Kann sein, dass das irgendwo im letzten Rundschreiben gestanden hat, aber, um ehrlich zu sein, die lese ich schon seit Jahren nicht mehr. Viel zu viel Geschwafel. Aber irgendjemanden müssen sie wohl einsetzen, denn drei Morde, das ist keine Kleinigkeit mehr. Vor allem, wenn man sich die Zeitungen ansieht.«

Obiltschnig fiel ein, selbige an diesem Tag noch gar nicht gelesen zu haben. Mit gutem Grund, wie er für sich selbst hinzufügte. Bergmann hielt ihm die Titelseite einer der beiden Tageszeitungen unter die Nase: »Schon wieder ein Mord. Ferlach schlimmer als Sizilien«.

»Wenn man denen glauben darf«, dozierte der Mediziner, »dann rangiert ihr irgendwo zwischen Afghanistan und Darfur. Würde mich nicht wundern, wenn wir Klagenfurter demnächst mit Flüchtlingskarawanen aus der Büchsenmacherstadt konfrontiert sind.« Obiltschnig zog eine Grimasse: »Ihre Witze waren schon einmal besser, Herr Doktor.«

»In jedem Fall ist es für Sie wahrscheinlich besser, die Mordserie wird schnellstens aufgeklärt. Sonst werden Sie als Jäger zum Gejagten. Sie wissen schon, aufgebrachte Bürger, panische Politiker, sensationsgeile Journalisten … jaja, viele Hunde sind des Hasen Tod.«

»Kein Wunder, dass Sie Pathologe sind. So, wie Sie Ihren Patienten Mut machen!« Bergmann legte einen spöttischen Zug um seine Lippen: »Meine Patienten kommen mir wenigstens nicht damit, dass Doktor Google anderer Meinung ist als ich.«

»Ja, ich verstehe. Der Pathologe weiß alles, aber zu spät.«

»Dass man mir auch nach 20 Jahren immer noch mit dem Bankl kommt, ist mir schleierhaft. Normalerweise wissen die Leute schon nach einer Woche nicht mehr, wer Olympiasieger in der Abfahrt geworden ist. Aber diesen dummen Spruch, den merken sie sich.«

»Na ja, den hat ja auch der seinerzeitige Wiener Bürgermeister popularisiert, wobei er ihn aber um die Zunft der Historiker erweitert hat«, ergänzte Obiltschnig, was ein heftiges Kopfschütteln Bergmanns zur Folge hatte. »Eine absolute Unverfrorenheit. Historiker wissen gar nichts. Sie waren ja auch nicht dabei. Im Gegensatz zu uns Pathologen.« Der Mediziner konnte sich jedoch nicht lange genug verstellen. Obiltschnig nahm zur Kenntnis, dass Bergmann wieder einmal der Schalk im Nacken saß.

»Wer kriegt jetzt den schriftlichen Bericht? Der Hartl ja wohl nicht mehr.« Der Pathologe überlegte nicht lange. »Sie kriegen einen Ausdruck von mir, und ansonsten ruht der hier bei mir, bis irgendjemand danach fragt.« Eine salomonische Lösung, befand Obiltschnig.

Reichlich eine halbe Stunde später traf Obiltschnig wieder in der Polizeiinspektion ein, wo Popatnig eben in ein offenbar sehr schwieriges Telefonat verwickelt war. »Ich kann Ihnen auch nicht mehr sagen«, hörte er den Kollegen vorbringen, und mit einer entsprechenden Geste fragte er diesen tonlos, wer sich da denn so alterierte. Popatnig hielt den Apparat von seinem Ohr weg und deckte ihn mit der Handfläche ab. »Der Bürgermeister! Diesmal sogar höchstpersönlich.« Dann führte er das Gerät wieder zu seinem Ohr. »Ich verstehe Sie natürlich, Herr Bürgermeister! Voll und ganz. Aber wir sind hier nur ein ganz normaler Posten, wir sind nicht die Kriminalabteilung, da müssen Sie schon in Kla…, ja, selbstverständlich, Herr Bürgermeister … keine Frage, ja … ich werde es … ausrichten.« Als er endlich das Telefonat beenden konnte, wirkte Popatnig, als habe er eben die Matura abgelegt. »Der war in Fahrt, kann ich dir sagen. Aber ich verstehe ihn sogar. Er sagt, im Rathaus laufen die Drähte heiß. Jetzt, wo es erstmals keinen Politiker erwischt hat, schiebt anscheinend ganz Ferlach Panik. Und das ist ja auch kein Wunder. Heute schon die Zeitung gesehen?«

»Ja«, erwiderte Obiltschnig, »Afghanistan, Darfur, Ferlach. Ich bin im Bilde.«

»Jedenfalls wird der Herr Bürgermeister regelrecht belagert. Und er meint, es dürfe nicht sein, dass der Eindruck entsteht, Ferlach versinke in Anarchie, nur weil die

Exekutive ihren Job nicht macht.« Popatnig hob die rechte Hand. »Ich habe ihm eh gesagt, dass wir nicht zuständig sind. Aber das ist ihm, glaube ich, im Augenblick ziemlich egal.«

»Verständlich. Du, ich war in der Patho. Der Baumeister ist zuerst mit einem Elektroschocker außer Gefecht gesetzt und dann quasi ertränkt worden. Also eindeutig Mord. Die Frage ist jetzt nur, wie passt ein Elektriker zu zwei Politikern?«

Popatnig streckte sich durch. »Ich glaube, der hängt da irgendwie mit drinnen. Vielleicht hat der den Politikern irgendein Gefälligkeitsgutachten gestellt.«

»Ein Elektriker?« Obiltschnig hielt das für wenig wahrscheinlich. Popatnig aber wollte den Gedanken nicht so schnell aufgeben. »Ja, was weiß denn ich, vielleicht ist der Untergrund dort in Kirschentheuer so porös, dass du keinen Flutlichtmasten aufstellen kannst, und er hat halt was zusammengeschrieben, dass es doch geht. Soll alles schon einmal vorgekommen sein.«

»Du glaubst also immer noch, das Ganze hängt mit dem Stadion zusammen?«, hakte Obiltschnig nach.

»Womit sonst? Ich könnte mir nicht vorstellen, was diese drei Herrschaften sonst miteinander verbinden sollte. Die waren nicht in derselben Partei, waren nicht in derselben Firma, ja nicht einmal im selben Klub. Also …«

»Ich habe mit dem Gustl von der Rettung geredet. Den treffe ich am Nachmittag. Vielleicht weiß ja der was. Weil, über diesen Baumeister haben wir praktisch überhaupt nichts«, beschied der Gruppeninspektor.

»Ach ja, richtig, da habe ich in der Zwischenzeit auch ein wenig recherchiert. Der ist erst vor ein paar Jahren hierhergezogen. Kommt eigentlich aus Oberkärnten. Hat da ein Haus geerbt von einer Großtante. Eine Suetschnig. Und seine Firma gab es seit 2017.«

»Na, das war dann eher ein kurzes Gastspiel.«

»Wie man's nimmt. Er dürfte ziemlich viel Geld in die Hand genommen haben. Ziemlich professioneller Internetauftritt, etliche Inserate, der dürfte gewusst haben, wie man ein Geschäft macht. Und darum bin ich überhaupt erst auf die Idee mit dem Gutachten gekommen, weil, der Herr Baumeister, der war anscheinend Schnittlauch auf jeder Suppe.«

»Hast du irgendwelche Hinweise auf öffentliche Aufträge gefunden?« Einen Versuch, so befand Obiltschnig, war es immerhin wert. Popatnig kramte noch einmal in seinen Unterlagen. »Eigentlich nicht direkt. Aber mal sehen, vielleicht weiß ja dein Gustl etwas.«

Fünf Minuten vor der vereinbarten Zeit traf Obiltschnig im *Blauen Affen* ein. Angesichts des späten Nachmittags waren die Tische bei weitem noch nicht zur Gänze besetzt. In den fünf Personen am Stammtisch vermutete er Gustls Pokerrunde, derentwegen das Treffen mit dem Sanitäter überhaupt hierher gelegt worden war. Sonst befanden sich nur zwei Pensionisten im Lokal, von denen einer abwesend vor sich hin starrte, während der andere die Zeitung las. Den Artikel mit der Mordserie. Kaum dass er eingetreten war, fühlte er den vorwurfsvollen Blick des alten Mannes auf sich ruhen. Angriff, so dachte er, ist in diesem Fall wohl die beste Verteidigung, und so sah er ihn herausfordernd an, worauf der zurücksteckte und sich wieder in seine Zeitung vergrub.

Obiltschnig hatte gerade ein *Schleppe* bestellt, als Gustl den *Affen* betrat. Am Tisch gegenüber kam Bewegung auf. »Gustav, Gusgustav«, skandierte die Runde im Chor, und

Gustl spielte brav mit. Er imitierte einige Rap-Moves und rief dann »Jojoba«, ehe alle gemeinsam das Wort »Öl« gehörig in die Länge zogen.

»Was war das eben?«, fragte Obiltschnig, nachdem Gustl sich zu ihm gesetzt hatte. »Ach, so ein alter Witz aus der Bully-Parade. Und weil ich ja auch Gustav heiße, haben die das zu einer Art Ritual gemacht. Wird ihnen interessanterweise nicht langweilig. Und weil ich das Gefühl habe, es freut sie, spiele ich halt mit.« Gustl lächelte unverbindlich zu seinen Freunden und wandte sich dann wieder an den Polizisten. »Also, wegen dem Baumeister, gell. Viel kann ich dir eigentlich nicht sagen, aber ich weiß, dass er in der näheren Umgebung sehr beliebt war. Ich habe ihn ja ursprünglich auch genommen, weil er mir gleich von mehreren Seiten empfohlen wurde. Zuerst habe ich mir noch gedacht, bist du wahnsinnig, der frisst mir ja die Haare vom Kopf, so teuer war der Voranschlag. Aber er hat mir das alles sehr plausibel erklärt und dann auch alles perfekt ausgeführt. Und weißt eh«, Gustl ließ seine Hand erst nach rechts, dann wieder nach links pendeln, »es ist nichts so teuer heutzutage wie ein Handwerker. So gesehen war er dann noch direkt preisgünstig.«

»Weißt du zufällig, ob der Baumeister auf Privatkunden spezialisiert war, oder hat der auch öffentliche Aufträge übernommen?« Gustl zeigte sich skeptisch. »Letzteres nehme ich nicht an, das macht doch bei uns alles der Kropiunig, der ist da der unumstrittene Platzhirsch. Würde mich also wundern, wenn der Baumeister einmal irgendwo zum Zug gekommen ist. Aber das kann dir sicher der Ogris vom Bauamt sagen.«

»Ich suche ja nur nach einer möglichen Verbindung zwischen den dreien. Es heißt zwar, dass der Baumeister und der Schober befreundet waren, aber ich frage mich, wie der Schatzl da hineinpasst.«

»Das kann ich dir nicht beantworten, das musst du schon selbst herausfinden.«

»Aber vielleicht kannst du mir etwas über den privaten Herrn Baumeister sagen. Mich wundert, dass der allein in diesem großen Haus gewohnt hat. Weil, eine Frau Baumeister gibt es nämlich nicht. Die gab es übrigens auch beim Herrn Schober nicht.«

»Auch da bin ich überfragt. Aber jetzt, wo du es sagst, ein wenig komisch war er schon. Irgendwie so gespreizt. Ganz koscher ist er mir jedenfalls nicht vorgekommen. Und mit einem solchen Auftreten findest du dir in der Gegend halt nicht so leicht jemanden. Was ja auch für den Schober gegolten hat, so arrogant, wie der war.«

»Apropos, kennst du eine Janis?«

»Janis? Nein! Nie gehört. Wer soll das sein?«, fragte Gustl zurück. »Die Ex vom Schober. Die er vor ein paar Monaten sitzenließ.«

»Ach so, du meinst die Amy!« Obiltschnig machte eine wegwerfende Handbewegung, ganz so, als ob er eine Fliege verscheuchen wollte. »Ich habe gewusst, irgend so eine tote Sängerin war's. Ja, Amy. Kennst du die?«

»Na sicher, das ist die Gerlinde, die Tochter vom Hueber-Bauern unten in Görtschach. Die hat es wirklich nicht einfach gehabt. Zuerst hängt sich der Vater auf, und dann vertschüsst sich auch noch der Lover. Das musst auch erst einmal verkraften.«

»Der Schober Lukas sagt, sie war seinem Bruder zu anhänglich. Kann das stimmen?« Gustl wiegte nachdenklich den Kopf. »Na ja, vielleicht hat sie halt eine Schulter zum Anlehnen gebraucht, nachdem das mit ihrem Vater passiert ist. Und ich kann mir nicht vorstellen, dass der Schober besonders empathisch war. Also wird ihm das recht rasch zu anstrengend geworden sein.«

Gustl nahm einen Schluck von seinem Bier. »Weil, zusammen gesehen habe ich die zwei eigentlich nie. Ich meine, der Schober hat die Beziehung nicht an die große Glocke gehängt. Es war mehr sie, die immer darauf hingewiesen hat. Aber klar, die war auch stolz wie ein Pfau, dass sie sich einen von den Schobers geangelt hat. Ihre Chancen waren ja nicht allzu groß zu so einem Coup.«

»Wieso?«

»Das wirst begreifen, wenn du sie einmal siehst. Schönheit geht anders, wenn du verstehst, was ich meine.«

Obiltschnig wusste selbst nicht zu sagen, warum ihm in diesem Augenblick die Witwe Schatzl einfiel, aber er dachte sich, wenn er nun auch besagte Amy befragte, dann hatte er vielleicht beide Pole der Weiblichkeit in einem Fall beisammen. Die Femme Fatale und die graue Maus. In jedem Fall konnte es nicht schaden, am nächsten Morgen einen Abstecher nach Görtschach zu machen.

»Ich kann mir vorstellen, ich war dir keine allzu große Hilfe, aber mehr habe ich über die ganze Sache halt nicht zu sagen. Wenn es für dich okay ist, dann geh ich jetzt hinüber zu meinen Kumpels. Die warten schon ganz ungeduldig darauf, dass ich ihnen beim Pokern wieder einmal die Hosen ausziehe.«

Obiltschnig überließ Gustav seinem Kartenspiel und bezahlte sein Bier. Dann grüßte er allgemein in die Runde und begab sich ins Freie zu seinem Wagen. Während er einstieg, fragte er sich, was es am Abend wohl zum Essen geben würde, und mit einem gerüttelt Maß an Vorfreude startete er den Motor.

XXIII.

Es ist erschütternd, wie schnell die gemerkt haben, dass auch der Baumeister ermordet wurde. Die Zeitungen sind voll davon. Eine Stadt in Angst und Schrecken, sagen sie. Wie Afghanistan, schreiben sie. Ferlach, das Zentrum der Anarchie. Na gut, mir kann es recht sein. Solang sie sich in solchen Tiraden ergehen, kommen sie auf alles Mögliche, aber sicher nicht auf das wahre Motiv und damit schon gar nicht auf mich. Ich brauche mich also nur weiterhin ganz ruhig und unauffällig zu verhalten, dann kann mir trotz allem nichts passieren.

Trotzdem würde ich gerne wegfahren. Ich glaube, ich brauche etwas Abstand zu alledem. Und es wäre ja wohl auch nicht verkehrt, weil, um diese Zeit düsen viele noch einmal ans Meer. Ein paar südliche Tage genießen, bevor der Winter kommt, das ist sicher nichts Außergewöhnliches. Ich könnte ja unter irgendeinem Vorwand beim Nachbarn vorbeischauen und dort dezent einwerfen, dass ich auf zwei, drei Tage nach Piran fahre. Das wird keinesfalls Verdacht erregen, denke ich.

Aber was hätte ich damit gewonnen, das ist die Frage. Irgendwann müsste ich ja doch zurück, und in der Zwischenzeit wäre ich von den nötigen Informationen abgeschnitten. Nein, ich sollte mir das Ausland als letzte Option lassen. Dann fahren, wenn es wirklich heiß wird. Also bleibe ich vorerst einmal da.

Puh, diese Rechnungen. Wer soll das alles bezahlen? Bei der Bank bekomme ich sicher keinen Kredit mehr, so viel steht einmal fest. Ob ich etwas verkaufen kann? Auch keine gute Idee! Heute kauft ja praktisch gar keiner mehr etwas, das sieht man ja auf *Will haben* und solchen Plattformen. Da gehst du mit dem Preis eh schon so weit runter, dass es eigentlich ohnehin fast geschenkt ist, und dann wollen sie auch noch, dass du es ihnen lieferst. Keine gute Idee also. Lotto spielen macht bei meinem Glück auch keinen Sinn, und ein Banküberfall zahlt sich heutzutage sowieso nicht mehr aus, weil die Filialen praktisch kein Geld mehr im Haus haben. Denen musst du ja schon im Voraus sagen, wenn du einmal 5.000 Euro oder so haben willst, weil sie dich sonst gar nicht bedienen können, so, wie die heute aufgestellt sind. Na ja, bleibt nur, noch mehr zu sparen. Gibt es halt wieder ein paar Tage lang Kartoffeln mit Speiseöl übergossen. Sicher immer noch besser als der Fraß in Karlau.

Ich könnte den Fernseher abmelden. Die zeigen ohnehin nie etwas Vernünftiges. Und das Internet gleich dazu. Hab ich ja ohnehin am Handy, zum Nachschauen reicht das völlig. Aber wirklich viel Geld erspare ich mir so auch wieder nicht. Es braucht noch eine andere Lösung.

Egal, diese Frage kann ich getrost auf später verschieben. Weil, wenn sie mich doch erwischen, dann brauche ich mir um meine Finanzen keine Sorgen mehr zu machen. Und wenn nicht, kann ich mir das dann immer noch überlegen. Aber jedenfalls noch ein Punkt, der gegen das Verreisen spricht, denn ich weiß nicht einmal, ob ich mir noch das Benzin für die Fahrt leisten kann, von einer Unterkunft dort ganz zu schweigen.

Dabei würde ich schon gerne einmal ins Ausland. Also so richtig, nicht nur nach Trzic zum billigen Einkauf. Einfach einmal Urlaub machen. Mit allem, was dazugehört. Sonne, Sand, Meer. Ich kann mich nicht erinnern, dass ich so etwas schon einmal gehabt hätte. Immer nur arbeiten, arbeiten, arbeiten! Und wofür? Ich kann nicht einmal die dringendsten Rechnungen bezahlen, wie ich gerade gesehen habe. Irgendwas läuft da grob schief in unserer Gesellschaft. Die einen werden durchs Nichtstun reich, und unsereins kommt sein Leben nicht auf einen grünen Zweig und muss dabei sogar am Essen sparen. Na gut, wenn sie mich doch erwischen, dann habe ich wenigstens dieses Problem nicht mehr. Dann brauche ich nicht einmal mehr Block und Kuli, um mir aufzuschreiben, was ich einkaufen soll.

Eigentlich habe ich Hunger. Doch wieder nur Rohscheiben ist auch kein Programm. Vielleicht ist es am besten, ich gehe einfach ins Bett.

XXIV.

Obiltschnig hatte beschlossen, gleich in aller Früh nach Görtschach zu fahren. Bauern, so wusste er aus Erfahrung, waren allesamt Frühaufsteher. Wenn er dort gegen 8 Uhr eintraf, dann saßen die schon bei ihrer ersten Jause, weil sie bereits drei Stunden auf den Beinen waren. Er ließ also den Posten links liegen und fuhr die Hauptstraße weiter, bis er rechter Hand die Ortstafel von Görtschach sah. Sodann verlangsamte er das Tempo und hielt Ausschau nach einem geeigneten Parkplatz, da er den Rest des Weges zu Fuß zurückzulegen gedachte, hatte er doch keine klare Vorstellung darüber, wo der Hof der Huebers sich genau befand.

An der Ecke, wo die Arbeiterheimgasse auf die Klagenfurter Straße traf, stellte er seinen Wagen ab und marschierte dann in die Richtung, wo er Huebers Hof vermutete.

Der Gebäudekomplex brauchte dringend einmal eine Renovierung, so viel stand einmal fest. Der langgezogene Stall wies praktisch überhaupt keinen Verputz mehr auf, und selbst am Hauptgebäude war die Farbe zum größten Teil abgeblättert. Auch das Dach wirkte stark in Mitleidenschaft gezogen, wie das Ensemble insgesamt einen ungemein trostlosen Eindruck vermittelte. Obiltschnig war sich sicher, dass der Bereich zwischen den beiden Bauten selbst bei mäßigem Regen sofort zu einer einzigen großen Schlammpfütze werden würde, und der im Freien stehende Traktor wirkte dermaßen verrostet, dass der Gruppeninspektor ernste Zweifel hatte, dass dieser noch in Betrieb genommen werden konnte.

Er ging zur Eingangstür und suchte eine Glocke, die er jedoch nicht fand. So klopfte er hart an das Holz und öffnete dann vorsichtig. »Hallo«, rief er ins Innere, »jemand zu Hause?« Aus dem hinteren Trakt kam ein Knarren und Knarzen. »Moment«, kam eine Frauenstimme zurück. Er öffnete das Portal zur Gänze und blieb im Vorraum stehen. Fast zeitgleich tauchte Amy aus dem hinteren Zimmer auf.

Gustav hatte nicht übertrieben. Obwohl die Hueber kaum älter als 30 war, wirkte sie verhärmt und, ja, verbraucht. Offenbar hatte sie die harte Arbeit in der Landwirtschaft vorzeitig altern lassen. Sie war überaus nachlässig gekleidet. Fleckige Jeans, darüber ein ausgeleierter Pulli, der ihr dennoch so eng am Körper klebte, dass Obiltschnig deutlich sehen konnte, dass Amys Vorbau sich dem Zustand ihres Bauernhofs deutlich angenähert hatte. Die Wangen wiesen links und rechts der Nase deutliche Gräben auf, und auf der Stirn zählte er beim ersten Blick mehr Sorgenfalten, als er jemals zuvor bei einem Menschen gesehen hatte. Das Haar war spröde und stand ungekämmt vom Kopf ab, während tiefe dunkle Ringe die Augen beinahe gespenstisch erscheinen ließen, zumal diese tief in den Höhlen lagen. Obiltschnig räusperte sich vernehmlich, um auf diese Weise seine Verlegenheit, wohl aber auch sein Entsetzen über den Anblick zu überspielen.

»Grüße Sie, Gruppeninspektor Obiltschnig, ich glaube, wir kennen uns nicht. Ich hätte ein paar Fragen an Sie. Ist es gestattet?«

Er wunderte sich selbst über seine gestelzte Sprache, aber der Anblick berührte ihn immer noch unangenehm. Amy machte eine einladende Geste mit der linken Hand. »Gehen wir in die Küche. Dort redet es sich leichter. Wollen Sie was trinken?«

»Einen Kaffee, wenn Sie hätten, den täte ich schon nehmen.«

Während Amy an der Kaffeemaschine herumhantierte, betrachtete er sie noch einmal eingehend. Eine Ähnlichkeit mit der Winehouse vermochte er nicht zu erkennen. Aber vielleicht hatte die Hueber einmal über eine gewaltige Haarpracht verfügt, die in der Zwischenzeit jedoch den Weg alles Irdischen gegangen war. Spitznamen waren bekanntlich langlebig, und so mochte es gut möglich sein, dass sie für immer die Amy blieb, obwohl sie mittlerweile weitaus mehr Sinead O'Connor glich. Als ob sie spürte, dass sie beobachtet wurde, wischte sie sich nervös die Innenflächen ihrer Hände an den Jeans ab.

»Was wollen Sie denn wissen?«, fragte sie über die Schulter.

»Es eilt nicht, Frau Hueber. Es sei denn, Sie haben noch eine Verabredung oder so etwas«, fügte Obiltschnig rasch hinzu. »Nein, nein, ich hab Zeit«, entgegnete sie. »Gut, dann warten wir, bis wir beide einen duftenden Kaffee vor uns stehen haben, dann redet es sich gleich viel leichter.«

Das Heißgetränk würde das Gespräch sicher nicht einfacher machen, war sich der Gruppeninspektor bewusst, aber wenigstens hatte er sich ein klein wenig Zeit erkauft, um noch einmal darüber nachzudenken, wie er seine delikaten Fragen am besten verpacken konnte.

»Worum geht es also?«, begann Amy von neuem, als sie gegenüber von Obiltschnig Platz genommen hatte.

»Ihnen wird nicht entgangen sein, dass am Sonntag Herr Schober zu Tode gekommen ist. Und mir liegen Hinweise vor, die darauf hindeuten, dass Sie mit dem Herrn Schober längere Zeit liiert waren.«

»Das stimmt«, bestätigte sie. »Fast drei Jahre. Bis diesen März. Warum?« Das letzte Wort beinhaltete einen Unterton, der Obiltschnig ein wenig aggressiv vorkam.

»Unser Problem ist, dass wir uns praktisch kein Bild von Herrn Schober machen können. Und das erschwert dann natürlich auch die Suche nach seinem Mörder. Wenn Sie also seine Freundin waren, dann können Sie uns vielleicht ein wenig helfen herauszufinden, wie der Herr Schober so war. Als Mensch, meine ich.«

»Ein arrogantes Arschloch.« Sie zuckte mit den Achseln. »Ja, genauso, wie ich es sage, meine ich es auch. Sorry, aber was wahr ist, ist wahr.«

»Das ist jetzt aber doch ein ziemlich hartes Urteil, meinen Sie nicht?«, erwiderte Obiltschnig vorsichtig.

»Was soll ich Ihnen sagen? Zwei Sommer lang hat er mir vorgeschwärmt von unserer gemeinsamen Zukunft! Biobauer wollte er werden. Hat mir ausgemalt, wie wir meine Äcker umgestalten auf biologische Landwirtschaft. Wenn mir mein Vater erst einmal den Hof übergeben habe, meinte er damals, dann sollten wir die Kühe abschaffen, weil, erstens sei die Stallhaltung sowieso eine Zumutung für die armen Tiere, und zweitens zahle man als Bauer angesichts der obszön niedrigen Milchpreise nur drauf, da komme man nie wieder auf einen grünen Zweig. Stattdessen, so hat er mir gepredigt, sollten wir auf Bioprodukte setzen, die wir direkt in der Region vermarkten könnten. Damit wäre der Hof für immer aus dem Schneider, hat er gesagt.« Sie schnaubte verächtlich.

»Und was ist dann passiert?«

»Zunächst nichts. Aber er hat immer öfter mit dem Vater gestritten. Er soll endlich aufhören mit dem althergebrachten Scheiß, oder er soll wenigstens mir den Hof übergeben. Da habe ich mir vom Vater dann immer was anhören müssen, was ich ihm da für einen Schnösel ins Haus gebracht habe und dass das ja kein Wunder sei, wenn man sich mit einem Schober einlasse, die hätten sich immer schon weiß Gott was auf sich eingebildet und so weiter. Der eine hat mir vorgeworfen, dass ich den anderen nicht überrede, und der andere, dass ich ihn vor der Zeit beerben will. Das war alles andere als lustig.«

»Das kann ich mir gut vorstellen«, zeigte Obiltschnig Mitgefühl. »So etwas ist auf Dauer für eine Beziehung … doch eher … belastend«, formulierte er vorsichtig. Sie sah ihn daraufhin direkt an und lachte kurz laut auf.

»Wissen Sie was? Von einem Tag auf den anderen hat er auf einmal seine Meinung um 180 Grad geändert. Hat mir erzählt, Bio sei ohnehin out, und am besten wäre es, wenn wir alles verkauften, dann könnten wir in Saus und Braus leben, weil, das wisse er aus dem Gemeinderat, nichts sei in Ferlach so kostbar wie Grund und Boden. Und dann kam dieses Angebot von der Gemeinde. Das wissen Sie sicher …«

»Die Sache mit dem Stadion?«, vergewisserte sich Obiltschnig.

»Genau! Das wollte der Vater zuerst nicht, schon gar nicht, als der Samonig und der Roither verkauft haben. Nur weil die ihre Haut zu Markte tragen, müsse er das noch lange nicht. Und besonders clever ist er sich dabei auch noch vorgekommen. Jetzt, wo sie die Grundstücke von den anderen beiden hätten, jetzt bräuchten sie seines umso mehr, und deshalb werde er einen wesentlich höheren Preis herausschlagen können, hat er gemeint.« Sie schwieg einen Moment, schien mit sich zu ringen. Dann begann sie von neuem.

»Ich habe mir gleich gedacht, das geht nicht gut. Ich kann mich erinnern, drüben beim Saagerberg, da hat es vor ein paar Jahren einen ähnlichen Fall gegeben, und den haben sie dann einfach enteignet. Der Beppi hat mir ziemlich klar zu verstehen gegeben, dass das uns auch passieren könnte, wenn wir nicht aufpassen.« Sie kratzte sich am Ohr. »Der war sogar einmal mit einem Kollegen vom Rathaus da, und beide haben auf mich eingeredet, ich solle den Vater davon überzeugen, dass er kein besseres Angebot mehr kriegt. Und wenn er das nicht unterschreibt, dann kriegt er gar nichts. Na ja, und da habe ich halt mit dem Vater geredet, und ich hab ihn daran erinnert, was für Schulden wir haben und dass wir von der Bank keinen Kredit mehr kriegen. Und ich hab ihm auch noch gesagt, dass er den blöden Acker ja ohnehin nicht nutzt, wir das Geld aber sehr gut brauchen können. Und so habe ich ihn dann überzeugt.«

Sie endete abrupt, und Obiltschnig erkannte deutlich, dass sie mit den Tränen rang. »Sie wissen, was dann passiert ist«, kam es brüchig aus ihr heraus, während sie sich verlegen über die Augen wischte. »Ja. Leider«, sagte er ganz leise. Er gab ihr Gelegenheit, sich wieder zu fassen. »Und kaum war der Vater unter der Erde, war der Beppi weg. Von einem Tag auf den anderen hat er mich sitzenlassen. Sagte, er könne mit so viel Elend nicht umgehen. Und außerdem habe er wen Neuen kennengelernt, habe sich verliebt. Und da sei es nicht fair, mit einer Lüge zu leben … der Arsch!« Die Trauer begann sich merklich in Wut zu wandeln.

»Sie wissen nicht zufällig, wen … er gemeint haben könnte?«

Sie sah ihn funkelnd an. »Nein! Und das ist mir auch herzlich wurscht. Selber schuld!« Obiltschnig war es, als würde die Hueber gleich explodieren, und darum schien ihm ein geordneter Rückzug angebracht.

»Glauben Sie, dass er noch …« Doch die Hueber schnitt ihm das Wort ab. »Ich habe Ihnen gesagt, was ich weiß. Und ich würde es begrüßen, wenn Sie jetzt gehen könnten. Ich fühle mich nicht so besonders.«

»Ja, das kann ich gut verstehen. Ich danke Ihnen vielmals, und ich hoffe, ich darf mich noch einmal an Sie wenden, falls ich noch etwas …« Das Funkeln in den Augen loderte noch heftiger aus. »Vielen Dank«, sagte er eilig, »ich finde schon allein hinaus.«

Er war schon fast bei der Haustür, als er sich doch noch einmal umwandte. »Entschuldigung, aber eine allerletzte Frage habe ich noch: Kannten Sie einen Mario Baumeister?« Die Antwort kam pfeilschnell: »Die Schwuchtel?«

Obiltschnig trafen die zwei Worte vollkommen überraschend. »Meinen Sie das wörtlich? Oder war das jetzt einfach ein Schimpfwort?«

»Was heißt da Schimpfwort«, fragte sie emotionslos, »wie nennen Sie das? Homosexuell?«

»Sie meinen also wirklich, der Baumeister war schwul …«, er biss sich auf die Zunge, »also gleichgeschlechtlich orientiert?«

»Ja, aber er hat es natürlich nicht an die große Glocke gehängt. Können Sie sich ja vorstellen, in so einer Kleinstadt, da ist man schnell alle Kunden los, wenn man erst als Warmer bekannt ist. Der war ja nur deshalb so gut im Geschäft, weil die gelangweilten Ferlacher Hausfrauen gehofft haben, er verlegt bei ihnen nicht nur neue Leitungen.« Wenigstens kannte er jetzt das Geheimnis von Baumeisters Erfolg, dachte Obiltschnig, ehe er nach einem schüchternen Nicken endgültig wieder ins Freie trat.

Leidlich zehn Minuten später kam er am Posten an, wo er einen Zettel von Popatnig fand, auf dem geschrieben stand, der Bürgermeister habe ihn zu sich bestellt. Instinktiv sah er auf die Uhr. Die Nachricht war eine gute Stunde alt, es machte also wenig Sinn, sich noch ins Rathaus zu begeben. Dies umso mehr, als er auf die Kopfwäsche gerne verzichtete. Er setzte sich also gemütlich in seinen Schreibtischsessel und ließ die bisherigen Erkenntnisse innerlich Revue passieren.

Da war also ein ambitionierter Stadtrat, der dem weiblichen Geschlecht angeblich durchaus zugetan war, wofür aber konkrete Beweise immer noch fehlten. Dieser hat gemeinsam mit Mordopfer Nummer zwei ein Projekt auf Schiene gebracht, das nicht alle im Ort glücklich macht. Mordopfer Nummer zwei war offenbar eher ein Eigenbrötler und hatte nur zu wenigen anderen Menschen Kontakt, worunter allerdings Mordopfer Nummer drei fällt, das aber wiederum keine bislang erkennbare Verbindung zu Mordopfer Nummer eins aufweist. Dreh- und Angelpunkt könnte der geplante Stadionbau sein, doch ist nicht erkennbar, welche Rolle Opfer Nummer drei hier gespielt haben könnte.

Obiltschnig erinnerte sich an die vielen TV-Krimis, wo der Kommissar an einem solchen Punkt immer aufstand, die Fotos der Opfer an die Wand klebte und damit begann, Beziehungsgeflechte durch Verbindungslinien kenntlich zu machen. Sein Diagramm, so gestand er sich ein, würde denkbar simpel ausfallen. Ein Pfeil von Schober zu Schatzl, ein zweiter von Baumeister zu Schober. Ende der Geschichte.

Vielleicht, so dachte er sich, ist mir das wirklich alles eine Nummer zu groß. Im Fernsehen schaut das immer so leicht aus, aber das ist ja auch kein Wunder. Dort gibt es ein ehernes Gesetz: Am Ende des Films muss der Täter überführt sein. Die Wirklichkeit sah freilich anders aus. Da lösten sich 90 Prozent der Fälle von selbst, entweder, weil sich der Mörder, vom schlechten Gewissen überwältigt, freiwillig stellte, oder weil es genügend Zeugen gab, den Übeltäter sofort zu überführen. Aber die übrigen zehn Prozent, die wurden de facto nie aufgeklärt, wanderten, wie es so schön hieß, auf Frist.

Er überlegte, wen er übersehen haben könnte, der irgendwie auskunftsfähig war. Es konnte doch nicht sein, dass es in einer kleinen Stadt wie Ferlach keinen gab, der eine Art Gesamtüberblick besaß. Früher, dachte er, wäre das leicht gewesen, da hätte man nur den Pfarrer zu fragen brauchen. Aber heute?

War da nicht die Rede davon gewesen, dass der Schatzl eine Kartenrunde im *Affen* gehabt hatte? Mit wem war das noch gleich? Mit dem *Glock*-Betriebsrat und irgendwem vom Verkehrsmuseum. Solche Kartenabende neigen dazu, sich in die Länge zu ziehen. Das macht durstig. Da trinkt man. Vielleicht mehr, als gut für einen ist. Und dann wird man gesprächig. Verrät vielleicht das eine oder das andere, das besser ungesagt geblieben wäre. Die Mitspieler notieren das wahrscheinlich gar nicht, weil sie sich auf ihr Blatt konzentrieren. Aber der Wirt, der könnte so etwas schon mitbekommen. Genau. Der Gastronom, der war eigentlich der Pfarrer von heute. Der wusste über seine Schäfchen Bescheid, und was man ihm anvertraute, das fiel in der Regel auch unter eine Art Beichtgeheimnis.

Wieder einmal sah Obiltschnig auf die Uhr. Kurz nach 11 Uhr. Um die Zeit hatte der *Affe* schon offen, doch die Zahl der Gäste würde noch überschaubar sein. Perfekte Bedingungen also für ein kleines Schwätzchen.

Er beschloss, nicht auf Popatnig zu warten. Das Donnerwetter konnte er auch später über sich ergehen lassen. Er schnappte seine Utensilien und sah zu, dass er ein weiteres Mal in den Gasthof kam.

»Servus«, begrüßte er Fred, den Wirt, ehe er sich auf einen Hocker direkt an der Bar setzte. »Machst mir einen Verlängerten?« Schweigend hantierte Fred an seiner Maschine und stellte Obiltschnig das Gewünschte nur wenig später vor die Nase, ihn dabei neugierig fixierend. Der Gruppeninspektor sah sich um. Sie waren alleine. »Noch nicht viel los, oder?«, begann er unverbindlich. »Die kommen schon noch, in einer halben Stunde wird die Bude rappelvoll sein«, zeigte sich Fred zuversichtlich.

»Na, dann komm ich besser gleich einmal auf den Punkt. Es heißt, der Schatzl hatte da bei dir einmal wöchentlich eine Kartenrunde?« Fred nickte stumm. »Und du, so als Gastwirt, meine ich jetzt, du bekommst doch sicherlich so einiges mit von deinen Gästen. So, also …«

»Red nicht um den heißen Brei herum, Sigi, so viel Zeit haben wir nicht. Sag, was du wissen willst.« Obiltschnig atmete tief ein. »Der Schatzl, weißt du, ob der eine Affäre hatte?«

Fred trat einen Schritt vom Tresen zurück, lehnte sich rückwärts an die Wand an und verschränkte die Arme vor der Brust. »Dir ist aber schon klar, dass Diskretion das eigentliche Kapital eines Gastronomen ist, oder?«

»Ja, klar«, beeilte sich Obiltschnig mit einer Antwort, »und du kannst dir sicher sein, dass ich, was du mir jetzt sagst, sofort wieder vergesse, wenn es nicht mit der Tat in Zusammenhang steht. Es ist nur so, dass wir vollkommen im Dunkeln tappen. Der Bürgermeister sitzt uns im Genick, die aus Klagenfurt helfen uns genau gar nicht, und wir haben nicht die leiseste Ahnung, wo das Motiv liegen könnte. Und daher suchen wir immer noch ganz verzweifelt nach einem Ansatzpunkt.«

Obiltschnig spürte, dass sich seine Wangen röteten. Es war ihm sichtlich peinlich, dem Wirten sein vollkommenes Scheitern in dieser Angelegenheit eingestanden zu haben. Verlegen äugte er in seinen Kaffee und wartete bange auf eine Reaktion. Fred schien mit sich zu ringen. »Gut«, sagte er dann, »aber von mir hast das nicht, haben wir uns verstanden? Wenn du das irgendwo verwenden willst, dann sagst du gefälligst, du hast es im Supermarkt aufgeschnappt oder in der Apotheke oder was weiß ich. Weil, wenn rauskommt, dass ich da aus der Schule plaudere, dann kann ich abends mein Lokal zusperren. Klar so weit?«

Obiltschnig nickte eifrig. Fred sah sich noch einmal um, warf einen kritischen Blick auf die Eingangstür und beugte sich dann über den Tresen. »Die kleine Heregger«, flüsterte er, »die Sabi, mit der dürfte ziemlich sicher was gelaufen sein.« Er legte demonstrativ den Zeigefinger auf die Lippen. »Aber pssst, ja. Wenn ich du wäre, würde ich einmal mit der ein paar Worte wechseln.«

»Die vom Sekretariat im Rathaus?«, vergewisserte sich Obiltschnig und bekam die gewünschte Bestätigung. »Dürfte aber erst kurz gelaufen sein«, schränkte Fred ein, »vielleicht einen Monat oder zwei.« Wieder kam er näher an den Polizisten heran. »Ganz aufgekratzt war er, der Herr Stadtrat. Ich meine, er hat ja nicht wirklich etwas darüber gesagt, nicht einmal Andeutungen. Es war eher die Art, wie er agiert hat, verstehst du?«

»Und woher weißt du dann, dass es dabei um die Heregger geht?«

Abermals folgte eine körperliche Annäherung. »Einmal, so vor zwei oder drei Wochen, hat sein Handy geläutet, während sie Karten gespielt haben. Er hat aufs Display geschaut, ist abrupt aufgestanden und zu mir an die Bar gekommen. Und da hab ich dann gehört, wie er gesagt hat, ja, Sabi, ich denke auch an dich. Und wenig später: Wir sehen uns dann morgen im Büro. Na, und wie viele Sabis kennst du im Rathaus?« Fred strahlte pure Zufriedenheit aus, als er sein Plädoyer beendet hatte.

»Aber der Schatzl hatte doch eine echt attraktive Frau zu Hause, warum sollte er da …?«

»Na ja, manche Leute müssen sich halt selber beweisen, dass sie noch attraktiv sind. Oder brauchen Abwechslung. Suchen das Abenteuer, was weiß ich. Jedenfalls kannst du dir sicher sein, seit es Ehen gibt, gibt es auch Seitensprünge. Und der Schatzl, der war tatsächlich nie ein Kostverächter.«

»Du meinst, die Heregger ist nicht seine erste Affäre gewesen?«

Fred zuckte mit den Schultern. »Einmal, irgendwann im Sommer, da gab es hier in meinem Lokal eine ziemlich unschöne Szene. Da ist er auch am Handy angerufen worden. Er hat zuerst nicht abgehoben, aber die hat wieder und wieder angerufen. Und dann ist er aufgestanden, hat sich von der Gruppe entfernt. Da drüben, gleich beim Eingang, hat er sich hingestellt. Und, das musst du dir vorstellen, die hat so ins Telefon gebrüllt, dass ich ihre Stimme bis daher gehört habe. Leider habe ich nicht verstanden, was sie gesagt hat, ich habe nur mitbekommen, worin seine Antwort bestand. Er hat mehrmals ›Es ist aus‹ ins Handy wiederholt. Je eher sie das verstünde, desto besser.« Fred drückte sich einen Pfiff aus dem Zapfhahn. »Die war in Fahrt, kann ich dir sagen. Hat ihm offenbar einiges an den Kopf geworfen und ihn ziemlich aus der Fassung gebracht. Jedenfalls hat er dann gezischt, wenn sie nicht sofort aufhört, mit ihm Kontakt aufzunehmen, dann macht er sie fertig. Und dass sie genau wisse, womit. Sie solle also nicht mit ihm spielen, weil, mit ihr werde er allemal noch fertig.« Fred lehnte sich wieder zurück. »Richtig wütend hat er das Gespräch beendet. Und dann den ganzen Abend ein Spiel nach dem anderen verloren.«

Der Gastronom genehmigte sich ein Schlückchen und wischte sich anschließend mit dem Handrücken über den Mund. »Jedenfalls war er danach einige Wochen ziemlich missmutig. Bis er auf einmal, na, so Anfang September wird es gewesen sein, wie ausgewechselt schien. Freundlich, witzig, generös. Da habe ich mir gleich gedacht, irgendetwas ist da geschehen. Na ja, und die Woche drauf, oder war's zwei Wochen später, keine Ahnung mehr, war dann das Sabi-Telefonat.«

Obiltschnig ließ das Gesagte auf sich wirken. »Geh«, meinte er dann, um Zeit zu gewinnen, »mach mir auch so einen Pfiff.« Fred stellte ein volles Gläschen neben den Kaffee. »Und wer die andere war, das weißt du aber nicht?« Er erntete ein Kopfschütteln. »Sag, und wenn ich schon einmal da bin, fällt dir etwas zum Beppi Schober und zu einem Mario Baumeister ein?«

»Du hast aber wirklich zu viele Krimis gesehen, was?« Fred lachte laut und bewirkte so bei Obiltschnig einige Verwunderung. »Wie kommst jetzt auf so etwas?« Der Wirt lachte immer noch. »Geh bitte, der ganze Ort weiß von den drei Morden, die Zeitungen und das Internet sind voll davon, und du fragst, als ginge es um etwas, von dem noch nie zuvor jemand etwas gehört hat. Komm, Sigi, das ist einfach nur schräg.«

»Na gut«, replizierte der Gruppeninspektor pikiert, »wenn ich schon so deppert frag', dann hast vielleicht eine g'scheite Antwort für mich.«

»Also, zum Schober Beppi kann ich dir einmal gar nichts sagen. Ich könnte mich nicht erinnern, dass der jemals bei mir vorbeigeschaut hat. Wenn der bei uns überhaupt je in ein Lokal gegangen ist, dann drüben in den *Eistraum* am Hauptplatz, und vielleicht einmal auf ein schnelles Kipferl beim *Peterlin*. Und was den Baumeister anbelangt, da müsstest du dich in Klagenfurt umhören, denn, was man so mitgekriegt hat, ist der am Abend immer dorthin gefahren und, so sagt man, recht spät erst wieder nach Hause gekommen. Na ja, Disco und so, täte ich sagen.«

Die Tür ging auf, und die ersten Mittagsgäste trafen ein. Obiltschnig fand, er hatte ohnehin genug gehört. Er dankte Fred, beglich seine Rechnung und ging dann vom *Affen* hinüber zum Hauptplatz, wo er sich beim *Peterlin* eine Jause holte, ehe er zum Posten zurückkehrte.

»Hast mir wenigstens etwas mitgebracht?«, begrüßte ihn Popatnig mit unverhohlenem Groll in der Stimme. »Eine Bärentatze«, antwortete der Gruppeninspektor und zeigte ein gewinnendes Lächeln. Popatnig schnappte nach dem Backwerk und biss herzhaft hinein. »Das ist das Mindeste, nach dem, was ich mir gerade anhören musste.«

Obiltschnig setzte sich. »War's sehr schlimm, oder war's noch schlimmer?«

»Noch viel schlimmer! Er hat zu mir eigentlich gar nichts gesagt. Er hat mich Platz nehmen lassen, und dann hat er einen Anruf nach dem anderen gemacht. Vor mir sozusagen. Zuerst ist er mit denen aus Klagenfurt Schlitten gefahren. Das hättest du hören müssen. Der hat die zusammengepfiffen wie ein Schuldirektor ein paar Taferlklassler. Was sie sich überhaupt einbilden würden! In Ferlach stürben die Menschen wie die Fliegen, und das LKA legt sich auf die Couch und macht auf Psycho.«

Der Gruppeninspektor legte die Stirn in Falten. »Na ja, wegen dem Hartl, nehme ich an«, erläuterte Popatnig. »Jedenfalls hat er ultimativ gefordert, dass da bei uns ein Team antanzt, das sich ausschließlich unseren Mordfällen widmet. Die sollen bei uns ein provisorisches Büro einrichten und erst wieder abziehen, wenn die Fälle gelöst sind. Eine andere Lösung akzeptiere er nicht. Er hat ihnen sogar mit dem Landeshauptmann gedroht. Und sie daran erinnert, dass er immerhin einmal die Nummer drei im Staate war und sich nicht abspeisen lässt mit einem«, und an dieser Stelle hob Popatnig seine Finger, um Gänsefüßchen anzudeuten, »›da kann man halt nichts machen‹.« Popatnig sah Obiltschnig mit einem Ausdruck des Erstaunens an. »So in Fahrt habe ich den überhaupt noch nicht gesehen. Na, gleich danach hat er den Landeshauptmann angerufen und ihm zu verstehen gegeben, er solle dafür sorgen, dass auf der Stelle die Kavallerie einreitet, weil, so könne das hier in Ferlach nicht weitergehen.« Popatnig biss wieder von der Bärentatze ab. »Ich habe natürlich nicht verstanden, was der Landeskaiser geantwortet hat, aber ein paar Minuten später hat das Telefon vom Bürgermeister geläutet, er hat abgenommen, zwei-, dreimal ›aha‹ und dann ›gut‹ gesagt. Und danach hat er mich angeschaut und gemeint, übermorgen in der Früh kämen zehn oder mehr Kollegen aus Klagenfurt, die hier eine eigene SOKO einrichten. Wir sollen ihnen unsere Räume überlassen. Und weißt, was er dann gesagt hat? Weißt du das?«

Naturgemäß schüttelte Obiltschnig den Kopf. »Wir sollen dann solang den Verkehr regeln oder Alko-Kontrollen machen. Das sollten wir ja noch hinbekommen. Du«, Popatnig schluckte angesichts der Erinnerung an die Szene, »hast richtig die Verachtung über unser Versagen in seinen Augen gesehen. Ich hab mich direkt geniert.«

»Mach dir nichts draus, wir haben immer noch mehr gemacht als die Wichtigtuer aus Klagenfurt«, tröstete ihn der Gruppeninspektor. »Und dass beim Herrn Bürgermeister die Nerven blankliegen, das kann man auch verstehen. Die Leute sind am Rotieren, und er kriegt das alles ab.« Obiltschnig widmete sich seiner Semmel. »Eigentlich«, sagte er, noch halb kauend, »möchte ich um nichts in der Welt mit einem Bürgermeister tauschen. Da hast eine mörderische Verantwortung, stehst eigentlich permanent mit einem Fuß im Kriminal, weil du ja für alles haftest, und die Leute betrachten dich als Selbstbedienungsladen, der nur dazu da ist, ihre Begehrlichkeiten zu befriedigen.«

»Wie bei uns halt«, gluckste Popatnig. »Ja«, grinste Obiltschnig, »nur dass wir nicht alle paar Jahre wiedergewählt werden müssen.«

»Wie auch immer«, Popatnig schleckte sich genüsslich die Finger ab, »übermorgen sind wir raus. Da dürfen wir dann für die Profis und Profilerprofis und sonstige Superheroes den Kaffee machen und die Wurstsemmeln holen.« Sein Ärger darüber war unverkennbar.

»Die kochen auch nur mit Wasser, wirst sehen.«

XXV.

Irgendetwas sagt mir, dass sie mir auf den Fersen sind. Ich habe zwar keine konkreten Anhaltspunkte dafür, aber ich spüre deutlich, dass sich das Netz immer enger spannt. Genau deshalb war ich eben auf der Bank. Mein Betreuer sagte mir, er könne einen Betrag von 2.000 Euro für mich freigeben, wenn ich ihm eine Sicherheit dafür beibringen könne. Ich zeigte ihm meinen Wagen, er wiegte skeptisch den Kopf, seufzte und meinte dann, er bewillige die Auszahlung, aber nur um unserer alten Freundschaft willen. Gleich danach schnaubte er noch einmal, als ich anmerkte, einmal bräuchte ich das Auto allerdings noch, weil ich noch eine Besorgung machen müsse. Na gut, weil du es bist, sagte er noch. Eigentlich tut es mir ja leid, sein Vertrauen zu missbrauchen, aber ich habe keine andere Wahl mehr.

Zum Glück ist das Wetter trotz der vorgerückten Jahreszeit noch recht schön. Und am Meer wird es noch besser sein. Bis in den November hinein sollte ich also ohne Quartier auskommen, wenn ich auf der Rückbank schlafe. Und wenn ich mich nur von Junkfood ernähre, dann sollten die zwei Tausender schon hübsch eine Weile vorhalten. Im Optimalfall bis Weihnachten oder sogar darüber hinaus. Denn dann wird über die ganze Sache Gras gewachsen sein, denke ich. Hoffe ich. Weil, wenn sie mich gezielt im Visier haben, dann entkomme ich ihnen ohnehin nicht.

Heutzutage gibt es derart viel Überwachung, der kannst du gar nicht entgehen. Da stehst du ganz unschuldig an einer Tankstelle, und schon wirst du von der Überwachungskamera aufgenommen, die vergleicht dein Antlitz mit der Gesichtserkennung, schlägt Alarm, und zwei Minuten später weiß die gesamte *Interpol*, wo du gerade warst. Oder so ähnlich halt. Wie man es auch dreht und wendet, untertauchen könnte ich höchstens irgendwo in Fernost. Aber wer will dort schon hin?

Ich habe meinen Koffer mit dem Notwendigsten gepackt. Zum Glück braucht jemand wie ich nicht allzu viele Klamotten. Und Erinnerungsstücke sind bei mir auch Fehlanzeige. Ich bin nicht sentimental. Ein paar Fotos, Vaters Uhr, Mutters Halskette und vielleicht der Maria-Theresien-Taler, den mir Großvater zur Firmung geschenkt hat. Mehr gibt es nicht. Eigentlich erstaunlich, dass ein ganzes Menschenleben in ein Kuvert passt. Was bleibt am Ende des Tages, frage ich mich. Wenig genug. Aber je weniger wir zurücklassen, desto mehr liegt vor uns. Ich habe keine Vergangenheit mehr, ich habe sie ausgelöscht. Ich bin wie eine nagelneue Festplatte, bereit, alles zu speichern, was jetzt kommt. Hier hält mich ohnehin nichts mehr. Keine Erinnerung, kein Zurück. Nur noch eine Richtung: nach vorn!

XXVI.

Nachdem er seine Semmel verzehrt und für beide Kaffee zugestellt hatte, griff Obiltschnig zu seinem Handy und rief im Rathaus an. »Das Fräulein Heregger, bitte. … Ah, am Apparat, sehr schön. Gruppeninspektor … ah, Sie wissen eh, wer dran ist, gut. Ich frage mich, ob Sie ein paar Minuten für mich erübrigen könnten. Ja, es geht um ein paar Kleinigkeiten, die ich gerne mit Ihnen abklären würde. Sagen wir, in einer Viertelstunde? … Zwanzig Minuten, auch gut. Ich komme zu Ihnen. Bis gleich.« Er legte auf. Popatnig schien auf eine Erklärung zu warten. »Du erinnerst dich, dass wir zwischendurch einmal gehört haben, dass der Schatzl vielleicht eine Affäre hatte. Angeblich soll die Heregger wissen, um wen es sich dabei handelte.« Er fand, er musste Popatnig nicht gleich zur Gänze reinen Wein einschenken.

»Jetzt haben die uns abserviert, und du machst immer noch weiter?«

»Na, wäre das nicht ein Schlager, wenn die Großköpfe da mit dem ganz großen Besteck anrücken und wir ihnen einfach den Täter servieren?«

»Wenigstens hast du noch deinen Optimismus.«

Obiltschnig trank seinen Kaffee aus und stand auf. »Wird nicht lange dauern, denke ich. Du bekommst dann meinen Bericht aus erster Hand. Und weißt eh, wenn was ist …« Er winkte mit seinem Handy.

Sabi Heregger hatte puterrote Wangen, als Obiltschnig an sie herantrat. Man brauchte kein Psychologe zu sein, um zu erkennen, wie nervös sie war. Es erwies sich nicht einmal als nötig, die entscheidende Frage zu stellen. »Woher wissen Sie es?«, flüsterte sie. »Ich habe so meine Quellen«, beschied er ebenso leise. »Aber lassen Sie uns woanders hingehen, wo wir in Ruhe reden können.«

Sie blickte sich schnell um. »Gehen wir ins Jugendzentrum, da ist um diese Zeit niemand.« Gemeinsam gingen sie nach unten. Obiltschnig erspähte die Kiste mit dem Mineralwasser, holte zwei Flaschen heraus, öffnete sie und schenkte der Heregger und dann sich selbst ein. Sie rutschte unruhig auf ihrem Sessel herum und wirkte, als warte sie auf eine Wurzelbehandlung beim Zahnarzt.

»Also, alles, was wir hier jetzt besprechen, bleibt absolut unter uns, solang ich nicht feststellen muss, dass Sie in die Sache irgendwie verwickelt sind.« Sie wurde noch röter und schnappte nach Luft. »Wovon ich jedoch in keinster Weise ausgehe«, fügte er rasch hinzu. »Also, wie war das mit Ihnen und dem Hubert?«

Sie brauchte eine gute Weile, um sich zu erfangen. Dementsprechend zögerlich fing sie zu sprechen an. »Alles begann im August. Ich war gerade aus dem Urlaub zurückgekommen, da wurde mir von der Frau Greiderer gesagt, ich solle vertretungsweise die finanzielle Abwicklung des Sportplatzprojekts unterstützen, weil die Sekretärin vom Hubert zwei Wochen auf Gran Canaria ist.« Sie schluckte ein weiteres Mal. »Was soll ich sagen? Der Hubert hat mir immer schon gefallen, aber ich habe natürlich nichts in die Richtung unternommen, weil, ich wusste ja, dass er verheiratet und daher tabu war.«

Wieder versiegte der Redefluss. Obiltschnig beschloss, ihr Zeit zu lassen. Sie sollte ihr eigenes Tempo wählen, dann würde sie sicher mehr erzählen, als wenn er ihr die Daumenschrauben anlegte. »Ich hätte auch nie geglaubt, dass jemand wie der Hubert mich überhaupt bemerkt, aber dann hat er mir gleich vor der ersten Besprechung gesagt, er habe bei der Frau Greiderer extra mich angefordert, weil ich so schön und so geheimnisvoll sei.« Erneut glühte sie, diesmal aber vor glücklicher Erinnerung. »Der war so unendlich lieb und aufmerksam, der hat mir sogar Blumen mitgebracht. Jeden Morgen, da her, ins Büro. Den Kolleginnen ist das natürlich aufgefallen, da hab ich einen Verehrer erfinden müssen, damit die nicht merken, wer es eigentlich ist.« Sie sah Obiltschnig erstmals direkt an: »Das wäre ja nicht gegangen, immerhin war er ja verheiratet.«

Ein Schatten von Seligkeit huschte über ihr Gesicht. »Und dann sind wir nach einer Besprechung etwas trinken gegangen. Ganz harmlos nach außen hin. Haben so getan, als würden wir weiter an dem Projekt arbeiten. Und da hat er mich gefragt, ob wir nicht irgendwo weitermachen wollen, wo uns niemand kennt. Und so sind wir nach Klagenfurt gefahren und haben die ganze Nacht in einem Lokal dort verbracht. Na ja, und von da an führte eins zum anderen.«

Eine neuerliche Pause des Schweigens dehnte sich zwischen den beiden aus. »Es war nicht leicht«, sagte sie endlich, »wir mussten uns ja immer verstecken. Aber er hat mir gesagt, er liebe nur mich, und nach der nächsten Wahl werde er sich scheiden lassen, denn mit seiner Frau verbinde ihn nichts mehr.« Das Glühen in ihrem Gesicht verstärkte sich nochmals. »So eine wie mich hat er noch nie getroffen, ich bin sein … Lebensmensch.« Nun erst brach irgendetwas in ihr zusammen, und ohne Vorwarnung begann sie hemmungslos zu weinen, eine Situation, mit der Obiltschnig vollkommen überfordert war. Vorsichtig brachte er seinen Arm an ihre Schulter und versuchte es mit einem sanften Klopfen, das in ein unbeholfenes Streicheln überging. »Wir haben alles gemeinsam ausgestanden. Das einander fremd sein müssen, wenn Dritte dabei waren, die Verdächtigungen seitens seiner Familie, die natürlich gemerkt hat, dass da etwas anders ist, die ewigen Nachstellungen seiner Ex …«

»Seiner Ex?« Die Heregger zog demonstrativ den Inhalt ihrer Nase hoch. »Ja, er hatte schon vor mir eine Affäre, aber das hat er mir erklärt. Er war so unglücklich in seiner Ehe, und da hatte er einen schwachen Moment.« Sie blickte nach Bestätigung suchend auf. »Es hat ihm überhaupt nichts bedeutet. Es war nur Sex. So eine Art One-Night-Stand. Aber die hat das halt anders gesehen und wollte es nicht wahrhaben, dass der Hubert für mich bestimmt war.« Abermals hörte Obiltschnig charakteristische Töne aus Hereggers Nase und reichte ihr ein Taschentuch, worauf sie sich umständlich schnäuzte. »Die hat uns regelrecht terrorisiert. Alle zwei Tage kam eine SMS. Natürlich anonym. Aber wir wussten auch so, von wem sie war.«

»Sie wissen nicht zufällig, wer …?«

Die Heregger verneinte. »Das war auch nicht wichtig. Das war die Vergangenheit. Wir aber waren die Zukunft.« Obiltschnig wartete, bis sich die Heregger wieder einigermaßen beruhigt hatte.

»Wenn Sie und der Stadtrat sich so … nahestanden, haben Sie da irgendeine Vermutung, wer ihm das … angetan hat?« Wenn er gehofft hatte, die Sekretärin habe sich wieder halbwegs im Griff, so sorgte seine Frage dafür, dass sie erst recht wieder zu weinen begann. »Zuerst«, schluchzte sie, »hatte ich ja diese Furie in Verdacht. Ich meine, so bösartige Nachrichten, wie die schrieb, so jemandem muss man ja alles zutrauen. Aber wie dann kurz darauf auch der Schober ..., da war ich mir sicher, es hat etwas mit dem Stadion zu tun.«

»Na, das dachten wir ja auch«, weihte er sie in den Stand seiner Ermittlungen ein, »aber dann kam das mit diesem Baumeister. Und das passt so gar nicht ins Bild.« »Na ja«, relativierte sie, nachdem sie sich nochmals geschnäuzt hatte, »irgendwie war der mit dem Schober verbandelt.« Obiltschnig war ganz Ohr. »Ja, wir haben die beiden zufällig einmal in Klagenfurt gesehen.« Unvermittelt begann sie zu lachen, anscheinend, weil sie die Komik der damaligen Situation noch einmal visualisierte. »Ich weiß noch, der Hubert hat mich ganz unvermittelt gegen eine Hausmauer gedrückt und ist hinter mir in Deckung gegangen. Ich habe ihn noch gefragt, was um Himmels willen los ist, doch er hat nur gezischt, ich solle still sein. Und dann hat er mit dem Finger auf die andere Straßenseite gezeigt. Dort stehen der Beppi und der Mario, hat er gesagt, die dürfen uns auf keinen Fall zusammen sehen, hat er ergänzt.«

»Können Sie sich noch erinnern, wo das genau war?«

»Beim Domplatz. In der Lidmanskygasse. Dort vor dieser Bar ...«

Obiltschnig konnte sich vorstellen, von welchem Lokal die Rede war. Das Etablissement galt als hip, wenn auch ein wenig anrüchig. Sogar ein ehemaliger Spitzenpolitiker hatte dort, so hieß es, zu seinen Lebzeiten verkehrt. Und es würde zu dem passen, was die Hueber über Baumeister gesagt hatte. Aber wie würde das zu Schober passen? War der aus Solidarität mit seinem einzigen Freund dorthin mitgegangen?

»Mit dem Schober war das ja so eine Sache«, ergänzte sie. »Der war ja oft bei unseren Besprechungen dabei, und da musste ich dann immer so tun, als bestünde zwischen dem Hubert und mir eine rein professionelle Ebene und sonst nichts. Das war für uns beide gar nicht leicht. Wir haben immer ganz schnell Blicke ausgetauscht, wenn der Schober gerade nicht hergesehen hat.« Sie lächelte kurz.

Obiltschnig bemerkte, dass er irgendwie abwesend war. Er hörte zwar, was die Heregger sagte, aber geistig war er immer noch in Klagenfurt. Vielleicht, so fragte er sich, sollte er sich dort einmal umhören. Er spürte, wie er unruhig wurde. Er stellte der Heregger noch ein paar belanglose Fragen, dann sah er zu, dass er sie wieder zurück ins Sekretariat begleitete, wobei er eine gute Weile vor der Toilette ausharren musste, da die Heregger sich erst frischzumachen wünschte, damit sie niemand so aufgelöst zu Gesicht bekomme. Obiltschnig versicherte ihr noch einmal, dass bei ihm alle ihre Aussagen so sicher seien wie in einem Safe, und machte sich dann auf den Weg zurück zur Inspektion.

Dort setzte er Popatnig kurz von dem Gespräch in Kenntnis, tat dabei aber so, als hätte es nichts ergeben. Nicht dass er seinem Kollegen nicht traute, aber irgendwie, so gestand er sich ein, hatte er Witterung aufgenommen. Und die bevorstehende Pirsch, auf die wollte er allein gehen. Denn wenn er, wie er befürchtete, auch in Klagenfurt nichts Relevantes erfuhr, dann war er der Blamierte und musste sich von Popatnig auch noch den Spott anhören. Und das konnte er nach so einer Woche nicht wirklich gebrauchen.

Er schützte Kopfschmerzen vor und erklärte, deshalb früher Schluss machen zu wollen. Popatnig nahm diese Ankündigung gnädig zur Kenntnis und entließ ihn. Der Gruppeninspektor fuhr direkt nach Hause, wo er alles mit Theresia durchsprechen wollte. Nach diesem langen Tag brauchte er jemanden, der ihm beim Reflektieren half, und das konnte niemand besser als seine Frau.

Dafür war er sogar bereit, beim Kochen zu helfen. Während er die Erdäpfel schälte, erzählte er ihr, was er den ganzen Tag über erlebt hatte. »Und jetzt frage ich mich natürlich, wie das alles zusammenpasst«, schloss er seinen Bericht.

»Der Beppi und der Baumeister, die waren ein Paar.«

Obiltschnig meinte, sich verhört zu haben. »Was hast du da eben gesagt?«

»Dass die zwei ein Paar waren.« Obiltschnig legte Messer und Knollenfrucht beiseite und straffte seinen Oberkörper. »Wie kommst du bitte auf so eine Idee?«

»Na, ist dir nie aufgefallen, wie gestelzt sich der Schober Beppi immer benommen hat? Also ich trau mich wetten, der war schwul.«

Der Gruppeninspektor zeigte mit dem nackten Finger auf sie. »Haha, erwischt! Der Beppi hat bis vor ein paar Wochen eine Freundin gehabt. Das sagt nicht nur sein Bruder, das hat die Ex mir heute sogar selbst bestätigt.«

»Hast du sie auch gefragt, wie der Sex war?« Seine Frau hob den Deckel und prüfte, wie weit das Gericht war. Obiltschnig blieb derweilen der Mund offen. »Bin ich pervers oder was? Ich frag doch nicht andere Leute nach ihrem Liebesleben!« Den Gedanken an die Witwe Schatzl verdrängte er, noch ehe er konkrete Formen annehmen konnte.

»Ich wette, Händchen halten und Wangenküsse waren alles, was da gelaufen ist. Der Schober Beppi hat die gute Thusnelda nur zu Tarnzwecken gehalten. Weil es bei uns halt immer noch problematisch ist, wenn man ein Homo ist.«

»So ein Blödsinn. Das ist doch heute in der Politik ein, wie sagt man, ein Asset. Schau dir den da in Berlin an. Schwul wie zehn Friseure. Oder der andere, der war auch schwul wie eine Puderquaste … der in Paris, meine ich.«

»Du gibst die Antwort gerade selbst. Berlin und Paris. In Großstädten mag das in den Kreisen der Elite hip sein. Bei uns bist unten durch, wenn du vom anderen Ufer bist. Selbst als Grüner. Da brauchst ein intaktes Familienleben, wenn du reüssieren willst. So schaut's aus.«

»Aber selbst wenn, was soll denn das für ein Motiv sein?«

»Das musst du herausfinden. Aber ich wette, der Mario war Schobers Lover und musste dran glauben, weil er deswegen gewusst hat, wer hinter all dem steckt.«

Obiltschnig hielt mitten in der Bewegung inne. Theresias Satz war die erste plausible Erklärung. Wenn die beiden wirklich ein Paar waren, dann hatte Schober natürlich mit dem Baumeister über alles gesprochen. Vor allem, nachdem Schatzl das Zeitliche gesegnet hatte. Und als dann Schober auch noch dran glauben musste, da war Baumeister das Wer und das Warum klar.

»Wird das heute noch was mit den Erdäpfeln?« Obiltschnig schreckte hoch. »Jaja, ich bin's gleich.«

Obwohl Theresia eines seiner Lieblingsgerichte gekocht hatte, stocherte der Gruppeninspektor scheinbar lustlos auf seinem Teller herum. Abrupt legte sie die Gabel beiseite. »Was ist, wenn du nach dem Essen nach Klagenfurt fährst und in dieses Lokal gehst? Wirst sehen, die werden dir dort haargenau bestätigen, was ich dir zuerst gesagt habe.«

»Du meinst wirklich? Ich kann doch nicht in so ein Lokal … Ich mein, wie schaut denn das aus?« Obiltschnig fühlte sich hin- und hergerissen zwischen Verunsicherung und Neugier. Seine Frau winkte ab. »Wie ich dich kenne, hast du das ohnehin schon die ganze Zeit vorgehabt. Du brauchst doch nur noch meinen Segen dazu. Und den hast du jetzt.«

Als gelte es, akutes Verhungern zu vermeiden, spachtelte der Polizist in Rekordzeit den Teller leer. Auch der Nachschlag war erstaunlich schnell in seinem Magen verschwunden. Theresia sah ihn versonnen an: »Ja, Bub, du darfst jetzt spielen gehen«, sagte sie schalkhaft. Er lächelte dankbar, zog sich an und begab sich nach draußen zum Wagen.

Als er das Lokal betrat, war es bereits dunkel, doch angesichts der Klientel des Betriebes herrschte an Gästen noch erkennbarer Mangel. Obiltschnig setzte sich auf einen Barhocker und bestellte ein stilles Wasser. Während ihn der Kellner bediente, fingerte er sein Handy aus der Tasche und hielt es dem Mann unter die Nase. »Kennst du den?« Das Foto auf dem Display zeigte Baumeister. »Sicher«, kam die prompte Antwort, »der Mario. Ich hab gelesen, dass der ermordet worden ist. Stimmt das?« Obiltschnig hielt nun seinen Ausweis hoch. »Leider ja, ich ermittle in dieser Angelegenheit. War er oft da, der Mario?«

»Wie man's nimmt. Früher fast jeden Tag. Dann eine Zeit lang nicht. Aber in den letzten Wochen wieder ziemlich oft. In Begleitung.« Dabei zwinkerte der Kellner vielsagend. Obiltschnig strich an seinem Handy herum und drehte es dann wieder in die Richtung des Barmanns. »Der?« Abermals erfolgte eine Bestätigung.

»Waren die ein Paar?«

»Anfänglich nicht. Ich kann mich deswegen noch so gut erinnern, weil der da«, dabei deutete er auf Schobers Bild, »damals so ein mörderisch hohes Trinkgeld gegeben hat. Den ganzen Abend hat der Mario auf ihn eingeredet. Viel habe ich ja nicht verstanden, weil, erstens musste ich arbeiten und zweitens war es wie immer ziemlich laut. Aber soweit ich das beurteilen konnte, ging es um sein Coming Out.«

»Coming Out?«

»Ja. Ich glaube, der war zwar schwul, kämpfte aber dagegen an. Sie glauben ja gar nicht, wie oft uns Schwestern das unterkommt. Einer, der verzweifelt auf Hetero macht, weil seine Umgebung das von ihm erwartet. Gott, die sind so mühsam!« Er verdrehte theatralisch die Augen.

»Also versuchte der Herr Baumeister, ihn an sein Ufer zu holen, richtig?«

»Ach, manche sind ja so verkrampft in ihrer kleinen Happywelt, dass sie sich mit Händen und Füßen anklammern. Ich glaube, der da war sogar verheiratet. Aber schließlich hat der Mario ihn … überzeugt.«

Jetzt lächelte der Kellner milde. »Die waren ja so verliebt, die beiden. Hach, war das süß. Die hättest du sehen sollen, Inspektor. Wie die Turteltäubchen. Manchmal muss man halt einem jungen Glück ein wenig nachhelfen. Ich sage ja immer, jeder Hetero ist ein hässliches Entlein, aus dem immer noch ein schwuler Schwan werden kann.« Dabei blinzelte er unzweideutig in Obiltschnigs

Richtung. Der meinte, eine klare Grenze ziehen zu müssen. »Quack«, sagte er laut und vernehmlich.

Der Kellner servierte ihm einen »Du wirst auch noch dahinterkommen«-Blick. »Wann waren die zwei zuletzt da?« Der Barmann schien nachzudenken. »Am Samstag. Volles Haus. Da kann ich mich praktisch an gar nichts erinnern. Ich weiß es auch nur zufällig, weil Mario einmal direkt hier bei mir an der Bar bestellt hat.«

»Wirkten die beiden irgendwie nervös oder beunruhigt? Es gab nämlich schon kurz zuvor einen Todesfall in ihrer Umgebung«, ergänzte Obiltschnig. »Doch nicht noch eine Schwester?« Jetzt war der Mann sichtlich beunruhigt. »Nein, nein, keine Sorge. Ich frage nur, weil der andere Mann nämlich auch tot ist. Seit Sonntag.«

Zuerst machte der Kellner große Augen, dann zogen sie sich zu engen Schlitzen zusammen. »Das war sicher die Ex! Frauen werden zu Hyänen, wenn man ihnen ihre Männer wegnimmt.« Obiltschnig lächelte schmal. »Ich sage Ihnen etwas. Das könnte vielleicht sogar stimmen, wenn wir da nicht das Problem des dritten Opfers hätten.« Doch sein Gegenüber war nur kurz entwaffnet: »Das war auch ein Mann?« Obiltschnig nickte. »Dann war der vorher mit ihr zusammen. Wenn Frauen einmal ihren Meltdown haben, dann machen sie gleich Hausputz. Das große Reinemachen. Sie verstehen!«

»Jaja, ich habe schon verstanden.« Mit der Kombinationsgabe war er ein seriöser Kandidat für das Klagenfurter LKA, dachte Obiltschnig und schmunzelte innerlich. »Ich danke für Ihre Zeit. Was bin ich schuldig?« Der Kellner winkte ab. »Ach, das war ja nur ein stilles Wasser, das geht aufs Haus.« Sein Blick wurde wieder durchdringender. »Man hilft der Exekutive ja gern. Immer und überall.« Obiltschnig konnte es sich bildlich vorstellen und beschloss, das Lokal im Rückwärtsgang zu verlassen.

XXVII.

Schon irgendwie seltsam. Die letzte Nacht in diesem Heim, in dem ich so viele Jahre verbracht habe. Beinahe bin ich versucht, noch einmal jedes Zimmer extra abzugehen. Jetzt bloß nicht sentimental werden. Besser, ich kontrolliere, ob ich auch alles beisammen habe. Das Auto ist frisch betankt, das Gepäck bereits im Kofferraum. Ob ich den Wecker stellen soll? Wozu! Ich wache auf, wenn ich aufwache. Ich habe es nicht eilig. Jetzt nicht mehr. Einmal noch richtig durchschlafen, das kann kein Fehler sein.

Und doch kann ich nicht einschlafen. Mir geht so viel durch den Kopf, es ist eigentlich vollkommen unglaublich. Das ist ja ein richtiger … Hirntsunami, was da abgeht. Ich hätte nicht gedacht, dass man an so viele Dinge gleichzeitig denken kann. Mir fallen, während ich die nächste Zukunft vor Augen habe, alte Erinnerungen an die Kindheit ein, und ich muss mich wundern, wieso mir ausgerechnet jetzt mein erster Tag beim Eishockey wieder in den Sinn kommt. Schon erstaunlich, welche Streiche einem das Gedächtnis in solchen Momenten spielt. Und ich komme einfach nicht zur Ruhe.

Ob ich ein wenig nachhelfen soll? Immerhin stehen da noch ein paar Flaschen herum, die ich ohnehin nicht mitnehmen werde. Und hier braucht sie keiner mehr. Vielleicht also ein Gläschen oder zwei?

Die Vergangenheit zu vergessen, ist wahrlich nicht schwer. Sie ist die Kombination aus Enttäuschungen und verpassten Möglichkeiten. Ich hätte nicht auf meinen Vater hören und etwas Vernünftiges lernen sollen. Aber andererseits ist dieser Nachteil auch ein Vorteil. Wer nichts kann, kann alles. Wenn ich Historiker geworden wäre oder Stenograf, was könnte ich damit im Ausland anfangen? So aber bin ich flexibel. In der Gastronomie brauchen sie immer Leute, überall. Ich bin nicht wählerisch. Hauptsache, ich verdiene etwas Geld, damit ich mich länger über Wasser halten kann. Denn am liebsten würde ich natürlich überhaupt nicht mehr zurückkommen an diesen Ort, mit dem mich nur unglückliche Erinnerungen verbinden.

Ob ich beim Trinken aufpassen sollte? Wie viele habe ich jetzt schon intus? Waren es drei, oder waren es vier? Und wie viel Promille macht das? Wie war das in der Schule? Vier Schnäpse sind null Komma neun oder so … das heißt, spätestens in der Früh bin ich ohnehin wieder bei null. Also einer geht noch. Einer geht immer.

XXVIII.

Als Obiltschnig den Wagen langsam in die Einfahrt lenkte, brannte in der Küche noch Licht. Theresia hatte also auf ihn gewartet. Gut, das war auch nur zu verständlich, denn immerhin hatte sie ihn ermuntert, die Fahrt überhaupt zu unternehmen, da wollte sie dann wohl auch wissen, welche Ergebnisse sie gezeitigt hatte.

Während sie ihnen zwei Gin Tonic mixte, berichtete er ausführlich von seinem Gespräch mit dem Barmann. Natürlich bestätigte er dabei auch wortreich, dass sie mit ihrer Vermutung richtiggelegen war, was Schober und Baumeister anbelangte. Und er verschwieg auch nicht die absurde Vermutung des Kellners, worin die Verbindung zwischen den drei Morden bestand. »Stell dir vor, er hat nicht nur behauptet, die Hueber hätte die beiden auf dem Gewissen, er meinte sogar, sie habe auch den Schatzl ermordet. Ist das nicht zum Schießen?« Er klopfte sich auf den Oberschenkel, während er lauthals loslachte.

Seine Frau aber lachte nicht. »So absurd, wie du glaubst, ist das gar nicht.« Aus seinem Lachen wurde Verblüffung. »Das ist jetzt aber nicht dein Ernst, oder?« Theresia machte eine abwehrende Geste mit der rechten Hand. »Na, denk einmal nach. Was ist, wenn die Hueber von beiden Männern betrogen wurde? Zuerst, aus welchen Gründen auch immer, von Schober. Der hat sie, das wird ihr in diesem Augenblick bewusst, immer nur als Alibi benutzt. Wahrscheinlich wird ihr klar, dass sie tatsächlich nie eine normale Beziehung hatten, dass er immer irgendwelche Ausreden fand, um zum Beispiel nicht mit ihr schlafen zu müssen.« Sie sah ihren Mann direkt an. »Du hast gesagt, sie ist nicht besonders attraktiv. Daher war sie ziemlich sicher nie besonders begehrt seitens der Männerwelt, ihre Erfahrungen werden daher eher beschränkter Natur gewesen sein. So hat sie es all die Jahre hingenommen, dass die Partnerschaft mit dem Schober Beppi so ihre Defizite hatte, wird sich eingeredet haben, so sei das eben zwischen Mann und Frau. Und dann«, Theresia machte eine dramatische Pause, »verlässt er sie! Für einen Mann! Die ultimative Demütigung.«

Obiltschnig setzte sich auf. »Ja, aber das war vor Monaten. Da brennen dir entweder gleich die Sicherungen durch oder nie.« Theresia aber schüttelte den Kopf. »Warte erst einmal. Wenn dir so etwas als Frau passiert, dann gibst du dir automatisch zunächst einmal selbst die Schuld.« Ihr Blick wanderte in die Ferne. »Ich sehe es bildlich vor mir, wie sie da in ihrem Bett liegt und heult. Wie sie sich für ihre Unzulänglichkeit hasst, denn nur die war es, in ihren Augen zumindest, die den Mann von ihr abgestoßen hat. So sehr sogar, dass der gleich ganz das Ufer wechselt. Weil«, und an dieser Stelle sah sie wieder Obiltschnig an, »dass Beppi von Anfang an schwul gewesen sein könnte, das gesteht sie sich klarerweise nicht ein, denn das würde sie als Frau gänzlich unmöglich machen. Also wählt sie die vermeintlich weniger tragische Version. Sie war nicht nett genug zu ihm, nicht aufmerksam genug, nicht hingebungsvoll genug.«

»Nicht böse sein, Resi, aber das klingt total abwegig in meinen Ohren.«

Sie schickte ihm einen giftigen Blick. »Kannst du mich vielleicht einmal ausreden lassen, bevor du dir ein Urteil bildest? Geht das?« Obiltschnig machte auf schuldbewusst. »Bin ja schon ruhig«, nuschelte er.

»Also. Sie martert sich mit Selbstvorwürfen. Vergräbt sich zu Hause. Sieht keine Hoffnung mehr. Denkt vielleicht sogar an Selbstmord. Ist bereit, den Rest ihres Lebens in Agonie zu verbringen. Und dann taucht plötzlich der Schatzl auf …«

Verzweifelt versuchte Obiltschnig, ernst zu bleiben, doch nach dem letzten Satz konnte er nicht mehr an sich halten. »Das wird ja immer absurder! Der Schatzl hat eine wunderschöne Frau zu Hause, und er hat sich eine wie die Heregger geangelt. Der spielt in der *Champions League* und nicht in der Unterklasse. Wieso sollte der ausgerechnet …«

Die Blitze aus Theresias Augen ließen ihn verstummen. »Erstens einmal kannst du dir solche Macho-Urteile sparen, und zweitens sind Männer nun einmal berechnend. Ja«, wehrte sie Obiltschnigs zögernden Ansatz eines Widerspruchs ab, »das sind sie. Hast du mir nicht erzählt, dass der alte Hueber zuerst partout nicht verkaufen wollte?«

»Ja, aber …«

»Was, wenn der Schatzl das mitbekommen hat. Vielleicht sogar vom Schober, wer weiß. Und dann denkt er sich, er macht dem armen Mädel schöne Augen, damit sie ihrem Vater gut zuredet. Und die will ihm natürlich glauben und wird damit erneut schwer enttäuscht.«

»Du vergisst, dass ihr schon der Schober das eingeredet

hat. Sie hat ja dann tatsächlich ihren Vater dazu bewogen, den Grund zu verkaufen, erinnerst du dich. Sie machte sich ja genau deswegen große Vorwürfe!«

»Das ist, was sie dir erzählt hat. Aber ist es nicht wesentlich wahrscheinlicher, dass sie an dieser Stelle die Wahrheit ein wenig gebeugt hat? Immerhin muss sie ziemlich erschrocken sein, als du plötzlich vor ihrer Tür standest. Da muss ihr bewusst geworden sein, dass du ihr auf der Spur bist, also hat sie improvisiert.«

In Obiltschnig begannen Zweifel zu wachsen. So abstrus war die Theorie seiner Frau dann doch wieder nicht, musste er sich eingestehen. Zum ersten Mal in diesem verworrenen Fall hatte er eine Theorie vor sich, die in sich logisch klang.

»Aber der Schatzl ist erschossen worden, und der Schober mit einer Drahtfalle den Berg abwärts gestürzt worden …« Theresia sah ihn mitleidig an. »Ach, und Frauen können kein Gewehr bedienen oder wie? Und glaube mir, Leute, die eine Wäscheleine spannen können, die schaffen das auch mit einem Draht.«

»Das klingt so teuflisch perfide …«

»Ihr ist ja auch teuflisch mitgespielt worden. Ich bin mir sicher, es gab nur drei Männer in ihrem Leben. Von zweien wurde sie ausgenützt, und den dritten wähnt sie auf ihrem Gewissen, weil sie den anderen beiden vertraute. Da ist es beinahe schon logisch, dass du durchdrehst.«

»Und der Baumeister …«

»… musste ins Gras beißen, weil er ihr ihren Mann weggenommen und damit erst das ganze weitere Unglück heraufbeschworen hat. Ja.«

Theresia schenkte noch etwas Gin nach, von Obiltschnig unsicher beäugt. »Wenn ich du wäre«, ergänzte sie,

»würde ich das Fräulein Hueber einmal eingehender ins Gebet nehmen.« Sie sah ihn an. »Eine verdächtigere Person als sie wirst du in diesem Fall nicht finden.«

Je länger Obiltschnig darüber nachdachte, desto mehr verfestigte sich in seinem Inneren die Plausibilität dieser These. Aber plausibel hieß noch lange nicht bewiesen. »Selbst wenn das stimmt, ich könnte es nie und nimmer beweisen«, seufzte er.

»Hast du nicht was von SMSen erzählt, die der Schatzl gekriegt hat? Die Heregger hat doch so etwas erwähnt ...«

»Ja, aber die waren anonym, da ist nicht viel zu holen«, gab sich Obiltschnig pessimistisch. Seine Frau schenkte ihm einen mitleidigen Blick. »Das glaubst aber auch nur du!«

»Wie meinst du das?« Seine Miene changierte von niedergeschlagen zu neugierig.

»Dass die Anbieter alle Daten haben. Die Funktionen zur Unterdrückung einer Rufnummer sind reine User-Features, unsere Anbieter, als da wären *A1*, *Magenta* und *3*, die wissen alles!«

»Aber das ist ein Prepaid-Handy ...«, warf er ein.

»Na und, als Polizist solltest du eigentlich wissen, dass es bei uns schon lange keine anonymen Prepaid-Karten mehr gibt. Beim Erwerb eines solchen Geräts musst du dich ausweisen, und die entsprechenden Daten werden automatisch gespeichert und zugeordnet. Wenn du also die Nummer weißt, an welche die Nachricht gegangen ist, verbunden mit der Uhrzeit, zu der sie einlangte, dann ist das für die ein Klacks. – Eine richterliche Anordnung wirst halt brauchen, dann geht's wahrscheinlich noch schneller.«

Erstaunlich flink sprang Obiltschnig auf und umarmte seine Frau. »Du bist ein Schatz«, sagte er verzückt, ehe er ihr einen dicken Kuss auf die Stirn schmatzte. »Solang ich kein Schatzl bin«, erwiderte sie lakonisch, musste dann aber doch lächeln.

XXIX.

Wie viele waren es dann gestern wirklich? Meinem Kopf nach zu urteilen, die ganze Flasche. Wie spät ist es überhaupt? 9 Uhr vorbei. Auch gut, da kann ich mich noch eine Weile ausruhen. Draußen scheint die Sonne, da fahren jetzt sicher viele nach Slowenien, um einzukaufen oder irgendwo herumzustiefeln. Und wenn die am Loibl wieder eine von ihren Kontrollen machen, dann hänge ich in irgendeiner Kurve blöd herum, das muss ich nicht haben. Kurz vor Mittag kommt dann die zweite Welle von denen, die auf der anderen Seite essen wollen, also ist es am vernünftigsten, so kurz vor 14 Uhr loszufahren. Da ist der Pass leer, und ich komme geschwind auf die andere Seite, wo ich immer noch drei, vier Stunden Zeit habe, mir ein nettes Plätzchen für die Nacht zu suchen. Zum Glück habe ich dieses dämliche Zelt gefunden und den Schlafsack auch, da brauche ich mich nicht auf meine Rückbank zu zwängen.

Interessanterweise habe ich Hunger. Doch kann ich mich nicht erinnern, noch einmal eingekauft zu haben. Wozu auch, dachte ich mir. Na, schauen wir einmal, was noch da ist. Wird sicher nicht schaden, etwas in den Magen zu bekommen, das renkt das gesamte System wieder ein. Ich gehe in die Küche, und ohne es zu wollen, muss ich doch wieder an Vater denken. Ich sehe sein Gesicht, wie er vom Notar zurückkommt. Er sieht aus, als wäre er beim Arzt gewesen, der ihm gesagt hat, dass er eine tödliche Krankheit im Endstadium hat und nur noch zwei, drei Wochen leben wird. Gezeichnet. Ich höre mich fragen, was denn um Gottes willen los ist, und er zeigt mir wortlos die Dokumente. Sie haben ihn quasi doch noch enteignet. Das Geld, das reicht nicht einmal für die nötigsten Reparaturen, sagt er. Ich hätte nicht auf dich hören dürfen, denkt er. Und ich könnte mich ohrfeigen in diesem Moment, dass ich so blöd war, diesen beiden Schweinen auf den Leim zu gehen. Ich weiß es noch ganz genau, ich versuche, den Vater zu beruhigen, will ihm sagen, dass wir ja vieles selbst ausbessern können und dass es schon irgendwie gehen wird, weil es immer irgendwie gegangen ist. Doch diesmal ist irgendetwas in ihm zerbrochen, ich sehe es ihm deutlich an.

Ich suche seine Nähe, aber er wendet sich ab. »Zum Glück hat deine Mutter das nicht mehr erleben müssen«, flüstert er und trifft mich damit mitten ins Herz. Ich, die ich so oft enttäuscht wurde, ich bin nun selbst zur Enttäuschung geworden. Für den einzigen Menschen, den ich noch habe. Ich versuche, ihn aufzumuntern, sage ihm, dass ich Kasnudeln mache, doch er hört mir gar nicht zu. In Gedanken ist er schon weg. Nicht mehr in dieser Welt, ich weiß, was kommen wird, und mir bleibt nur noch, wenigstens das Schlimmste zu verhindern.

Jetzt sitze ich genau dort, wo er damals gesessen ist, und kaue an einer alten Semmel herum, die sich noch in der Brotdose gefunden hat. Was war das damals für eine Nacht gewesen! Ganz steif bin ich in meinem Bett gelegen, habe ängstlich auf jedes Geräusch geachtet und mit allen Mitteln dagegen angekämpft, vielleicht doch einzuschlafen. Vorsorglich hatte ich vor dem Schlafengehen noch alle Medikamente und allen Alkohol versteckt und die Küchenschubladen leer geräumt, damit der Vater kein Messer oder eine Schere findet, mit der er sich etwas antun kann. Und sehnsüchtig habe ich auf den Morgen gewartet, denn am Morgen, so dachte ich damals, sieht immer alles anders aus.

Der Schatzl, die Sau! Es war richtig, dass der zuerst dran glauben musste, denn er war der Auslöser. Ohne ihn würde mein Vater noch leben. Gott, ich war so dumm! Wie konnte ich ernsthaft annehmen, dass so einer sich für mich interessiert? Es hat ja nicht einmal mit einem Nerd wie dem Schober funktioniert, wieso sollte sich dann ein echter Mann in mich verlieben können? Wieso! Aber gut, ich war damals so am Boden, dass ich bereit war, jede Lüge für wahr zu nehmen, nur, um mich ein klein wenig besser fühlen zu können. Und wie er da mit Engelszungen auf mich eingeredet hat, dass ich ihm gleich bei seinem ersten Besuch beim Vater aufgefallen sei, weil ich so schön sei, so geheimnisvoll, so ... was weiß ich, was der alles gesagt hat, und ich dumme Schnepfe, ich wollte das in diesem Augenblick einfach glauben. Endlich einmal geliebt werden! Gott, was war ich für ein Schwachkopf!

Dabei hätten bei mir eigentlich sofort alle Alarmglocken läuten müssen, als er zum ersten Mal neben mir in meinem Bett gelegen ist, der Schatzl. Er hat nicht von meinen Augen geredet, von meinen Lippen, ja nicht einmal wie die anderen Machos von meinem Hintern oder meinen Brüsten, er hat die ganze Zeit über nur über dieses blöde Stadion schwadroniert. Und als er gespürt hat, dass mich das verletzt, da hat er dann auf einmal begonnen, mir auszumalen, wie viel Geld mein Vater aus diesem Acker rausschlagen könnte. Den ganzen Hof könne man von Grund auf sanieren, ein richtig schmuckes Häuschen könnte das werden, wenn man erst einmal die finanziellen Grundlagen dafür habe, es wieder schön herzurichten. Und so, wie der geredet hat, klang es logisch, klang es richtig.

Ob ich dem Vater nicht gut zureden könne, hat er mich gefragt. Es gehe doch nicht nur um ihn, es gehe auch um uns! Ja, er hat wirklich *uns* gesagt. Und ich Spast, ich glaub ihm das auch noch! Was habe ich in diesem Moment gestrahlt. Natürlich habe ich ihm sofort versprochen, den Vater zu überzeugen. Das mit der Scheidung und dem anschließenden zu mir ziehen, das hätte er gar nicht mehr sagen müssen, er hatte mich ja schon vorher. Und als ich dann erklärte, ich werde den Vater schon dazu bringen zu unterschreiben, da hat er meinen Kopf in seine Hände genommen und mich ganz intensiv geküsst.

Ja, geküsst. Und ich dumme Kuh falle auch noch darauf rein! Ich sehe auf meine Hände, mit denen ich den Mörder meines Vaters gestreichelt habe. Ich sehe in der Glasscheibe der Kredenz die Umrisse meines Gesichts, das diesen Verbrecher angestrahlt, ja angehimmelt hat. Ich habe seine Küsse nicht nur erwidert, ich habe ihn liebkost, umworben, mit jeder Faser meines Körpers begehrt. Und es zeigte ja auch Wirkung. Er hat die Hose geöffnet und sein Ding herausgeholt. Ich würde uns glücklich machen, indem Vater unterschreibe, aber ihn würde ich glücklich machen, wenn ich ihm einen blase. Und ich Volltrottel mache das auch noch! Ich will die Semmel ausspucken, stürze zur Kredenz, wo noch die halbleere Schnapsflasche steht. Ich nehme einen kräftigen Schluck und spüle den Mund damit aus. So als könnte ich die Erinnerung an diese Tat wegwaschen.

Doch sie steht mir deutlich ins Gedächtnis geschrieben! Wie dieses Arschloch grunzt, die Augen verdreht und mir seinen harten Schwengel noch tiefer in den Mund schiebt, sodass es mich würgt. Aber ich weiß ja, dass Männer das lieben, also spiele ich mit, auch wenn es mich ekelt. Ich versuche, mit meiner Zunge seine Eichel zu massieren, und ich mache das nicht einmal schlecht, denn sein Drängen wird intensiver, sein Keuchen heftiger. Über seinen Bauch hinweg beobachte ich sein Gesicht, er hat die Augen geschlossen, also genießt er es. Ich will an diesem Punkt wirklich nett zu ihm sein, und ich hoffe dabei, dass er das dann auch zu mir ist.

Während ich mich mit seinem Schwanz abmühe, warte ich darauf, dass Bewegung in seinen Körper kommt, dass er sich zu mir hinüberbeugt, mich auszieht und mich endlich fickt. Und mit wachsender Besorgnis registriere ich, dass er nichts dergleichen tut. Er hat die Hände hinter dem Kopf verschränkt, träumt vor sich hin und wartet darauf, dass ich weitermache.

Und ich Trottel mache weiter. Plötzlich, ganz unerwartet, beginnt er zu zittern. Und gleich darauf schießt mir die ganze Ladung in meinen Mund, sodass ich keine Luft kriege. Intuitiv weiche ich zurück, will dieses pralle Ding zwischen meinen Zähnen loswerden, doch er packt mich hart am Kopf und drückt ihn fest gegen sein Organ, so lang, bis dieser milchige Strom endlich versiegt. Jetzt weiß ich, warum man einen Orgasmus kleinen Tod nennt, denn ich habe das Gefühl, gleich sterben zu müssen!

Ich nehme noch einen kräftigen Schluck, doch der Geschmack seines Ejakulats ist immer noch da. Unauslöschbar! Ebenso wie die Erinnerung daran, dass er unmittelbar danach einfach sein Gerät einpackt und aufsteht. Er sucht nicht einmal nach Ausflüchten, nicht einmal nach einem Wort des Dankes. Als wäre ich eine Hure, die ihm einen Blowjob gegeben hat, verlässt er mein Zimmer und trinkt unten mit meinem Vater einen Schnaps, als wäre das das Natürlichste auf der Welt, während ich oben liege und mich schäme.

Dabei war das noch gar nicht das Schlimmste. Die folgenden Tage habe ich ihn zugetextet, wann wir uns wiedersehen können. Wie eine läufige Hündin habe ich mich benommen! Gefleht habe ich, gebettelt, gewinselt. Ich will, dass du mich endlich fickst, habe ich geschrieben. Das und noch mehr. Und dann habe ich ihn, weil er so gar nicht reagierte, vor seiner Arbeit abgepasst. Mit irgendeiner Schnalle von Sekretärin ist er da gerade aus dem Rathaus gekommen. Wie er mich gesehen hat, ist er erstarrt. Spätestens da hätte ich mir eingestehen müssen, dass der mich nie lieben wird. Aber man macht sich halt immer seine Wahrheit selbst.

Er muss gesehen haben, dass ich kurz vor einer Explosion stand, und so hat er mich beiseite genommen und mir gesagt, es werde alles gut werden. Natürlich reiche er die Scheidung ein, natürlich ziehe er zu mir. Er werde alle erforderlichen Papiere unterschreiben, sobald mein Vater den Kaufvertrag unterschreibe. Ich sei in der einzigartigen Lage, sagte er, meinem Glück auf die Sprünge zu helfen, ich müsse nur meinen Vater zu dieser Unterschrift bringen. Dieses Wenige solle ich tun, und alles sei getan.

Wie habe ich in der Nacht nach dem Notar gelitten. Am liebsten hätte ich mich vor Vaters Tür gesetzt, doch das hätte mir auch nichts geholfen, weil ich ja nicht ahnen konnte, was hinter dieser Tür vor sich geht. Und wie erleichtert war ich, als draußen endlich der neue Morgen dämmerte und ich Vaters schwere Schritte auf dem Flur hörte. Das Knarzen der Treppe. Ich bin aus dem Bett gesprungen und zum Fenster geeilt. Ich sehe ihn über den Hof gehen, den Kübel in der Hand. Gott sei Dank, sage ich mir, er geht die Kühe melken, alles wie immer. Erleichtert setze ich mich auf die Bettkante.

Ich bin in der Küche, richte dem Vater das Frühstück her. Heute braucht er aber lange fürs Melken, denke ich mir noch. Ob er gleich ausmistet? Das Frühstück ist fertig, ich habe ihm eine Eierspeise gemacht, die mag er doch so. Und ich will nicht, dass er sie kalt essen muss, also gehe ich in den Stall, um ihn zu holen. In den Stall.

XXX.

Am nächsten Morgen war Obiltschnig früh auf den Beinen. Er frühstückte eilig, packte dann seine Sachen zusammen und düste zu seinem Posten. Dort rief er zuerst den Journalrichter an und erklärte ihm die Lage. Der stellte ihm anstandslos die gewünschte Anordnung aus und sandte sie ihm per Mail. Als Popatnig in der Inspektion eintraf, hatte er sie schon ausgedruckt und telefonierte eben mit *A1*.

»Welche Nummer, welcher Tag, welche Uhrzeit?«, wollte die Mitarbeiterin wissen, nachdem er ihr sein Begehr auseinandergesetzt hatte. »Tut mir leid, aber da haben wir nichts dazu im genannten Zeitraum. Das muss dann wohl von einem der anderen Anbieter kommen.« Obiltschnig dankte ihr und beendete das Gespräch. Nicht entmutigen lassen, sagte er sich, dann eben die anderen beiden.

Doch auch bei denen Fehlanzeige. »Aber ich dachte, Sie müssen alle Daten haben«, legte er Protest ein. »Na ja«, kam es von dem Mitarbeiter von *3*, »nur, wenn das eine Prepaid-Nummer in unserer Verantwortung ist.«

»Aber ich habe jetzt alle Anbieter durch – und trotzdem kein Ergebnis.« Der Mann wusste Rat. »Dann wird es eine Wertkarte sein, die im Ausland erworben wurde. Wenn Sie Glück haben, handelt es sich um eine, wo ebenfalls Ausweispflicht herrscht, was für fast alle EU-Staaten gilt übrigens. Wenn Sie allerdings Pech haben, dann hat Ihr Verdächtiger die Karte in Bosnien oder Albanien erstanden, dann finden Sie das nie heraus. Aber man soll ja nicht immer vom Schlimmsten ausgehen, Herr Inspektor.«

Obiltschnig dachte nach. Bosnische oder albanische Wertkartenhandys bekam man in Österreich bestenfalls am Wiener Mexikoplatz. Allerdings, wenn man bedachte, dass die slowenische Grenze nur einen Steinwurf weit entfernt war, dann mochte es gut sein, dass die Hueber ihr Telefon dort erworben hatte. Nach Trzic war es ein Katzensprung, und selbst in Ljubljana war man von Ferlach aus in einer Stunde. Den Regeln der Wahrscheinlichkeit folgend, hatte sie sich genau dort eingedeckt. Obiltschnig sah auf.

»Ferdi, du kannst doch Slowenisch, oder?« Der sah erschreckt auf. »Nicht wirklich! Ich verstehe genug, um da unten nicht zu verhungern. Und wenn du mir genug Zeit gibst, dann kann ich dir einen kürzeren Artikel aus dem *Delo* übersetzen. Aber das ist dann auch schon alles.«

»Schau, ich hab den Verdacht, dass wir über den Mobilfunkanbieter herausfinden können, wer die Droh-SMSen geschickt hat. Und der oder die war dann auch ziemlich sicher der Mörder, denke ich mir. Jetzt habe ich aber herausgefunden, dass die von keiner österreichischen Nummer …«

»Ich hab's mitbekommen«, kürzte Popatnig das Prozedere ab. »Und jetzt vermutest du, die Karte wurde in Slowenien gekauft, was durchaus naheliegend scheint.«

»Eben, und jetzt habe ich mir halt gedacht, wenn du da unten anrufst, dann geht das vielleicht alles leichter, weil, ich kann ja gerade ›Dobro jutro, dober dan, *Schleppe* pivo vsaki dan‹, und das wird im Land des *Laško* nicht hilfreich sein.«

»Pfoah, echt, Sigi, dafür fehlt mir dann wirklich das Vokabular. Da bin ich ja in Englisch noch besser.«

»Du, die können wahrscheinlich eh auch Englisch. Ich meine das ja auch nur als Schuhlöffel. Weißt eh, wenn man sie in ihrer Sprache anredet und nicht gleich mit dem Deutschen daherklotzt, dann sind die sicher freundlicher und damit auch hilfsbereiter.«

Popatnig leistete noch eine kleine Weile hinhaltenden Widerstand, ließ sich aber dann doch überreden. Obiltschnig suchte ihm die Nummer der slowenischen *Telecom* aus dem Netz und legte sie ihm mit der richterlichen Anordnung neben den Laptop. »Am besten, du sagst gleich dazu, dass dir klar ist, dass die richterliche Anordnung in Slowenien nichts gilt, aber du erwähnst sie halt, damit sie sehen, dass wir nicht aus Jux und Tollerei handeln. Und sag deutlich, dass es um Mord geht, das wird sie überzeugen, denke ich. Und wenn nicht, dann wirf halt dezent das Wort *Interpol* ein, weil, dann müssen sie allfällige Daten ohnehin rausrücken.«

Popatnig stöhnte. »Gib mir ein paar Minuten. Ich google mal, was Mord auf Slowenisch heißt …«

Zehn Minuten später fühlte sich Popatnig bereit. Er atmete noch einmal tief durch, dann gab er die Telefonnummer ein. Wieder zehn Minuten später meldete sich eine menschliche Stimme. Popatnig erklärte, worum es ging. Gleich danach wurde er hektisch. Mit wirren Gesten fuchtelte er vor Obiltschnig herum. Dieser begriff endlich und reichte ihm die Ausdrucke mit den Nachrichten und Schatzls Nummer. Popatnig gab sie durch. »Ah, hvala lepa. To je stevilka?« Seine Vermutung wurde bestätigt. Er hielt kurz die Hand über das Gerät. »Die Nummer haben wir einmal.«

»In kdo pripada stevilko?« Obiltschnig hielt den Atem an. »En naslov v Avstriji, da … Borovlje …« In Obiltschnigs Augen blitzte es auf. Wer immer dieses Wertkartenhandy gekauft hatte, kam also aus Ferlach. »Hueber Gerlinde, Görtschach, hvala lepa, to nam je pomagalo zelo …«

Das also war geklärt. In der Tat hatte die Hueber den Schatzl mit den gehässigen Nachrichten traktiert. Popatnig freilich war immer noch nicht überzeugt. »Gut, damit ist bewiesen, dass sie sich mit solchen Botschaften abreagiert hat. Aber spricht nicht genau das gegen die Vermutung, sie könnte auch die Morde begangen haben? Echt jetzt, wer ist denn schon so blöd und bedroht jemanden schriftlich, dass er ihm was antut, wenn er vorhat, dem wirklich etwas anzutun. Das ist ja Harakiri mit Anlauf.«

»Wahrscheinlich ist die Hueber einfach nur so blöd wie ich. Bis mich die Theresia gestern aufgeklärt hat, wäre ich auch nie auf die Idee gekommen, dass es ein Kinderspiel ist, herauszufinden, wer anonym Nachrichten versendet.«

»Jaja«, pflichtete ihm Popatnig mit einem Gran Sarkasmus im Ton zu, »der Überwachungsstaat, er funktioniert.«

»Kein Scherz. Ich wette mit dir, die war sich sicher, dass das nicht nachverfolgbar ist. Ganz einfach, weil ich das bis gestern auch war. Und außerdem, denk einmal nach, die will den vielleicht am Anfang gar nicht wirklich kaltmachen, die will ihn zurückgewinnen. Mit einer zugegebenermaßen schwachsinnigen Taktik, aber wer sagt denn, dass alle Menschen Kommunikationsgenies sind! Der reagiert aber nicht, und das macht sie wütend. Also so richtig wütend, verstehst du. Also wächst in ihr allmählich die Überzeugung, zur nächsten Eskalationsstufe übergehen zu müssen.«

»Du meinst, wenn ich dich nicht haben kann, dann soll dich keiner haben? Ist das nicht eine ziemlich männliche Denke?«

»Na ja, die Hueber ist ja durchaus eine rustikale Person. Und wer jemanden mit dem Gewehr umnietet und einen anderen buchstäblich über die Klippe springen lässt, der ist schon ziemlich maskulin gepolt, kann ich mir vorstellen.«

Sein Gegenüber blieb skeptisch, Obiltschnig setzte nach: »Ich stelle mir das so vor: Die Hueber, ohnehin schon gekränkt, weil sie von dem Schober sitzengelassen wurde, erlebt einen neuen Frühling mit dem Schatzl. Ja! Für mich geht das klar aus den Nachrichten hervor. Die hat sich nicht alles eingebildet, der wird sie schon irgendwie befummelt haben, und sei es nur, dass sie irgendwas für ihn macht, was weiß ich … den Vater von der Unterschrift für den Kaufvertrag überzeugen oder so.«

»Das ist jetzt aber ein ziemlich lahmes Argument«, warf Popatnig ein.

»Nicht, wenn man bedenkt, dass sich der Vater anschließend aufgehängt hat.«

»Schon, aber echt jetzt: Welcher Politiker vögelt mit einer Landpomeranze, nur, damit er an eine Unterschrift kommt. Das ist noch Nonsens.«

Obiltschnig zuckte mit den Achseln. »Vielleicht hat er ihr auch nur so etwas in der Richtung versprochen, und sie hat in ihrer Vorstellung mehr daraus gemacht, das ist ja jetzt egal. Fakt bleibt, sie fühlte sich von ihm hintergangen und betrogen. Das sagen diese Nachrichten«, dabei klopfte er mit dem Zeigefinger auf die Ausdrucke, »ganz klar aus. Und dieser Verrat bringt dann das Fass zum Überlaufen. Sie knallt den Schatzl ab, und weil ab diesem Zeitpunkt ohnehin schon alles egal ist, macht sie gleich Tabula rasa.«

»Na ja«, lenkte Popatnig endlich ein, »sie hat immerhin die Drohnachrichten geschickt, das stimmt. Und das reicht für mich aus, sie noch einmal zu befragen. Und bei der Gelegenheit kannst du ihr ja auf den Zahn fühlen. Mal sehen, wie sie reagiert, wenn du sie mit deiner Theorie konfrontierst.«

Obiltschnig schenkte seinem Kollegen einen dankbaren Blick. »Dann machen wir Nägel mit Köpfen.« Er stand auf, und Popatnig folgte ihm. »Aber ich fahre«, statuierte er.

Er lenkte den Streifenwagen in die Werkstraße, musste wie üblich beim Sparkassenplatz viel zu lange warten, dann aber ging es flott dahin. In Görtschach angekommen, wies Obiltschnig ihm den Weg und lotste ihn direkt zu Huebers Gehöft.

Popatnig parkte den Wagen direkt in der Zufahrt. »Sicher ist sicher«, sagte er mit einem Seitenblick auf Obiltschnig, »falls sie flüchten will.« Der Gruppeninspektor lächelte schmal. »Na, na, machen wir es nicht gleich so dramatisch, wir sind ja nicht im Film. Aber egal«, schränkte er gleich danach ein, »hier stehen wir jedenfalls gut.«

Sie stiegen aus und gingen zum Haustor, wo Obiltschnig heftig gegen das Holz pochte. »Frau Hueber, wir hätten da noch einige Fragen. Wenn Sie uns bitte aufmachen würden.« Es erfolgte keine Reaktion. Popatnig legte sein Ohr an die Tür. »Ich glaube, da rumort etwas. Die ist zu Hause, keine Frage.« Obiltschnig erhöhte die Lautstärke seiner Stimme. »Frau Hueber! Jetzt nehmen Sie doch Vernunft an. Kommen Sie einfach raus.«

Beide vernahmen ein Poltern, gefolgt von einem Quietschen. Sie sahen sich an: Was ging da vor sich, fragten sie sich unausgesprochen. »Weißt du was«, schlug Obiltschnig schließlich vor, »ich bleib da stehen, und du gehst ums Haus und schaust, ob wir uns eventuell woanders Zutritt verschaffen können.«

Er hatte den Satz kaum ausgesprochen, als sie das Aufheulen eines Motors vernahmen. Instinktiv blickten beide in die Richtung, aus welcher der Lärm kam. Das charakteristische Geräusch durchdrehender Räder, gefolgt von neuerlichem Brummen eines Motors. »Die haut wirklich ab«, rief Popatnig mit einer Mischung aus Verwunderung und Zufriedenheit angesichts seiner ursprünglichen Vermutung. Obiltschnig drängte seinen Kollegen zurück zum Wagen. Tatsächlich konnten sie nun Huebers Auto erblicken, das über einen Acker rumpelte und dabei heftig schaukelte. Beim Versuch, auf die Straße zu gelangen, rollte das Gefährt mehrmals zurück, ehe die Hueber genug Schwung aufgebaut hatte, um die Steigung zur Fahrbahn zu überwinden. Die beiden Polizisten saßen mittlerweile im Wagen, und Popatnig reversierte eilig, sodass hinter ihnen Schlamm hochspritzte. Er schaltete vom Retourgang zurück in den ersten und gab Gas, was der Motor mit einem Jaulen quittierte. »Komm, komm«, forderte ihn Obiltschnig auf, »die ist schon fast in Ferlach, und wir stehen immer noch da.«

Während Popatnig endlich die Verfolgung aufnahm, griff Obiltschnig hektisch zu seinem Handy. »Wir verfolgen eine Verdächtige«, brüllte er, als sich am anderen Ende der Leitung die Zentrale meldete. »Nein, wir brauchen keine Verstärkung. Vorerst zumindest nicht. Aber ich bin mir sicher, die will über den Loiblpass nach Slowenien. Gebt bitte dem Posten oben Bescheid, dass sie das unbedingt verhindern müssen.« Er hörte eine Weile zu, was die Zentrale ihm zu sagen hatte, und gab dann die Daten von Huebers Fahrzeug durch. Schließlich trennte er nach einem »Ja, gut, danke« die Verbindung. Zuversichtlich sah er seinen Kollegen an. »Über den Loibl kommt sie einmal nicht, das steht fest.« Popatnig antwortete nicht, da er sich ganz auf die Straße konzentrierte. Er ignorierte das Tempolimit und bretterte mit über 100 Sachen an Herbies Tankstelle vorbei. Der Vorsprung der Hueber wurde tatsächlich kleiner.

Kurz musste er doch die Geschwindigkeit drosseln, da er sonst am Sparkassenplatz in die Bushaltestelle gekracht wäre, gleich danach gab er wieder Gas und folgte der Hueber auf den Napotnig-Hügel. Wie von ihnen erwartet, bog sie bei der Polizeiinspektion rechts ab und raste die Passstraße Richtung Unterloibl entlang. Popatnig schüttelte den Kopf. »Die muss doch wissen, dass sich das nicht ausgeht. Warum gibt die nicht auf?«

»Weil sie schuldig ist«, antwortete Obiltschnig und war zum ersten Mal völlig von der Richtigkeit dieser Vermutung überzeugt.

Auf dem eher flachen Stück hinter Ferlach konnte Popatnig den Abstand etwas verkürzen, doch gelang es ihm nicht, wirklich zu Hueber aufzuschließen. »Fahr schneller, wenn wir einmal hinter Unterloibl sind, können wir sie nicht mehr stoppen«, warf Obiltschnig ein. Popatnig beruhigte ihn. »Wenn sie auf den Pass will, dann genügt es, ihr hinterherzufahren, weil, da oben ist für sie so oder so Endstation.«

»Aber nur, wenn die Grenzstation auch wirklich besetzt ist, und das wissen wir noch nicht«, gab Obiltschnig zu bedenken, und Popatnig trat das Gaspedal noch tiefer durch. Etwa 30, 40 Meter vor ihnen hatte Hueber das alte Gewerkenhaus erreicht. Ohne ihre Geschwindigkeit zu reduzieren, bog sie mit selbstmörderischem Drift in die Hauptstraße ein, ein Manöver, das Popatnig keineswegs gewillt war nachzuahmen. »Bist du wahnsinnig«, entfuhr es ihm, »die hat keine Sekunde nach rechts geschaut. Wenn da ein Lkw mit voller Fahrt gekommen wäre, dann wäre die gute Dame jetzt Mus.«

»Tja, ich fürchte, das beeindruckt sie jetzt nicht mehr.« Popatnig bremste, blickte nach rechts und bog erst dann links ein. »Mich schon«, sagte er nur.

Offenbar zog Huebers Wagen besser als jener der Polizisten, denn durch die dürre Häuserzeile des kleinen Weilers vergrößerte sich der Abstand auf gut 100 Meter. »Scheiße«, fluchte Obiltschnig, »wenn wir erst einmal hinter dem Ort sind, dann sehen wir sie wegen der engen Kurven nicht einmal mehr.«

Tatsächlich hatte Popatnig Mühe, das Tempo zu halten. Je steiler das Gelände wurde, umso mehr protestierte der Motor gegen die gewählte Geschwindigkeit. Fluchend schaltete Popatnig in den dritten Gang. »Sorry, Sigi, aber mehr als 50, 60 ist da einfach nicht drin«, erklärte er, um verwundert anzufügen, »ich weiß nicht, wie die das schafft. Ist die früher Rallye gefahren oder was?«

Von der Hueber war schon lange nichts mehr zu sehen, und die beiden stellten sich darauf ein, einfach auf den Pass zu fahren und sich dort überraschen zu lassen. Doch als die kleine Magdalenen-Kapelle in Sicht kam, rüttelte Obiltschnig hektisch an Popatnigs rechtem Oberarm. »Abgebogen!«, rief er. »Die ist abgebogen!« Hektisch deutete er mit der Rechten auf die Abzweigung ins Bodental. Popatnig verriss den Wagen nach rechts und schaffte es unter Ausnutzung der gesamten Gegenspur gerade noch, den Wagen auf der Straße zu halten. »Hätte ich mir auch nicht gedacht, dass ich einmal einen Selbstmordversuch mache«, sagte er kleinlaut, nachdem er sich wieder ein wenig beruhigt hatte.

Sie rasten den Bodenbach entlang und kamen nach vier, fünf Minuten nach Windisch Bleiberg. Hueber hatte den Ort schon wieder hinter sich gelassen, als der Streifenwagen eben unterhalb der Erhardskirche vorbeidonnerte. »Wo will die hin«, fragte Obiltschnig ratlos, »will die noch einmal zum *Bodenbauer* essen gehen, bevor wir ihr die Achter anlegen?«

Mit quietschenden Reifen nahm Popatnig die Kurve beim *Sereinig* und benötigte die gesamte Straße, um die gewählte Geschwindigkeit halten zu können. Sie ließen die Sprungschanze links und das Meerauge rechts liegen und erreichten so den *Gasthof Bodenbauer*, wo sie jedoch feststellen mussten, dass die Hueber immer noch weiterfuhr. »Jetzt wird's eng«, prognostizierte Popatnig. »In einem guten Kilometer, bei der Märchenwiese, endet die Straße. Dann gibt es nur noch Wiese, Geröll und anschließend die Wertatscha. Spätestens dort ist Ende Gelände.« Obiltschnig schüttelte den Kopf. »Die ist wahnsinnig! Einfach wahnsinnig!«

Der Revierinspektor drosselte nun doch die Fahrt. Sie waren auf der Hochebene angelangt und hatten den Wagen der Verdächtigen die ganze Zeit über vor sich. »Ob wir vielleicht doch Verstärkung anfordern sollten? Ich meine, wenn die dort hinten einfach aussteigt und in den Wald flüchtet, dann finden wir zwei sie nie.«

»Jedenfalls ist es kein Fehler, Meldung zu machen«, pflichtete Obiltschnig bei. Er griff nach seinem Mobiltelefon und drückte im Speicher die oberste Nummer, somit die Wiederwahl initiierend. »Ja, Gruppeninspektor Obiltschnig noch einmal. Wir verfolgen noch immer die Verdächtige. Aber sie ist nicht mehr auf dem Weg zum Loiblpass. Wir sind eben am *Bodenbauer* vorbeigefahren. ... Nein, ich weiß auch nicht, was die vorhat. Aber wir vermuten, sie will sich da irgendwo in die Wälder schlagen, und zu zweit ... Ja, Verstärkung wäre gut, deswegen rufe ich an. Sagen Sie den Kollegen einfach, sie sollen zur Märchenwiese kommen. So schnell wie möglich, ja.« Er beendete das Gespräch. »Sie haben gesagt, sie schicken so viele Wagen, wie gerade verfügbar sind. Aber es wird etwas dauern.«

Mittlerweile hatten sie die Märchenwiese erreicht. Huebers Gefährt lag vielleicht noch 20, 30 Meter vor ihnen. Die Straße ging in einen Feldweg über, um schließlich zu einem Wanderpfad zu werden. Popatnig legte den zweiten Gang ein, schaltete dann noch einmal zurück und ließ den Streifenwagen langsam weiterrollen. »Jetzt kann sie sich nur noch die Achse ruinieren, so viel steht einmal fest.« Obiltschnig schüttelte den Kopf. »Wird sie nicht. Die wird aussteigen und zu Fuß weiterflüchten. Anders geht es gar nicht.«

Tatsächlich stoppte das Auto vor ihnen. Die Hueber sprang heraus und beugte sich noch einmal in die Kabine, wo sie offenbar etwas an sich nahm. Als sie sie in voller Größe neben dem Wagen stehen sahen, da wurde Obiltschnig bewusst, worum es sich bei dem länglichen Gegenstand handelte. Die Hueber war bewaffnet. »Pass auf«, rief er Popatnig, der nach ihm ausgestiegen war, zu, »die hat ein Gewehr!« Popatnig wurde mulmig. »Ich seh's«, gab er trockenen Mundes zurück.

Obiltschnig war, als hätte er etwas aufblitzen sehen. Gleich danach vernahm er ein Surren, ehe sich ein blecherner Knall in sein Trommelfell legte. Instinktiv drehte er sich in die Richtung, aus welchem er den Lärm vermutete, und erkannte, dass der Rückspiegel auf der Fahrerseite nur noch am berühmten seidenen Faden hing.

»Haut ab«, hörte er die Hueber rufen, »oder ich mache Ernst. Ich wisst ja mittlerweile, dass ich eine gute Schützin bin, also spielt nicht mit eurem Leben! Die nächste Kugel geht ins Knie vom Revierinspektor. Und die übernächste in deinen blöden Schädel. Also denkt noch einmal in Ruhe nach!« Mit einem gerüttelt Maß an Selbsterhaltungstrieb hoben beide die Hände.

»Los, greift ganz langsam nach euren Dienstwaffen. Aber so, dass ich dabei die Haare auf euren Handrücken zählen kann.« Sie zielte abwechselnd auf den einen, dann auf den anderen Polizisten. »So ist's gut. Und jetzt werft ihr sie so weit nach hinten, wie ihr nur könnt. Und jetzt legt ihr euch gegenseitig eure Handschellen an.« Die beiden zögerten. »Na wird's bald!« Die Hueber hob kurz den Lauf an und schoss in die Luft, gleich danach legte sie wieder auf Obiltschnig an. »Ich warte!«, rief sie mit schneidender Stimme.

Die beiden fügten sich angesichts der Bedrohung ins Unvermeidliche. Popatnig machte den Anfang. Er holte seine Handschellen hervor und gab sie Obiltschnig, ehe er die Arme ausstreckte.

»Heute noch!« Hueber wirkte zu allem entschlossen. Nachdem Popatnig so gefesselt war, wiederholten sie die Prozedur mit umgekehrten Vorzeichen. Die Hueber musterte sie noch einmal eingehend, jagte dann noch eine Ladung in den Boden zu ihren Füßen, hängte sich das Gewehr quer über den Oberkörper und begann, auf die Wertatscha zuzulaufen.

Obiltschnig und Popatnig sahen ihr noch eine runde Minute nach, ehe Obiltschnig sein Becken ganz nah an Popatnig heranbrachte. »Beeil dich, da in der Tasche ist der Schlüssel!« Mit einiger Mühe konnte der Revierinspektor das kleine Metallgerät zutage fördern und sodann Obiltschnig befreien. Der tat selbiges umgehend mit seinem Kollegen.

So schnell sie konnten, liefen sie hinter den Wagen und suchten hektisch nach ihren Waffen. »Hab sie«, rief Popatnig als Erster und steckte eine Pistole in sein Halfter. Dann half er Obiltschnig, die andere zu finden, und nach etwa fünf Minuten konnten sie endlich die Verfolgung aufnehmen.

Sie hatten keine Ahnung, in welche Richtung sich die Hueber gewandt haben konnte, aber Obiltschnig kam eine Idee: »Die will auf die Wertatscha.«

Popatnig sah ihn entsetzt an. »Das ist jetzt aber nicht dein Ernst! Die ist auf der Flucht, da kommt kein Mensch auf die Idee, auf einen Berg zu kraxeln.«

»Doch«, erwiderte der Gruppeninspektor, während er sich weiter durch den Wald kämpfte, »ihr Plan war von Anfang an, nach Slowenien zu flüchten, vielleicht, um von dort dann weiter in den Süden zu gehen. Was weiß ich, Serbien oder Bosnien, Makedonien oder Albanien, vielleicht in den Kosovo, irgendwohin jedenfalls, wo eine EU-weite Fahndung naturgemäß ergebnislos bleibt.« Er blieb kurz stehen, um wieder eine normale Atemfrequenz zu erreichen. »Ich sollte nicht so viel reden beim Laufen, das macht meine Pumpe nicht mehr mit«, befand er selbstkritisch. Popatnig hielt ebenfalls inne und wartete darauf, dass der Gruppeninspektor wieder aufschloss.

»Jedenfalls hat sich ihr ursprünglicher Plan in Luft aufgelöst, als wir plötzlich bei ihr aufgetaucht sind. Der Loibl war damit keine Option mehr, denn sie konnte sich denken, dass wir das an die Grenze durchgeben. Den Alten Loibl wird sie nicht genommen haben, weil sie dort ja den Schober ermordet hat, aber nach Slowenien will sie immer noch, daher bleibt ihr nur die Wertatscha.«

»Jetzt sei nicht komisch, Sigi. Allein der Höhenunterschied zur *Klagenfurter Hütte* beträgt über 700 Meter. Und dort wird es dann erst richtig hart. Ich meine, die schaut zwar ziemlich austrainiert aus, aber so etwas schafft nicht einmal die.«

»Wer sagt denn, dass die im Augenblick rational denken kann. Die weiß genau, wir sind hinter ihr her. Zurück kann sie nicht, links und rechts ist auch nichts, also bleibt nur der Weg nach Süden. Und für jemanden wie sie ist das schon machbar.«

Popatnig kamen Zweifel. »Sollen wir die *Klagenfurter Hütte* kontaktieren?« Obiltschnig reagierte mit einem Schulterzucken. »Das würde nicht viel bringen. Erstens ist dort niemand oben, den ich so einer Gefahr aussetzen wollen würde – du hast ja gesehen, dass die gerade ziemlich schnell mit dem Gewehr bei der Hand ist –, und zweitens wird sie gerade die Hütte vermeiden.«

Sie hörten etwas weiter oben ein Knacken, sahen sofort in die Richtung, aus der es gekommen war. Kurz erhaschten sie einen Blick auf etwas Rötliches. Die Jacke der Hueber wies diese Farbe auf. »Da oben ist sie«, zeigte Popatnig den Weg hinan, »100 oder 150 Meter vor uns.« Obiltschnig atmete noch einmal tief durch. »Dann sollten wir uns sputen.«

Nach einigen Minuten nahm er dankbar zur Kenntnis, dass nun auch Popatnig zu keuchen begann. »Bist du deppert«, entfuhr es ihm, »ich bin nicht mehr 20, Sakrament noch einmal.« Popatnig lachte krächzend auf. »Selber schuld. Da müssen wir jetzt durch.«

Der Gruppeninspektor wusste nicht mehr zu sagen, wie lange sie schon den Berg hinaufmarschierten. Er sah vor lauter Baumwipfeln die Sonne nicht und war insgesamt nur noch ein einziger Schmerz. Er hatte Seitenstechen, seine Lungen rasselten wie die Kette einer Zugbrücke, und die Knie fingen an, bei jedem weiteren Schritt ein beunruhigendes Stechen an sein Gehirn zu signalisieren. »Wie … weit … sind wir …, glaubst du?«, fragte er mit qualvoller Miene.

Popatnig nutzte die Frage zu einer kurzen Pause. »Nach meiner Uhr rennen wir da seit 40 Minuten durch die Botanik. Ich bin diesen Weg noch nie gegangen, aber ich denke, zur Hütte kann es nicht mehr so unendlich weit sein.«

Obiltschnig teilte den Optimismus seines Kollegen nicht. Sie waren konsequent nach rechts gelaufen. Zwar wurde der Baumbestand tatsächlich schütterer, aber ihr eigentliches Ziel schien dem Gruppeninspektor noch weit entfernt. »Ich glaube, wir sind auf dem Weg zur Ogrisalm«, sagte er endlich, »und danach kommt dann dieser verfluchte Stinzesteig, und erst dann sind wir überhaupt erst bei der Hütte. Ich glaube, mir wird schlecht.«

»Na komm, das schaffen wir schon!« Popatnig bemühte sich, Zuversicht auszustrahlen. »Na, vielleicht langt es ja für eine Gedenkplakette in Klagenfurt. Gestorben in Ausübung des Dienstes«, merkte Obiltschnig gallenbitter an, ehe er sich einen Ruck gab. Sie kamen an eine Lichtung. »Da, schau«, ermutigte Popatnig den Gruppeninspektor, »von da sind's nur noch ein paar Meter bis zur Alm. Wenn wir Glück haben, können wir sie dort stellen.«

Als hätte diese Nachricht neue Lebensgeister in Obiltschnig geweckt, kämpfte er sich weiter und stolperte durch das Unterholz, das in, wie er meinte, weiter Ferne tatsächlich endete. Nach einem kleineren Anstieg, der ihm freilich alles abverlangte, öffnete sich eine grüne Ebene vor ihnen, an deren anderem Ende die Hueber zu sehen war. Obiltschnig zog seine Dienstwaffe und feuerte in die Luft. »Bleib stehen!«, schrie er mit der letzten Kraft, die seine Lunge hergab. »Bleib endlich stehen«, stöhnte er leise gleich danach.

Ganz entgegen seiner Erwartung zeitigte sein Ruf Wirkung. Die Hueber blieb stehen, nahm das Gewehr ab, zielte und feuerte in ihre Richtung. Die Kugel surrte heran und flog haarscharf neben seinem Ohr vorbei, um zwei Meter hinter ihm in einen Baum einzuschlagen. Im ersten Schrecken völlig sprachlos, spürte Obiltschnig, wie die Wut in ihm hochkam. »Jetzt reicht es mir aber mit dieser Hexe.« Er wusste selbst nicht, woher er noch zusätzliche Energie hernahm, aber er lief mit erstaunlicher Geschwindigkeit über die Wiese auf die Hueber zu, die das mit nicht geringer Verwunderung registrierte. Obiltschnig hatte seine Waffe immer noch in der Hand und betätigte, ohne zu zielen, zweimal den Abzug. Die Hueber führte ihr Gewehr nun ganz nah an ihren Körper, und trotz der Distanz von rund 40, 50 Metern konnte Obiltschnig sehen, wie sie ihn über Kimme und Korn anvisierte. Wenn sie jetzt abdrückt, dachte er sich, bin ich wirklich tot. Er machte noch einige hastige Schritte auf die Frau zu und warf sich dann auf den Boden. Ein Knall brauste über ihn hinweg, er hob die Pistole ein wenig an und drückte gleichfalls ab.

Ihm war, als hätten Raum und Zeit aufgehört. Eine schiere Ewigkeit waren alle Eindrücke rund um ihn völlig starr wie das eingefrorene Bild auf einem Display. Dann war ihm, als würde die Hueber ihr Gewehr fallen lassen. Ja, es fiel scheppernd auf einen Stein. Die Hueber machte merkwürdige Verrenkungen, so, als versuche sie eine komplizierte *Yoga*-Figur. Endlich wurde ihm bewusst, dass sie bemüht war, ihre Hand an ihr Knie zu bekommen. Er hatte den Gedanken kaum in sich ausformuliert, als die Frau, immer noch in unendlicher Langsamkeit, nach hinten kippte.

Das Nächste, das er sah, war Popatnig, der an ihm vorbeilief. Obiltschnig rappelte sich auf und folgte dem Kollegen mit unsicheren Schritten. Die Hueber lag in der Wiese, den Oberkörper mit den Ellenbogen abgestützt, und funkelte die beiden wütend an. »Erledigt von Dick und Doof. Was für ein Witz«, quetschte sie hervor, ehe sie ihren Kopf auf den Boden sinken ließ.

»Wahnsinn, das war ein Schuss«, bilanzierte Popatnig anerkennend. Obiltschnig hatte zu ihm aufgeschlossen und besah sich die Wunde. Er hatte sie knapp oberhalb der Kniescheibe getroffen, aber gerade so weit rechts, dass der Oberschenkelknochen sicher nicht in Mitleidenschaft gezogen worden war. Er hob das Bein, von einem Stöhnen der Hueber begleitet, an und betrachtete die Rückseite. Ein recht großer roter Fleck bestätigte seine Vermutung. »Ein glatter Durchschuss«, konstatierte er, was von einem »Du Sau« der Hueber quittiert wurde.

»Ich möchte wissen, wer da die Sau ist«, gab er lapidar zurück, »ich blute hier nicht alles voll.« Die Hueber ließ eine Auswahl ihrer derbsten Flüche vom Stapel, die jedoch bald in ein undeutliches Gurgeln überging. Popatnig legte derweilen einen veritablen Striptease hin, bis er mit nacktem Oberkörper in der Botanik stand. Womit er Obiltschnig aber nur kurz verwirrte. Der Revierinspektor hatte sich seines Feinripp-Unterhemds entledigt, das er nun um das Bein der Hueber wickelte. Er machte den Knoten so fest, dass sie aufschrie. »Passt«, konstatierte er. Nachdem sich Popatnig das Gewehr über die Schulter gehängt hatte, hievten sie zu zweit die Hueber hoch und machten sich an den Abstieg.

»Na servus«, fluchte der Jüngere, »das wird jetzt alles andere als lustig.« Mehr als einmal waren sie nahe daran, den Halt zu verlieren und kopfüber den Hang hinunterzupurzeln, und Obiltschnig dankte dem Schicksal, dass sie die Hueber nicht auch noch über den Steig schleppen mussten, denn der Waldweg war schon gefährlich genug. Dies umso mehr, als die Hueber wild an ihnen rüttelte und bemüht war, sie allesamt aus dem Gleichgewicht zu bringen.

»Jetzt geben S' endlich eine Ruhe!«, fauchte Popatnig patzig. »Wollen Sie uns umbringen?« Obiltschnig kannte die Antwort auch ohne das Knurren, das von der Frau kam. Zu dritt kamen sie wesentlich langsamer voran, doch nach etwa 20 Minuten schien das Ärgste geschafft. Obiltschnig spitzte die Ohren, hörte menschliche Rufe. »Das sind sicher die Kollegen«, mutmaßte Popatnig. »Hallo«, rief er aus Leibeskräften, »wir sind hier oben.«

Nach ein paar weiteren Schritten kamen zwei Uniformierte ins Blickfeld, die, nachdem sie die Kollegen erkannt hatten, schnell nach oben kletterten, um Obiltschnig und Popatnig ihre Fracht abzunehmen. Obiltschnig ließ sich erleichtert ins Gras sinken und verschnaufte erst einmal. »Setz sie einfach in den Wagen und warte auf mich«, trug er Popatnig auf, »ich komme dann nach. Irgendwann.«

Als er aus den Wald trat und auf die Märchenwiese zuhielt, zeichnete sich am Himmel bereits die Dämmerung ab. Popatnig hatte die Kollegen wieder weggeschickt, da ja alles geklärt war, und lehnte lässig an der Motorhaube, eine seiner unentbehrlichen *Marlboro* rauchend. »Was ist? Expedieren wir sie nach Klagenfurt?«, wollte er wissen.

»Hast du nicht gesagt, die rücken morgen in der Früh mit ihrer SOKO bei uns an?« Popatnig bestätigte dies. »Na ja, was hindert uns eigentlich daran, dass wir die Dame heute bei uns übernachten lassen. So einen gastlichen Ort wird sie so schnell nicht mehr kennenlernen. Und morgen, wenn die Gernegroß-Truppe anrückt, können sie von uns ein Geschenk bekommen. Schön verpackt, mit einem Schleifchen dran.« Popatnig gefiel der Gedanke. Beide lachten sich an und stiegen dann in den Wagen.

Zuerst freilich galt es noch einen Umweg zu machen. Sie fuhren die Hueber ins LKH, damit dort ihre Wunde versorgt wurde. Während Obiltschnig die entsprechenden Papiere ausfüllte, ließ Popatnig die Mörderin nicht aus den Augen. Doch die hatte erkennbar aufgegeben, griff nicht einmal nach dem rettenden Strohhalm, den ihr die Ärztin zuwarf, als sie vorschlug, die Patientin zur Beobachtung über die Nacht im Krankenhaus zu belassen. Ansatzlos unterzeichnete die Hueber einen Revers und ließ sich dann von Obiltschnig und Popatnig zurück nach Ferlach fahren. Der Gruppeninspektor beobachtete sie während der gesamten Fahrt über den Rückspiegel und stellte nicht die geringste Reaktion fest. Lediglich als sie Görtschach passierten, schien es ihm, als seufze sie kurz auf.

Am Posten angekommen, vereinbarten sie, dass Popatnig die erste Wache übernahm, was Obiltschnig die Gelegenheit bot, nach Hause zu fahren und Theresia vom Ausgang der Dinge zu unterrichten. Als er sein Auto langsam in die Einfahrt lenkte, sah er ihren Schatten im Küchenfenster und war glücklich.

EPILOG

Punkt Mitternacht traf der Gruppeninspektor wieder auf dem Posten ein und staunte nicht schlecht. Popatnig hatte seine Hausaufgaben gemacht, und noch mehr als das. »Das Schleifchen«, begrüßte er ihn und deutete auf den kleinen Papierstapel auf dem Schreibtisch. Neugierig nahm Obiltschnig ihn in Augenschein. Ein vollständiger Bericht, dem das Geständnis der Hueber beigefügt war. Sie gab darin zu, Schatzl im Wald aufgelauert zu haben, nachdem sie einige Zeit zuvor aus seinem eigenen Mund erfahren habe, dass er immer wieder zum *Schaidabauern* hinaufginge, um dort auf andere Gedanken zu kommen. Über eine dritte Person, die sie aber nicht nennen wolle, habe sie erfahren, dass Schober eine Radtour auf den Alten Loibl plane, was sie dazu genutzt habe, ihm dort eine Drahtfalle zu stellen. Den Baumeister habe sie schließlich unter dem Vorwand, Schobers Mörder zu kennen, an die Drau gelockt. Alles fein säuberlich geschildert und auf jeder Seite von ihr abgezeichnet. Obiltschnig pfiff durch die Zähne. Nicht einmal einen Tippfehler konnte er finden. »Also wenn das keine Belobigung gibt, dann weiß ich auch nicht«, sagte er anerkennend.

Die nächsten zwei Stunden verbrachte Obiltschnig damit, abwechselnd *Online-Schach* und *Online-Solitaire* zu spielen, ehe er fühlte, wie die Müdigkeit in ihm überhandnahm. Er stand auf, sah nach der Gefangenen, die aber tief und fest schlief. So riskierte er es, sie für den Augenblick allein zu lassen, um sich draußen ein wenig die Beine zu vertreten. Die kühle Nachtluft machte ihn wieder munter, und so konnte er wieder eine Weile durchhalten. Als er das nächste Mal knapp davor war einzunicken, meinte er, den ersten zarten Anflug des neuen Tages zu registrieren.

Im Nachhinein vermochte Obiltschnig nicht mehr zu sagen, wie er auch den Rest der Nacht überstanden hatte, doch irgendwann zeigte sein Handy dann doch 7 Uhr früh. Er bereitete ein weiteres Mal Kaffee zu, gerade rechtzeitig, wie sich zeigte, um auch Popatnig eine Tasse reichen zu können, der sich das zu erwartende Schauspiel wohl ebenfalls nicht entgehen lassen wollte. Gemeinsam begaben sie sich zur Arrestzelle, wo die Hueber wohl all den Schlaf nachholte, der ihr durch die Ereignisse, die zu ihren Taten geführt hatten, geraubt worden war. Mangels Alternativen nahmen sie ein paar Cracker und einen Schokoriegel, den sie sich brüderlich teilten, als Frühstück ein, dann warteten sie nur noch auf das Eintreffen der Kavallerie.

Punkt 8 Uhr morgens kam Bewegung in die Sache. Durch das Fenster ihres Amtszimmers sahen sie, wie mehrere Einsatzwagen den Napotnig-Hügel hinanfuhren. Sie stellten den Parkplatz bis auf den letzten Quadratmillimeter voll. Aus zwei Kleinbussen kletterte jeweils ein halbes Dutzend Männer, dazu kamen zwei weitere Uniformierte pro Streifenwagen. Endlich fuhr eine schwarze Limousine vor, aus der sich ein älterer Mann mit Glatze schälte, dessen drei silbernen Sterne auf goldenem Grund ihn als Oberst auswiesen. Die Truppe, die in militärischer Haltung auf ihn gewartet hatte, setzte sich hinter ihm in Bewegung, und zwei Wimpernschläge später flog die Tür zum Amtszimmer auf. Der Oberst machte drei Schritte ins Rauminnere, der Rest der Männer verteilte sich links und rechts von ihm.

»Da haben wir sie ja, unsere Christkinder! Halb Ferlach wird hingemeuchelt, und Pirron und Knapp sitzen da und falten ihre Hände im Schoß.« Er hielt kurz inne, um seinen Männern die Gelegenheit zu geben, blechern zu lachen. »Aber diese Stadt braucht sich keine Sorgen mehr zu machen. Jetzt sind ja die Profis da. Die werden euch jetzt zeigen, wie man so einen Ort im Handumdrehen von allen Bösewichtern säubert.«

Popatnig wollte schon mit der Nachricht über die Festnahme der Täterin loslegen, doch Obiltschnig stieß ihn unter dem Tisch mit dem Knie an. Sein schneller Blick besagte, sie sollten das Schauspiel noch ein wenig genießen, ehe sie den Wichtigtuer so richtig schön vor versammelter Mannschaft blamierten.

»Während meine Männer hier eine Kommandozentrale einrichten, könnt ihr zwei Streifenhörnchen schon einmal jede Menge Kaffee zubereiten. Anschließend wieselt der eine von euch Vogelscheuchen zum nächsten Bäcker und holt uns Frühstück, während der andere Unglücksrabe mir zu erklären versucht, warum ihr bislang vollkommen im Trüben fischt.« Der Oberst setzte einen strengen Blick auf: »Und ich will keine Ausreden hören, so á la ›der Hartl in Klagenfurt hat‹ oder so etwas in der Richtung. Der Hartl ist Geschichte. Und ihr zwei auch, wenn ihr euch jetzt nicht am Riemen reißt und haargenau das tut, was man euch anschafft. Haben wir uns verstanden?«

»Aber sicher, Herr Oberst, klar und deutlich«, replizierte Obiltschnig. Der Offizier stemmte die Fäuste in die Hüften und belferte mit wutschnaubender Stimme: »Und warum sitzen Sie dann da noch rum und sind nicht schon längst bei der Kaffeemaschine, Sie Unglückswurm?«

»Ach, ich dachte, Sie wollen sich vielleicht gleich einmal unseren Bericht ansehen. Also während Ihre Kollegen hier alles aufbauen.«

»Sie sollen nicht denken, das übersteigt Ihre Gehaltsstufe. Also husch, husch, Fräulein. Ab zum Kaffeemachen.« Obiltschnig zuckte mit den Achseln und erhob sich. »Falls Sie der Bericht doch interessiert, er liegt da auf dem Tisch«, sagte er leichthin.

Gemessenen Schrittes trat er an die Küchenzeile, wobei er immer wieder ausweichen musste, weil die Männer des Obersts Kartons mit Bildschirmen, einen Servierwagen voller Laptops, eine Schachtel mit Mobiltelefonen, eine Kiste mit Büromaterialien und noch einige andere Utensilien in den Raum schleppten. Sie trugen sogar zwei weitere Schreibtische herein, auf die sie gleich einige Computer legten, ehe sie Mehrfachstecker, Verlängerungskabel und ähnliches technisches Gerät am Boden verteilten. Der Oberst verfolgte mit sichtlicher Befriedigung das eifrige Treiben, schien sich dann aber doch nicht länger beherrschen zu können. Er lehnte sich unauffällig an die Kante von Popatnigs Arbeitsplatz und linste über seine Schulter auf das dort liegende Papier. Obiltschnig schaufelte in unendlicher Langsamkeit Kaffee in die Maschine und ließ den Oberst dabei keine Sekunde aus den Augen.

Während die Männer bereits die ersten Laptops aktivierten und deren korrekte Verbindung überprüften, wurde der Oberst allmählich unruhig. Er beugte sich immer näher über das Papier, schnappte es schließlich, seine Pupillen flogen immer schneller von links nach rechts. Er begann, hektisch in dem Konvolut vor und zurück zu blättern, starrte fassungslos auf das Papier, dann auf Obiltschnig. »Was soll die Scheiße hier«, knurrte er drohend.

»Das ist unser Bericht, Herr Oberst!«

»Blödsinn! Seid ihr zwei verhinderten Komiker jetzt unter die Romanschreiber gegangen, oder was? Da steht, irgendeine Huber habe die Tat gestanden, und dazu irgendein Papierl, das mit ›Geständnis‹ überschrieben ist. Dabei hat mir der Herr Landespolizeidirektor gestern Abend noch versichert, dass ihr Schnarchnasen da nicht die geringste Ahnung von gar nichts habt.«

»Wir wären so weit, alle Computer laufen«, ließ sich einer seiner Gefolgsleute vernehmen, dafür ein harsches »Jetzt nicht« erntend. »Es ist schon so, wie es da steht. Wir haben ermittelt. Die Täterin ausfindig gemacht, gestellt und vorläufig festgenommen. Den Fall gelöst sozusagen.«

»Wollen Sie mich verarschen, Sie Pestbeule! Haben Sie Halluzinationen oder was? Wenn Sie den Fall, wie Sie es zu behaupten wagen, gelöst hätten, wo ist dann der Mörder?«

»Nebenan in der Arrestzelle«, bemerkte Obiltschnig ganz beiläufig, während er sich voller Hingabe dem Kaffee widmete. Der Oberst stand für einen Moment im Raum, seine Kiefer mahlten so deutlich, dass man es hören konnte. Dann schleuderte er Bericht und Geständnis auf den Boden und stürmte auf den Gang. Popatnig und Obiltschnig hörten, wie eine Tür aufgerissen wurde, dann undeutliche Flüche einer weiblichen Stimme. »Sie ist munter«, kommentierte Obiltschnig vergnügt.

Zwei Sekunden später wurde eine Tür zugeschlagen, eine weitere Sekunde danach stand der Oberst wieder im Amtszimmer. Seine Augen flackerten wild, und seine ganze Haltung wirkte überaus bedrohlich. »Packt's zusammen!« Seine Leute waren verwirrt. »Aber wir haben doch gerade alles aufgebaut«, wagte der Mann von zuvor Widerspruch. Mit krebsrotem Gesicht brüllte der Oberst: »Ihr sollt zusammenpacken!« Obiltschnig war sich sicher, man hatte ihn auch noch im Rathaus und im Schloss gehört. Die Männer zuckten erst zusammen und dann mit den Achseln. Der Oberst trat ganz nahe an Obiltschnig heran und fuhr mit dem rechten Zeigefinger so knapp vor seinem Gesicht herum, dass der Gruppeninspektor Angst hatte, er würde ihm in der Nase bohren. »Das wird ein Nachspiel haben!«, fauchte der Offizier.

»Das hoffe ich doch«, gab Obiltschnig zurück, »lobende Erwähnung im Tagesbericht und Belohnung.« Er zwinkerte mit dem rechten Auge. »Und mit ein bisserl Glück Sonderurlaub.« Der Gruppeninspektor grinste von einem Ohr zum anderen. Kurz schien es, als würde ihn der Oberst ohrfeigen wollen, doch dann machte er nur eine wegwerfende Handbewegung und stürzte aus dem Zimmer. Kurz darauf quietschten Reifen, und durch das Fenster sahen sie die Limousine Richtung Klagenfurt donnern. Die Männer aus den Kleinbussen schnappten, was sie in der Eile tragen konnten, und so schnell sich das Zimmer mit Materialien gefüllt hatte, so schnell leerte es sich auch wieder. Keine drei Minuten nach der Flucht des Obersts schickten sich auch die letzten Mitglieder der Sondereinheit an, den Posten zu verlassen. Sie drängten an Obiltschnig vorbei ins Freie. Dieser stellte sich ihnen in den Weg. »Noch Kaffee, die Herren?«

Weitere Titel finden Sie auf den folgenden Seiten und im Internet:

WWW.GMEINER-VERLAG.DE

Alle Bücher von Andreas Pittler:

Kriminalromane:
Mischpoche
ISBN 978-3-8392-0051-3
Wiener Bagage
ISBN 978-3-8392-1625-5
Die Spur der Ikonen
ISBN 978-3-8392-2040-5
Bronstein
ISBN 978-3-8392-2436-6
Kärntner Finale
ISBN 978-3-8392-0362-0

Historische Romane:
Der göttliche Plan
ISBN 978-3-8392-1821-1

Anne
Nørdby
ROT.
BLUT.
TOT.
Thriller
GMEINER

DIE NEUEN *Lieblings-plätze*

ISBN 978-3-8392-0154-1

ISBN 978-3-8392-2730-5

ISBN 978-3-8392-0155-8

ISBN 978-3-8392-0158-9

ISBN 978-3-8392-0160-2

ISBN 978-3-8392-0159-6

ISBN 978-3-8392-0161-9

ISBN 978-3-8392-0163-3

ISBN 978-3-8392-0164-0

ISBN 978-3-8392-2626-1

ISBN 978-3-8392-0156-5

ISBN 978-3-8392-0157-2

ISBN 978-3-8392-0166-4

ISBN 978-3-8392-0166-4

ISBN 978-3-8392-2838-8

ISBN 978-3-8392-0168-8

GMEINER KULTUR

WWW.GMEINER-VERLAG.DE
Mensch, Kultur, Region